TATJANA BÖHME-MEHNER
Leipziger
Mörderquartett

MORD IN DER MUSIKSTADT Es ist kein alltägliches Konzert, zu dem Anna Schneider in den Club In-and-Out kommt. Normalerweise würde das Streichquartett hier nicht spielen. Und auch die Leipziger Musikkritikerin ist alles andere als zu Hause an diesem Ort. Wer zum Henker kommt auf die Idee, hier ein klassisches Konzert anzusetzen? Von vornherein scheint nichts zu passen. Als der Bratscher des Quartetts während des Konzerts von einem losen Scheinwerfer erschlagen wird, entdecken Anna und Habakuk C. Brausewind, ein Kollege des Toten, eine Reihe von Ungereimtheiten, die sie zunächst auf die Fährte dubioser Machenschaften auf dem Musikinstrumentenmarkt und dann in die Schwulenszene führen. Oder ist der Täter doch in der intimen Welt des Streichquartettspiels zu finden? Hatte der Getötete etwa ein dunkles Geheimnis?

© Stéphanie Cumini

Tatjana Böhme-Mehner lebt im Saarland und arbeitet als Programme Editor an der Philharmonie Luxembourg. Nach dem Studium der Musikwissenschaft und Journalistik sowie ihrer Promotion an der Universität Leipzig forschte und lehrte sie an unterschiedlichen Institutionen in Deutschland und Frankreich und arbeitete rund zwei Jahrzehnte als freie Musikjournalistin und Kulturpublizistin in Mitteldeutschland. Sie veröffentlichte Sachbücher sowie Erinnerungen an ihren Vater Ibrahim Böhme.

TATJANA BÖHME-MEHNER
Leipziger Mörderquartett

Kriminalroman

Immer informiert

Spannung pur – mit unserem Newsletter informieren wir Sie
regelmäßig über Wissenswertes aus unserer Bücherwelt.

Gefällt mir!

Facebook: @Gmeiner.Verlag
Instagram: @gmeinerverlag
Twitter: @GmeinerVerlag

Besuchen Sie uns im Internet:
www.gmeiner-verlag.de

© 2021 – Gmeiner-Verlag GmbH
Im Ehnried 5, 88605 Meßkirch
Telefon 0 75 75 / 20 95 - 0
info@gmeiner-verlag.de
Alle Rechte vorbehalten
1. Auflage 2021

Lektorat: Christine Braun
Herstellung: Mirjam Hecht
Umschlaggestaltung: U.O.R.G. Lutz Eberle, Stuttgart
unter Verwendung eines Fotos von: © Murushki / stock.adobe.com
Druck: CPI books GmbH, Leck
Printed in Germany
ISBN 978-3-8392-0041-4

Personen und Handlung sind frei erfunden.
Ähnlichkeiten mit lebenden oder toten Personen
sind rein zufällig und nicht beabsichtigt.

1

Tok-tok-tok-tok und dann ein permanentes heftiges Rütteln, das in den ganzen Körper hineinströmte. Anna liebte das Gefühl des Hochdruckreinigers in ihrer Hand, das sich fortsetzen würde, weit über diesen Moment hinaus in die geordneten Klänge des Abends. Während die Wassertropfen vor der schon recht westlich stehenden Sonne einen Miniaturregenbogen bildeten, malte sie kleine Kreise auf den fleckigen Terrassenboden ... Hier ein Smiley, dort ... Was immer es war, es machte Anna Spaß. Selbstvergessen verbrachte sie mehr Zeit mit der Reinigung der winzigen Dachterrasse, ihrem Refugium über der Stadt, als es im Entferntesten nötig gewesen wäre. Hätte sie jemand beobachtet bei dieser eigenwilligen Putzaktion, hätte der wohl gemeint, dass sie tief in ein sehr kompliziertes Gedankenkonstrukt versunken war. Doch im Gegenteil: Anna genoss es, gar nichts zu denken. Sie wollte nichts weiter, als mit der Vibration des Hochdruckreinigers sich selbst zu spüren.

Ohnehin würde sie gleich wieder in jene feinsinnige Welt eindringen müssen, die eigentlich die ihre war. Während andere sich dem Klang in seiner Flüchtigkeit hingaben, analysierte sie das Erlebnis mit ihrem geistigen Ohr, fragte sich, was das Wesentliche, das Besondere dieses Abends, dieser Aufführung war, um es am nächsten Tag kurz und prägnant in ansprechende

Worte zu fassen, die bestenfalls ihren journalistischästhetischen Eigenwert entfalteten.

Anna war gern die Musikkritikerin des »Täglichen Anzeigers«, der letzten verbliebenen großen Tageszeitung der Stadt, auch wenn sie sich ab und an nach der Chance und der damit verbundenen Anerkennung einer großen Geschichte sehnte – nach einer Enthüllungsstory, wie sie sich die Reporterkollegen aus den Ressorts »Politik« oder »Wirtschaft« durchaus erhoffen konnten. Selbst im Sport standen die Chancen größer, dort konnte man auf einen dubiosen Wettskandal oder wenigstens eine Dopingenthüllung stoßen. Doch in der Kultur und noch dazu in der Musik, besonders der klassischen – Annas Domäne –, konnte man bestenfalls schiefe Töne und wackelnde Metren anprangern. Zwar machte man sich damit nicht unbedingt Freunde, aber im Wesentlichen hatte man seine Ruhe – manchmal mehr als gut war. Doch auch das war im Prinzip okay für Anna. Nur heute irgendwie nicht. Es war der erste heiße Samstag des Jahres, und der Abend versprach lau und angenehm zu werden. Was gäbe es also Besseres, als auf der dann sauberen Terrasse zu sitzen und mit einem Glas Wein und einem Buch den unstrukturierten Klängen des Abends über Leipzig zu lauschen, zu erleben, wie das Klanggewaber der Südvorstadt allmählich abebbte, und anschließend in den Sonntag hineinzuschlafen?

Aber daraus wurde leider nichts – Anna musste ins Konzert, wie meistens. Sie liebte Musik, sonst hätte sie einen anderen Beruf ergriffen. Trotzdem – wie es war, sich ohne Zwang und aus freien Stücken auf ein

Musikereignis vorzubereiten, hatte sie fast schon vergessen. Wenigstens war das, was sie heute erwartete, ein angenehmes und noch dazu überschaubares Programm: Brahms, Mozart und noch mal Brahms. Ein mehr als anständiger Streichquartettabend mit dem Kleistenes-Quartett – musikalische Philosophie, kein Lärm und keine Bravo-grölenden Klassikgroupies. Zwar keine Weltklasse, doch eines der besseren von hier. Kein Grund also, sich in der Pause wegzusehen und jenen verzweifelt hinterherzuschauen, die sich die Jacke an der Garderobe holten und in die Nacht verschwanden – meist zu zweit.

Mit etwas Glück konnte sie um halb elf wieder zurück sein. Bestimmt wäre es auch dann noch nicht zu kalt für ein halbes Stündchen hier oben über der Stadt. Sie würde dann zwar bereits – das war ein Automatismus, der mit dem Beruf einherging – darüber grübeln, was sie am Morgen zu Papier, besser gesagt zu Bildschirm bringen konnte, aber dennoch hätte sie ein bisschen was von diesem lauen Samstagabend.

2

Der Wasserstrahl spritzte auf ihre nackten Füße. Sie hatte den kleinen Vorsprung getroffen, der einstmals den Schornsteinschacht verborgen hatte, als das Haus noch mit Kohle geheizt worden war. Schmerzhaft und erfrischend zugleich brannte das versprühte Wasser auf der nackten Haut. Stundenlang könnte Anna so weitermachen. Doch wenn sie jetzt nicht aufhörte, kam sie unweigerlich zu spät.

Die Reinigungsmaschine provisorisch beiseite geräumt – regnen würde es gewiss nicht –, die Treppe hinunter ins Dunkel der kleinen Wohnung. Sie wollte unbedingt eine Fußmatte vor die Terrassentür legen – ein Schwur, den sie jedes Mal nach derartigen Reinigungsaktionen leistete, wenn sie die feuchten Drecktapsen auf der hellen Holztreppe sah. Wieder konnte sie ein wahrhaft böses Ausrutschen gerade noch verhindern, das sie unweigerlich in den Wäschekorb hätte stürzen lassen. Aus diesem starrten sie jene Teile gnadenlos an, die sie seit mindestens einer Woche bügeln wollte. Anna hatte sich den Wäschekorb selbst in den Weg gestellt, um sich zu dieser verhassten Aktivität zu zwingen. Bisher ohne Erfolg. Es war lediglich eine neue Unfallquelle in der winzigen Dachgeschosswohnung entstanden, die sie der Terrasse wegen nicht aufgeben wollte. Eine weitere Gefahr für Leib und Leben.

Im Moment rief ihr der Wäschekorb aber ein ganz anderes Problem ins Bewusstsein: Was sollte sie anziehen? Nicht, dass sie nicht genug Kleider im Schrank hängen hatte. Allen Berufsklischees zum Trotz legte die Musikkritikerin Anna Schneider durchaus Wert auf ihr Äußeres. Doch man konnte nicht mit allem überall hingehen. Und gerade für heute hätte sie den schwarzen Leinenanzug gebraucht, der ganz oben auf dem Wäschekorb lag. Absolut logisch und auch alternativlos für das In-and-Out mit seinem Vintage-Mobiliar und den improvisierten Stuhlreihen, die sie unter der Hand als »versifft« beschreiben würde. Welcher Geisteskranke kam eigentlich auf die Idee, ein solches Programm in einem Club wie dem In-and-Out zu spielen? Akustisch daneben und unbequem. Dabei war die Veranstaltung Teil einer Abonnementreihe des Gewandhauses und hätte in den Kammermusiksaal, den Mendelssohnsaal, gehört, benannt nach einem der vielen Sockelheiligen dieser Musikstadt. Was manchmal in den Köpfen von Programmmachern vorging? Ärgerlich, aber nicht ärgerlich genug, um daraus die ersehnte Geschichte zu machen.

Langsam verflog bei Anna das letzte Fünkchen Lust auf den Konzertabend. Wenn sie den Anzug jetzt noch bügelte, wäre sie gnadenlos zu spät. Ausgeschlossen in ihrem Job und bei dem Programm. Keine Verhandlungsmasse mit dem Schrank ... Mit dem beigen Kassettenkleid würde sie komplett overdressed sein im düsteren Ambiente des In-and-Out. Wenigstens widersprach das Material nicht ganz dem alternativen Charakter der Location. Sie blieb beim Leinen und wusste, dass sie die Entscheidung bereuen würde, während sie sich insgeheim eingestand, dass es keine wirkliche Entscheidungsmöglichkeit gab.

3

Nein, ein Kind der Club-Szene war Anna in der Tat nicht, auch wenn ihre Dachgeschosswohnung nicht weit entfernt lag von der »Karli«, der Szenemeile, die eigentlich Karl-Liebknecht-Straße hieß. Sprachaffin, wie sie von Berufs wegen sein musste, aber auch von jeher gewesen war, mochte sie die Marotte der Leipziger, bestimmte Orte mit dem Vornamen anzusprechen. Darin äußerte sich eine gewisse Zuneigung. Als sie vor 18 Jahren zum Studium hierhergekommen war, war ihr das schnell klar geworden. Man traf sich im Clara-Park zum Picknick. Damit bekam der Ort gleich etwas Vertrautes, Gemütliches wie das Picknick selbst. Manchmal fragte sie sich, ob es Ur-Leipziger gab, die gar nicht wussten, dass diese innerstädtische Grünoase Clara-Zetkin-Park hieß, geschweige denn, wer Clara Zetkin war. Anna hatte eine Weile gebraucht, um zu begreifen, dass diese Verkürzung offenbar keine politische Dimension hatte; denn zur August-Bebel-Straße gleich um die Ecke sagten sie artig »Bebelstraße«. Irgendwann war Anna klar geworden: Die Bebelstraße war einfach keine Kultstätte.

Jedenfalls schlängelte sie sich jetzt den Bürgersteig der »Karli« entlang und blickte etwas neidvoll auf die Menschen, die mit erfrischenden Getränken die Freisitze bevölkerten, während Anna gleich im stickigen Dunkel des In-and-Out verschwinden musste.

Unweigerlich spürte sie dem Widerhall des Bebens des Hochdruckreinigers in ihrem Körper nach, als sie in dem – ihrer Meinung nach – für ein seriöses Kammerkonzert unpassenden Clubsessel versank, damit unbewusst auf der Suche nach dem eben errungenen Gefühl von Sauberkeit auf der eigenen Terrasse. In letzter Minute vom Einlasspersonal in den erstaunlich gut gefüllten Club geschoben, war es dieser überdimensionierte Sessel in Türnähe, der ihr als Sitzgelegenheit blieb und der mit an Sicherheit grenzender Wahrscheinlichkeit quietschte, wenn sie die kleinste Bewegung machte. Das gaben die lockeren Federn unter dem abgenutzten Samtbezug unweigerlich zu verstehen, die sich sofort mit Vehemenz in ihr Sitzfleisch bohrten. Keinesfalls die beste Voraussetzung für ungetrübten Musikgenuss.

Das Saal-, besser Clublicht war schon erloschen und ein paar wenige Spots richteten sich auf das Podium.

Die vier Notenpulte nahmen sich absurd aus in diesem Club-Setting. Anna wäre gern dazu übergegangen, dem Ganzen etwas Positives abzugewinnen. Sie wollte als Kritikerin nicht als die Mäkeltante vom »Täglichen Anzeiger« rüberkommen und noch viel mehr wollte sie Spaß an ihrem Job haben. Doch heute war das wie verhext.

Während sie versuchte, sich möglichst geräuscharm auf dem viel zu tiefen Sessel zurechtzurücken, was voraussetzte, dass sie sich wenigstens in Ansätzen aus dem archaischen Sitzmöbel heraushievte, fasste sie in einer Mischung aus Zwangsläufigkeit und Ungeschick mit der Hand auf die hölzerne Armlehne. Ein kapitaler Fehler. Sie klebte … Nicht in dem Sinne, dass Anna – untrennbar mit der Lehne verbunden – im In-and-Out gefangen war, aber immerhin so, dass die Kontaktfläche ihrer Hand nun ebenfalls klebte. Anna wollte nicht darüber nachdenken, welcher Art die klebrige Substanz war, mit der sie kontaminiert war. Eines stand fest: Sie bräuchte ein Waschbecken und viel Seife, um das Problem zu lösen. Wenigstens garantierte ihr die Türnähe des Platzes, dass sie zur Pause als eine der Ersten in Richtung Toilette stürmen konnte. Bis dahin dauerte es aber noch rund eine Dreiviertelstunde.

Obschon das Konzert gerade begann, konnte Anna den Gedanken nicht aus ihrem Kopf vertreiben, was das Schmuddel-Sitzmonster mit dem – sie hatte es ja gewusst – unpassenden beigen Leinenkleid anrichten würde. Wenn sie sich jetzt nicht langsam konzentrierte, konnte sie genauso gut gleich gehen. Was sie natürlich nicht tat. Während sie sich sammelte und konsequent die Berührungsfläche zwischen sich und dem Sessel auf ein notwendiges Minimum beschränkt hielt, ging der erste Brahms an ihr vorüber.

Gar nicht so übel, zumindest das, was sie davon wahrgenommen hatte. Anständig. Das subjektive Unbehagen ob der Location würde sie routiniert aus ihrer Kritik heraushalten. Diese würde kein Meisterwerk sein, aber wer erwartete das schon bei einer solchen Veranstaltung. Das Ambiente war ohnehin nicht geeignet für die vollkommene musikalische Kontemplation.

Wenigstens hatte man die Bar im Saal geschlossen, was den Vorteil hatte, dass das Brummen der Bierkühlung wegfiel. Auf die schwerfällige Klimaanlage, die das fensterlose Gemäuer bestenfalls mit einem Mindestmaß an so etwas wie Frischluft versorgte, hatte man nicht verzichtet. Wahrscheinlich gingen die Veranstalter davon aus, dass man sich an das Summen mit der Zeit gewöhnte.

Jetzt Mozart. Mit ein bisschen Glück konnte Anna in der aktuellen Position bis zur Pause durchhalten und weiteren Kleberkontakt vermeiden. Einen Satz der »Kleinen Nachtmusik« hatte sie schon überstanden. Das Kleistenes-Quartett machte seine Sache immer noch ordentlich. Sie würde sich in ihrem Text mit Goethe und den vier vernünftigen Leuten, die ein Gespräch führen, aus der Affäre ziehen. Das funktionierte bei Streichquartetten beinahe immer.

Was war das? Anna traute ihren Ohren nicht. Ein Fauxpas, und das in diesem Stück, das jeder mitpfeifen konnte. Ein Fehler, den die Kritikerin nicht ignorieren konnte, falls sie am Montag noch ernst genommen werden wollte. Was genau tat der Bratscher Thorsten Steinmüller da? Solide – für Annas Geschmack etwas zu solide für ein relativ junges Ensemble – hatte sich das Kleistenes-Quartett durch den unvermeidlichen ersten Satz gearbeitet. Na ja, bei dieser Musik störte es niemanden, wenn die Darbietung allenfalls nett war. Aber das hier hatte mit nett nichts zu tun. Die wunderschöne Themenexposition des zweiten Satzes war durchgestanden. Doch in der Themenwiederholung, gerade da, wo die Bratsche inmitten des bis dahin dreistimmigen Satzes die seltene Chance zu sinnlicher Virtuosität erhält, setzte Steinmüller zwar korrekt ein und trillerte im richtigen Moment los, schien aber aus seinem Triller nicht mehr herauszufinden. Er trillerte noch in aller Gemütlichkeit, als die anderen gefühlt Takte voraus waren … Das war keine selbstverliebte Virtuosität … Es war absurd. Als würde der Bratscher in einer völlig anderen Zeitebene und Musiktradition verfangen sein, als steckte dieser in seinem Triller fest. Die »Kleine Nachtmusik« war schließlich kein spätes Beethoven-Quartett, sondern irgendwo im Übergang zwischen dem Streichquartett als Hausmusikform, die von versierten Amateuren zu bewältigen war, zum hoch expressiven, Professionalität fordernden Quartett der Romantik anzusiedeln. Für einen halbwegs routinierten Musiker kein Hexenwerk.

Anna war hellwach.

Steinmüller war kein Anfänger und erst recht kein Amateur. Er hatte bis vor Kurzem einen Lehrauftrag an der Musikhochschule innegehabt. Warum er den nicht mehr hatte? Weiß der Geier. Anna hatte sich darüber bisher keine Gedanken gemacht. Wohl kaum, weil er die Bratschenstimme der »Kleinen Nachtmusik« nicht mehr auf die Reihe bekam!

Die Spannung in der Luft des Clubs, die man ohnehin hätte schneiden können, war förmlich zu greifen. So empfand das zumindest Anna, die der latente Kneipengeruch seit Betreten des Raumes nervte.

Peinlich berührt starrte der Cellist Christoph Weinmann den Kollegen an und spielte dabei ostentativ die eigene Stimme, als wäre es ein Reinigungsritual. Der zweite Geiger Sebastian Mönkeberg hingegen war das personifizierte Entsetzen. Anna war fasziniert, wie angesichts der Mischung aus Verwirrung und Verzweiflung die Finger des Musikers dennoch jene Stellen auf den Saiten fanden, die Mozart sich vorgestellt hatte. Unweigerlich fragte sich die Kritikerin, wie weit man diese Abläufe mechanisieren konnte. Dass die Primaria des Quartetts, Theresa Steinmüller, Schwester des Übeltäters, mit einer stoischen Ruhe nicht nur das zusammenhielt, was noch zusammenzuhalten war, sondern ihrem Mienenspiel nichts anmerken ließ, hatte etwas Erschreckendes.

Anna hatte in einer Mischung aus Faszination, Resignation und Entsetzen die Abwehrhaltung gegen den Sessel aufgegeben und war, während die vier sich ein wenig angestrengt, aber in einem geordneten Miteinander dem Ende des Werkes und damit der Konzertpause näherten, tief in den Sessel hineingerutscht. Inzwischen war sie der Überzeugung, dass sie neben Seife auch unbedingt eine Erfrischung benötigte, und schwankte gedanklich zwischen Wasser, Wein und dem für sie dekadentesten aller Getränke – Cola. Bei ihrem heutigen Glück konnte sie fast sicher sein, dass der Wein in diesem In-and-Out wahlweise von minderer Qualität oder schlecht temperiert sein würde, höchstwahrscheinlich beides. Außerdem brauchte sie einen klaren Kopf, gerade in diesem absurden Konzert. Cola war der Inbegriff der Verführung, dem sie sich angewöhnt hatte zu widerstehen, weil das die Vernunft gebot. Angesichts des Zuckergehalts. Und überhaupt ... Die Vernunft war auch jetzt noch auf dem Vormarsch. Also: Wasser.

Gemäßigter Applaus. Die Kleistenes-Musiker retteten sich von der Bühne. Der Beifall rechtfertigte nicht die Rückkehr für eine weitere Verbeugung. Anna verschwand zielstrebig Richtung Wasser und Seife. Das Erste, was ihr an diesem Tag auf Anhieb gelang.

Wahrscheinlich wäre es ratsam gewesen, eine Brise Luft vor der Club-Tür zu schnappen. Doch die gab es dort ohnehin nicht, weil sich die gefühlt 90 Prozent Raucher um die drei Aschenbecher scharten. Ein Blick zum Ausgang bestätigte das.

Oben im zweiten Saal begann eine andere Veranstaltung, wie die dröhnenden Bässe aus der noch offenen Tür vermuten ließen. Hoffentlich untermalen die nicht den verbleibenden Brahms ...

Eine Person im dunklen Kapuzenpulli drängte sich an Anna vorbei – unhöflich, rempelte sie beinahe an, schwang sich die kleine Wendeltreppe empor und verschwand in der Tür, die vermutlich zur Regie führte. Wahrscheinlich ein Techniker, denn nun schloss sich die obere Saaltür. Anna beeilte sich, um an der Theke noch ein Wasser zu ergattern. Sie hatte den festen Vorsatz, aus diesem Abend das Beste zu machen. Schließlich war es nicht allzu spät, draußen schien noch immer die Sonne. Die Terrasse wartete; und bisher sah es nicht so aus, als würde jemand gesteigertes Interesse daran haben, den Kleistenes-Abend mit unnötigen Zugaben zu verlängern.

Die Schlange vor Anna wurde kürzer. Der Barmann kam in Sicht, eigentlich eher ein Barjunge, aber das sagte man wohl nicht. Zuversicht auf der ganzen Linie. Da spürte sie es – zunächst am Hals, dann auf dem Dekolleté. In der Tat spürte sie zuerst die Flüssigkeit an sich herunterlaufen, bevor sie das Unglück sah geschweige denn realisierte, was genau passiert war.

Vor ihr stand ein entsetzt dreinblickender Mensch – gar nicht so unattraktiv, abgesehen von dem schreiend bunten Oberhemd, das er in die schwarze Jeans gesteckt hatte. Äußerst akkurat, dennoch verbarg es die athletische Statur keinesfalls. Trotzdem wirkte der Lockenkopf unbeholfen – charmant unbeholfen, aber unbeholfen. Und er hatte ein leeres Weinglas in der Hand. Die Bar im Rücken … Das Weinglas in der Hand leer … Er redete schnell und intensiv auf Anna ein.

Als er bei »Natürlich werde ich für die Reinigung aufkommen« angelangt war, wurde Anna allmählich klar, dass dieses maskuline Riesenbaby ihr von oben nach unten ein komplettes Rotweinglas aufs beige Leinenkleid gegossen hatte. Hätte es noch irgendeinen Zweifel daran gegeben, dass dies nicht Anna Schneiders Tag war, jetzt wäre er ausgeräumt.

»Darf ich mich zunächst mit einem Drink revanchieren?«

Er hatte wirklich »Drink« gesagt – wahrscheinlich einer von der ganz coolen Sorte. Anna hatte ihre Sprache noch nicht wiedergefunden, zumal ihr der Rotwein vom Hals bis mindestens zum Nabel triefte. Was in ein einziges Glas hineinpasste … Anna trat hinter dem sehr bemühten Mann an die Theke. Als dieser sie freundlich einlud, zu bestellen, »was immer sie möge«, sagte sie ausgerechnet: »Eine Cola, bitte!« Das hatte sie sich verdient.

Beide hielten sie nun ein Cola-Glas in der Hand, als Mister Tollpatsch ihr freudig – weil sie die Einladung angenommen und nicht um Hilfe geschrien hatte – die Hand entgegenstreckte und sagte: »Habakuk, Habakuk C. Brausewind.«

Wie bitte, wollte Anna fragen, musste aber derart an sich halten, um nicht loszusprudeln, dass sie wieder keinen Ton herausbrachte. Wie müssen dich deine Eltern gehasst haben, schoss es ihr durch den Kopf.

Da fügte er strahlend hinzu: »Sie können aber Heinz sagen.«

Das war endgültig zu viel für Anna Schneider an diesem Tag. Sie brach in schallendes Gelächter aus, streckte ihm die Hand entgegen und erwiderte: »Anna, Anna Schneider.«

Ihr Gegenüber starrte sie ungläubig an. »Die Anna Schneider? Anna Schneider vom ›Täglichen Anzeiger‹?«, stotterte er.

Um Gottes Willen, was war das denn? Es passierte Anna nicht allzu oft, dass sie als die Kritikerin enttarnt wurde. In der Hoffnung, dass sich alles ordnen würde, nippte sie verlegen an der Cola, während dieser Habakuk-Heinz-wer-auch-immer seiner Bewunderung für ihr kritisches Ohr und ihren Scharfsinn und Wortwitz Ausdruck verlieh. Ob sie heute etwa auch beruflich hier sei?

Eigentlich war ihr Gesprächspartner ganz witzig. Wäre Anna ihm in einer anderen Situation begegnet, hätte sie ihn wahrscheinlich unterhaltsam gefunden, Spaß an der Konversation gehabt. Warum sollte sie also das Offensichtliche verneinen? Am Montag würde es sich eh aufklären, falls sie jemals eine Konzertkritik über diesen vermaledeiten Abend zustande brachte.

Er sei in gewisser Weise ebenfalls beruflich hier. Nicht, dass sie Kollegen wären, aber heute sei auch sein kritisches Ohr gefragt.

Was sollte das jetzt werden? Habakuk nervte, dabei hatte er einen Unterhaltungswert, der der verwirrten Anna guttat.

Sie habe auch über ihn schon häufiger geschrieben. Nicht namentlich natürlich. Nein, in Form des Gewandhausorchesters. Er sei dort Bratscher.

Dass sie nicht erneut in schallendes Gelächter ausbrach, grenzte an ein Wunder. Ein Bratscher hatte ihr gerade das schönste und empfindlichste Kleid, das sie besaß, komplett mit Rotwein versaut; ausgerechnet ein Mitglied jener Instrumentengruppe, über deren Tollpatschigkeit und Unvermögen es die mit Abstand meisten Witze gab. Diese Witze musste man sich nicht einmal hinter vorgehaltener Hand erzählen. Ein Bratscher, der von sich behauptete, Habakuk C. Brausewind zu heißen. Sie würde morgen überprüfen, ob das Jahresprogramm des Gewandhausorchesters in der

Bratschengruppe tatsächlich diesen Namen auswies. Was es bedeutete, wenn das nicht der Fall war, wollte sie dann entscheiden. Für den Moment taten ihr Habakuks warme Augen und sein arglos leidenschaftliches Geplapper über Musik einfach gut.

Was seine berufliche Aufgabe heute war, konnte er nicht mehr erklären, denn die Konzertpause war, zwar reichlich spät, aber nun endgültig beendet. Trotz des an sich kurzen Programms wurde es außerdem langsam knapp für den Wein auf der Terrasse. So warm waren die Nächte noch nicht. Und sie müsste sich erst einmal vollständig umziehen, was sie am allerliebsten auf der Stelle täte.

Wieder überstürzt, aber dieses Mal selbst komplett verschmutzt, sank Anna in ihren Club-Sessel. Saal dunkel, Spot auf die kleine Bühne. Das Licht flackerte ein wenig. Hoffentlich würde ab jetzt alles gut gehen; schließlich wollte sie nicht die ganze Nacht im In-and-Out verbringen.

4

Inzwischen machte es für Anna auch keinen Sinn mehr, der Vibration des Hochdruckreinigers nachzuspüren. Sie konnte sich nicht erinnern, wann sie das letzte Mal so durch den Wind gewesen war, oder besser, dass sie jemals zuvor so durch den Wind gewesen war. Klebrigkeit, das Mozart-Debakel und dann Ha-ba-kuk und der Rotwein auf ihrem Kleid – das waren deutlich mehr außergewöhnliche Vorfälle als üblich in ihrem Job.

Der Spot flackerte noch immer. Anna stellte sich die Frage, ob das bei LEDs überhaupt möglich war und ob ein moderner Scheinwerfer noch ohne LEDs funktionierte.

Im Saal verdichtete sich die Anspannung spürbar, ein untrügliches Zeichen, dass die Musiker des Kleistenes-Quartetts im Anmarsch auf die Bühne waren. Mit Anna hatten sie gemein, dass dieser Samstag auch nicht ihr Tag war. Der Bratscher Thorsten Steinmüller hatte es tatsächlich fertig gebracht, in der »Kleinen Nachtmusik« den Faden zu verlieren. Ein lebendiger Bratscherwitz. Anna stellte amüsiert fest, dass dieser Tag so etwas wie ein Tag der Bratscher war: erst der Fauxpas Steinmüllers, dann die nasse Begegnung mit Habakuk C. Brausewind. Ein schräger Zufall, denn die Zahl der Bratscher, mit denen man es in ihrem Job zu tun bekam, war denkbar gering, verglichen mit Pianisten, Geigern, Bläsern oder gar Komponisten. Ironie des Schicksals! Aber folgte man dem Klischee, so musste man sich sagen: Kein anderer Musikertyp wäre besser geeignet gewesen, ihr das Kleid und die »Kleine Nachtmusik« zu versauen.

Anna Schneider schämte sich für diesen Gedanken und bezichtigte sich eines musikalischen Chauvinismus, der jemandem wie ihr nicht gut zu Gesicht stand. Als Journalistin war sie verpflichtet, vorurteilsfrei zu Werke zu gehen, was besonders schwer war, wenn man einen Komponisten oder ein ganzes Genre oder den Klang eines bestimmten Instruments nicht mochte. Wie sollte man da offen und ohne betrübliche Vorahnungen ins Konzert gehen? Den Klang der Bratsche jedoch mochte Anna, genau wie Mozart und Brahms. Also konnte der Abend durchaus noch eine positive Wendung nehmen.

Wie die Umsitzenden wusste Anna, was sich gehört: Sie applaudierte den Quartettspielern artig, die sich in einer bemerkenswerten Umständlichkeit miteinander, nebeneinander und aneinander vorbei an ihre Plätze manövrierten. Anna ertappte sich bei dem Gedanken, dass das im Mendelssohnsaal weniger umständlich gewesen wäre. Warum bitteschön mussten jetzt alle noch einmal an Stühlen und Notenpulten herumruckeln? Na endlich …

Anna würde heute mit Sicherheit nicht mehr in den Rang eines Zen-Meisters erhoben werden. Sie hoffte, dass ihre Geduld ausreichte, um den Konzertabend verhaltensunauffällig zu absolvieren.

Doch irgendjemand wollte das anscheinend verhindern. Welcher Geisteskranke war auf die Idee verfallen, einen albernen Drehscheinwerfer – so bezeichnete das Unterbewusstsein der Musikexpertin die angesagten

Moving Lights des Clubs – lustig übers Publikum kreisen zu lassen, als säße Kleistenes unter einem Leuchtturm und die Zuhörer wären der wogende Ozean? Wenigstens war Brahms Norddeutscher und hatte Leuchttürme gekannt. Innerlich schüttelte Anna den Kopf über das In-and-Out. Auf wessen Mist sollte sonst so ein Schwachsinn gewachsen sein? Nichts anderes war das in ihren Augen. Obendrein verursachte das Teil, während es sich bewegte, unüberhörbare Geräusche.

Anna versuchte, keine weiteren Gedanken darauf zu verschwenden, denn angesichts von etwa 70 Druckzeilen, die ihr für ihre – wohlgemerkt musikalischen – Erkenntnisse zur Verfügung standen, wäre es ungebührlich, über das Licht zu schreiben. Hätte sie bloß eine Sonnenbrille dabei – das wäre im versauten Kleid auch egal …

Jetzt hoben die vier gemeinsam den Bogen als Zeichen des Beginns. Gleich würden sie diesen auf die Saiten setzen, um die dicke Luft des In-and-Out mithilfe von Schallwellen umzuschaufeln. Doch dazu kam es nicht.

Es gab einen Riesenschlag, einen wie er in klassischen Konzerten nicht vorkommen sollte. Anna konnte nicht sagen, ob es zuerst rumste oder das Licht ausging oder die allgemeine Panik, das jämmerliche Geschrei aller Anwesenden einsetzte. Das hatte vermutlich auch damit zu tun, dass sie noch immer nicht auf ihre eigentliche Aufgabe konzentriert war und sich, als es passierte, gerade fragte, aus welchem Grund dieser alberne Drehscheinwerfer nun auch noch so unelegant schaukelte. Wahrscheinlich wurde Anna allmählich paranoid, was heute kein Wunder mehr wäre.

Dass der Scheinwerfer sich nach dem Schaukeln aus seiner Befestigung löste und zur Ursache des allgemeinen Drunter-und-Drübers wurde, sah sie genauso wenig wie alle anderen. Denn mit dem Sturz des Scheinwerfers ging das Licht aus.

5

»Aaaaaahhhhhh!!« – »Ein Arzt! Ist hier ein Arzt??« – »Polizei!« – »Hilfe!!!«

Angesichts dessen, was jetzt geschah, erwies es sich als keine gute Idee, das Saallicht wieder einzuschalten. Der Anblick, der sich auf dem Konzertpodium bot, war auch für Hartgesottene nicht leicht zu ertragen, schien einem Horrorfilm entsprungen. Nicht nur, dass die Bratsche von Thorsten Steinmüller zu Kleinholz gemacht worden war, der Musiker selbst hatte den besagten Scheinwerfer mit einer so beachtlichen Wucht und Präzision auf seinen Kopf bekommen, dass es diesen wie einen Nagel in den Steinmüller'schen Rumpf geschlagen hatte und der Markenscheinwerfer der Firma Bero mit Logo jetzt an Kopfes Stelle zwischen den Schultern ruhte.

Wie eingefroren saßen die drei übrigen Musiker um das Opfer, während das Personal vom In-and-Out mit bemerkenswerter Effizienz eine Massenpanik verhinderte. Anna beobachtete die Szene wie durch eine Glocke und stellte fest, wie gut es war, dass der Scheinwerfer nicht mehr leuchtete, wobei sie sich die Absurdität der Szene vorstellte. Sie sah, dass erstaunlich wenig Blut im Spiel war, wohl, weil der Scheinwerfer wie eine Art Stöpsel oben auf Steinmüller saß. Steinmüller wiederum hatte – wenn auch etwas lasch – ebenfalls die Sitzposition beibehalten.

»Bitte bewahren Sie Ruhe und bleiben Sie auf Ihren Plätzen, ein Notarzt ist schon unterwegs!«

Als ob der noch etwas ausrichten könnte! Anna wunderte sich selbst über ihren kaltschnäuzigen Hintergedanken und schüttelte den Kopf, froh, dass sie das mit dem eigenen noch tun konnte.

Ein schrulliges spitzbärtiges Männchen sprang um den reglosen Steinmüller herum. Es hatte sich sofort bei dem Ruf nach einem Arzt mühselig, aber durchaus effizient durch die viel zu engen Sitzgelegenheitsreihen gequetscht. Man hatte für das Konzert nicht nur Stühle, sondern auch Sessel, Hocker und Sofas – Markenzeichen des In-and-Out – herangeschleppt. Das Männchen, offenbar Arzt, zählte zu den ebenfalls unpassend gekleideten Klassikfreaks – der Smoking wäre sogar für den Mendelssohnsaal zu dick aufgetragen gewesen.

Besonders damit errang der bemühte Ersthelfer jedoch Annas unterbewusste Sympathien.

Das Männchen schüttelte den Kopf, nachdem es den Bratscher mehrere Male umrundet und am herabhängenden Bratscherarm keinen Puls mehr gefühlt hatte.

Den Notarzt brauchte eher Sebastian Mönkeberg. Der zweite Geiger war aus seiner Schockstarre direkt in eine Ohnmacht gefallen und wurde in bemerkenswerter Routine und Eile von den mittlerweile eingetroffenen Rettungskräften fortgetragen, zumindest verschwand er recht schnell aus dem Sichtfeld. Überhaupt ging man jetzt dazu über, die grausige Szenerie vor den Augen der Betrachter zu verbergen.

Mit den Rettungssanitätern war auch eine beachtliche Zahl an Polizisten in den Saal gekommen. Diese forderten abermals auf, Ruhe zu bewahren und auf den Plätzen zu bleiben.

Anna klebte im wahrsten Wortsinne in ihrem Sessel und ging zu etwas über, das sie so gut wie nie tat: Sie dachte gar nichts mehr. Nicht, dass sie nicht mehr in der Lage gewesen wäre, einen Gedanken zu fassen, vielmehr war es eine bewusste Entscheidung angesichts der bizarren Ereignisse, denen Anna an diesem Abend ausgeliefert war. Außerdem wäre sie ansonsten unwillkürlich in einen Modus verfallen, in dem die Journalistin bereits an Formulierungen und sprachlichen Bildern gefeilt hätte. Sollte sie in der Redaktion anrufen, um zu sagen, dass sich hier im In-and-Out ein spektakuläres Unglück ereignet hatte? Wahrscheinlich schon, mit Sicherheit sogar. Doch erstens wusste Anna Schneider aus einschlägigen Erfahrungen in diesem Club, dass sie hier keinen Handy-Empfang hatte, und zweitens war sie von Ordnungskräften ausdrücklich dazu aufgefordert worden, auf ihrem Platz zu bleiben – journalistischer Auftrag hin oder her. Jetzt war es ohnehin zu spät, der Polizeifunk dürfte längst seine Schuldigkeit getan haben. Den hörten die Kollegen im Lokalen mit großer Begeisterung ab, obwohl das illegal war. Die offensichtlich maroden Sicherheitsvorkehrungen im angesagten In-and-Out waren eindeutig ein Thema fürs Lokale. Im Lokalen wollte Anna auf keinen Fall landen. Da war ihr der intellektuelle Anspruch des weit weniger rezipierten Kulturteils lieber, auch wenn sie sich regelmäßig darüber aufregte, dass es genau an diesem Anspruch fehlte.

Anna hatte ihre Nicht-denk-Haltung also längst aufgegeben, um für sich einfallsreich zu rechtfertigen, warum sie die Redaktion nicht ins Bild gesetzt hatte. In dem Moment erklomm ein ansprechend unauffällig gekleideter, attraktiver Mittdreißiger die halb verdeckte Szene und richtete das Wort an die allmählich etwas enervierten Besucher.

Er sei Kriminalhauptkommissar Schmiedinger und bitte alle, so lange im In-and-Out zu bleiben, bis die Kollegen in Uniform die Personalien zum Zwecke etwaiger Zeugenbefragungen erfasst haben. Man möge ihnen gleich einige Fragen beantworten, das sei wichtig bei einem so dramatischen Unglücksfall, weil jetzt die Eindrücke noch frisch und unverfälscht seien.

Was sollte Anna gesehen haben? So traurig es war … Licht aus … Licht an … Scheinwerfer ab. Anna wurde langsam wieder Anna, und die hatte heute endgültig die Nase voll. Mehr Pietät machte den armen Thorsten

Steinmüller auch nicht mehr lebendig. Anna wollte nur noch nach Hause. Den Terrassenplan hatte sie längst gestrichen – immerhin wartete das Publikum im stickigen In-and-Out mittlerweile schon so lange, dass man zwei Akte von Wagners »Götterdämmerung« hätte hören können.

6

Wenigstens saß Anna dicht an der Tür, vermutlich würden die Befrager dort anfangen. Ein Gedanke, der sich als der nächste Irrtum erwies, denn die Polizisten arbeiteten sich vom Podium nach außen. Es dauerte eine weitere Stunde, bis Anna artig ihren Ausweis zeigte und zu Protokoll gab, was sie wahrgenommen hatte – also nicht viel. Dass der unselige Steinmüller aus dem Leben geschieden war, ohne eine Chance zu bekommen, den fatalen Bratscherfehler durch eine nachfolgende musikalische Leistung zu relativieren, tat ja hier nichts zur

Sache. Das würde nicht einmal Platz in einem Nachruf finden, denn in solchen Texten wurde nicht über Fehler des Verstorbenen geschrieben.

Die junge Uniformträgerin dankte – wie oft sie sich wohl an diesem Abend immer wieder dasselbe anhören musste? Am Ende interessierte sich nur noch die Versicherung dafür, falls das In-and-Out eine solche hatte. Der Club war an diesem Abend in der Gunst der Kritikerin keinesfalls gestiegen. Das ziemlich spießige Klischee von Oberflächlichkeit und Nachlässigkeit solcher Clubs, das Anna wie auch immer entwickelt hatte, wurde an diesem Abend noch verstärkt.

Bevor sie gehen durfte, stellte die Polizistin noch eine Frage – was das auf Annas Kleid sei. Der Rotwein. Den hatte Anna fast vergessen. Sie rang sich zu einer absurden Erklärung durch, weil es ihr zu dämlich erschien, zu sagen, dass ihr ein Mensch namens Habakuk C. Brausewind ohne Vorwarnung Rotwein übers Kleid gegossen hatte. Blödsinn! Niemand gab eine Vorwarnung, bevor er einem Rotwein übers Lieblingskleid schüttete. Gut, dass sie das nicht gesagt hatte!

Die Polizistin machte sich eine Notiz, während Anna ihren Schritt endlich Richtung Tür lenken konnte. Langsam leerte sich der Saal. Kraftlos schlichen die unfreiwilligen Zeugen eines bizarren Unglücks von dannen.

Da hörte Anna in ihrem Nacken deutlich den eigenen Namen. Die Stimme kam ihr bekannt vor. Eine gefühlte Ewigkeit, aber eigentlich nur knapp drei Stunden war es her, dass sie die feucht-anregende Bekanntschaft dieses Herrn gemacht hatte. Habakuk C.

Brausewind – die Lautfolge entlockte Anna ein müdes Lächeln.

»Anna, ich darf doch Anna sagen? Würden Sie so freundlich sein …«

Den Rest nahm Anna nicht mehr wahr, denn gerade wurde der Metallsarg an ihnen vorbeigetragen. Das hatte sie bisher nur im Fernsehen oder auf Fotos gesehen, die die Redaktionstische anderer Ressorts zierten. Unweigerlich dachte sie an ihr Vergehen: Sie hatte die eigene Redaktion nicht informiert! Keine gute Werbung für eine Journalistin. Fragend starrte sie Habakuk an, der sich höflich zu ihr herunterbeugte.

»Ihre Karte. Wegen der Reinigung. Ich will den Schaden wiedergutmachen.«

Reflexartig zog Anna ihre Visitenkarte aus der Tasche und gab sie Habakuk – lächelnd, aber abwesend nickend. Sie wollte einfach nach Hause.

7

Es war das Brodeln des Wasserkochers, das Anna aus ihren Gedanken riss. Nicht das erste Mal an diesem Sonntagmorgen. Schon die vierte Tasse Klarer-Kopf-Tee sollte ihr helfen, einen roten Faden für ihren Text zu finden. Diesen Faden musste sie haben, bevor sie Kramer zurückrief. Der hatte den Rückruf mittlerweile neunmal auf ihrem Anrufbeantworter eingefordert. Viermal bereits gestern Abend. Nein, sie hatte weder gut noch lange geschlafen.

Als sie sich aus dem In-and-Out geschleppt hatte und endlich eine riesige Brise Frischluft schnappen wollte, hatte ihr die Signalfunktion ihres Handys unmissverständlich klargemacht, dass hier draußen das Leben weitergegangen war. Sieben neue Nachrichten; das war auch für die Journalistin eher ungewöhnlich, noch dazu um diese Uhrzeit. Zweimal ihre Mutter, seit vier Tagen hatte Anna vergessen, sie davon in Kenntnis zu setzen, dass sie noch lebte, es ihr gut ging und sie viel zu tun hatte. Einmal die automatische Ansage vom Sushi-Laden, der sie freundlich darauf aufmerksam machte, dass sie den einzigartigen Gutscheincode für treue Kunden durch Nichtstun aufs Spiel setzte. Zwei Maki gratis seien bald verloren. »Nur noch bis Happy Wednesday!«, hatte die Ansagestimme mit ihrem asiatischen Akzent gesagt. Ob man die Akzente von Chinesen, Koreanern, Japanern,

Vietnamesen im Englischen oder Deutschen eigentlich genauso unterscheiden konnte? Schließlich erkannte Anna auch am Akzent, ob sie es mit einem Italiener, Franzosen oder Engländer zu tun hatte. Ob ihr Gutschein tatsächlich von einem Japaner kam? Im Moment wohl ihr geringstes Problem …

Die Frischluft hatte Annas graue Zellen wieder in Gang gebracht und sie hatte sich entschlossen, über die Verwendung des Gutscheins zu entscheiden, falls sie nächste Woche ihren Job noch haben würde. Die anderen vier Anrufe waren nämlich von Kramer gewesen. Andreas Kramer, Ressortleiter Kultur beim »Täglichen Anzeiger«. Normalerweise war das Oberhaupt des hiesigen Feuilletons entspannt, ein Allrounder ohne spezielles Fachgebiet; er konnte zu allem etwas sagen – Literatur, Theater, bildende Kunst. Ein bisschen auch zur Musik, aber da überließ er Anna gern das Feld und vertraute dem aus einem langen Musikwissenschaftsstudium erwachsenen Spezialwissen, das er hin und wieder gern monierte, weil man an den Leser denken müsse und nicht jeder die Lebensdaten von Beethoven auswendig kenne. Zeitgemäßer, spannender Journalismus war sein Schlagwort im Schlepptau von Chefredakteur Schrottheimer, der, wie aktuell unter Chefredakteuren nicht ungebräuchlich, von Spezialwissen recht wenig hielt. Genau wie von kleingliedriger Ressortstruktur und der Versorgung von kaum anzeigenrelevanten Minderheiten. Mit Anna persönlich hatte jedoch keiner der beiden ein Problem, und deshalb hatte die Musik noch immer ihren Platz im »Täglichen Anzeiger«. Auch Anna kam mit beiden klar. Bis jetzt.

Denn Anna wusste, dass man sich mit Mitte 30 einen solchen Anfängerfehler nicht leisten konnte. Da machte es wenig Sinn, sich mit den ungewöhnlichen Umständen des gestrigen Tages herauszureden. Fehlende Professionalität wäre das Geringste, das man ihr vorwerfen würde.

Kramers erster Anruf hatte noch besorgt geklungen. Wie Anna es vermutet hatte, hatten die Lokalen den Polizeifunk ausgeschlachtet. Harald, gewiefter Lokalreporter, der die Nase bei der Nachrichtenbeschaffung gern nicht ganz ethisch einwandfrei vorn hatte, hatte bei Kramer angerufen, um zu erfahren, ob der »da jemanden drin« habe. Zu diesem Zeitpunkt war nicht klar gewesen, was »da drin« passiert war. Man hatte aber mitbekommen, dass ein Großaufgebot an Polizei, THW und Rettungswagen auf dem Weg zum In-and-Out war. Daraufhin hatte Andreas Kramer, durchaus besorgt um seine Mitarbeiterin, zum Hörer gegriffen. Beim vierten Anruf des Abends – es war inzwischen nach draußen gedrungen, dass man bei diesem Konzert nicht versucht hatte, die Kritikerin zu meucheln – war der Chef eher konsterniert gewesen. Man hätte wenigstens die Internetausgabe, die es auch am Sonntag gab, mit einem kleinen Bericht direkt vom Geschehen verzieren können. Dafür sei es nun zu spät. Anna hatte die drei Fragezeichen in seiner Stimme gehört, und weil sie nicht gewusst hatte, was sie sagen sollte, verschob sie den Rückruf seit gestern Abend.

Gestern hätte sie noch sagen können, dass im In-and-Out kein Empfang … dass die Ordnungskräfte … Aber mittlerweile, zehn Stunden später, war das nicht mehr möglich. Sie konnte sich bestenfalls herausreden mit notwendigen Recherchen und einer einzigartigen Erkenntnis, die eben Zeit brauche. Und die noch nicht gefunden war, doch das würde sie für sich behalten.

Kurz und gut: Anna Schneider hatte ein Problem. Sie scrollte durchs Internet, fand aber nichts, was sie nicht selbst schon gewusst hätte. Die Veranstalter drückten tiefstes Bedauern aus, von den drei verbliebenen Musikern war keine Stellungnahme zu erhalten. Nichts Überraschendes also. Sie musste irgendetwas anderes finden. Auf jeden Fall verbot es sich, über die vorher stattgefundene Musikdarbietung zu schreiben, vor allem angesichts der streitbaren Qualität. Noch eine Tasse Klarer-Kopf-Tee? Das brachte wohl auch nichts, vermied aber das Kaninchen-vor-der Schlange-Gefühl, denn sie hatte dann etwas zu tun. Und danach würde sie Kramer anrufen – sicher. Also doch den Wasserkocher noch einmal füllen.

Anna war gerade auf dem Weg in die Küche, als der Summton der Haustürklingel signalisierte, dass unten jemand Einlass begehrte. Kam Kramer jetzt schon persönlich, um nachzuschauen, ob sie noch lebte, schoss es Anna durch den Kopf. Sie konnte sich nicht im Entferntesten erinnern, wann sie zum letzten Mal am Sonntagmittag unangekündigten Besuch erhalten hatte. Die meisten ihrer Freunde wussten, dass Anna Schneider gerade dann vor ihrem Computer brütete, und der Paketbote kam keinesfalls am Sonntag. Sollte sie sich tot stellen und Kramer weiterhin ausweichen? Angesichts der Tatsache, dass sie ihren Job behalten wollte und morgen ohnehin in die Redaktion gehen musste, war das nicht ratsam. Es hieß also, dem Tiger, der Kramer beim besten Willen nicht war, ins Auge zu sehen und zu öffnen.

»Hallo?«, flötete Anna zögerlicher als sonst in den Hörer der Sprechanlage.

Nicht weniger zögerlich tönte es zurück: »Hallo …«
Das war keinesfalls der wild entschlossene Kramer.
»Hallo, hier ist Heinz …«
Anna überlegte. Heinz?
»Heinz, Habakuk, der Mann mit dem Rotwein von gestern Abend. Ich wollte das Kleid zur Reinigung abholen …«

Teufel, auch das noch. Offenbar hatte Anna es fertiggebracht, einem wildfremden Menschen ihre private Visitenkarte zu geben – nur weil er Bratscher war, harmlos wirkte und Habakuk hieß. Nach allem, was zwischenzeitlich ihre Aufmerksamkeit auf sich gezogen hatte, hatte sie es versäumt, im Saisonprogramm des Gewandhausorchesters nachzusehen, ob da tatsächlich ein Brausewind in der Bratschengruppe geführt wurde. Was blieb ihr anderes übrig, als ihn hereinzulassen? Jedoch – allein mit ihm nach der ersten Bekanntschaft? Trotzdem drückte sie auf den Türöffner, und Habakuk stieg in den fünften Stock, einen Fahrstuhl gab es nicht. Ein merkwürdiger Anfang für eine Bekanntschaft … Was, wenn dieser Habakuk ein gemeiner Wäschefetischist war und lediglich ihr Leinenkleid erbeuten wollte? Immerhin hatte er sie als die Musikkritikerin Anna Schneider erkannt.

In der Zwischenzeit war Habakuk angekommen, weit weniger schnaufend als die Mehrheit von Annas Besuchern. Die Entscheidung war gefallen. Anna ließ den unerwarteten Gast ein. Strahlend streckte er ihr eine große flaschenförmige Geschenktüte entgegen. Was für einen Wein dieser Typ wohl mitbringt?

»Rotwein wäre ein wenig provokant gewesen.« Habakuk strahlte. »Waschbär-Cola – auch kein schlechter Tropfen«, scherzte er weiter.

Anna überlegte, wann sie jemals ein abgefahreneres Gastgeschenk erhalten hatte. Vermutlich hatte sie diese Edel-Cola mit ihrer gestrigen Getränkebestellung selbst provoziert. »Ich hole Gläser…«, sagte sie. Wenn er schon einmal da war, konnte man auch ein Glas Cola mit ihm trinken. Vielleicht gelang es ja einem Bratscher, sie aus ihrer festgefahrenen Kramer-Steinmüller-Text-Gedankenschleife zu reißen.

8

Waschbär-Cola ... Anna stand vor der nächsten Herausforderung. Welche Gläser benutzte man für eine Edel-Cola? Sie sollte sich, weiß der Himmel, schwerer wiegende Gedanken machen als die Frage danach, worin sie am besten ein Hipster-Gesöff kredenzen sollte. Immerhin musste sie in spätestens zwei Stunden einen Text liefern, den sie noch nicht einmal angefangen hatte. Bei einer »gewöhnlichen« Konzertkritik wäre das kein Problem, da hätte sie locker Zeit für drei Gläser Waschbär-Cola. Aber hier ging es um keine gewöhnliche Konzertkritik. Es gab einen Toten, noch dazu einen bizarr verstümmelten: Thorsten Steinmüller, Bratscher vom Kleistenes-Quartett.

Anstatt den Text endgültig in Angriff zu nehmen oder wenigstens Kramer anzurufen, holte Anna die schicken Longdrink-Gläser aus dem Schrank, die sie sich letztens sinnloserweise im Designer-Möbelhaus geleistet hatte, stellte Zitrone und Eiswürfelschale aufs Tablett und ging ins Wohn-Arbeitszimmer zurück, in dessen Mitte Habakuk C. Brausewind immer noch etwas unbeholfen stand. Das machte Anna nicht unbedingt mutiger. Sie winkte in Richtung eines der Plüschsessel – die Minicouch war mit diversen CDs und Büchern belegt, die sie nach und nach besprechen wollte – und stellte das Tablett umständlich auf dem Couchtisch ab. Habakuk öffnete sehr sorgsam die Cola-Flasche, was die Szene nicht weniger absurd erscheinen ließ. Anna setzte sich auf die Kante des anderen Plüschsessels und schaufelte sich viel zu viel Eis ins Longdrink-Glas. Habakuk tat es ihr allerdings gleich, dann goss er die Cola auf.

Bis hierhin verlief ihre Begegnung nahezu ohne Worte, dem Charakter des gestern gemeinsam Erlebten entsprechend. Habakuk ergriff als Erster das Wort und traf zielgenau einen wunden Punkt. »Haben Sie sich elegant aus der Affäre ziehen können?«

»Aus welcher Affäre?«

»Na, als normales Konzert werden Sie den gestrigen Abend kaum abhandeln wollen.«

Anna spürte, wie sich die gesamte, über den Vormittag angestaute Frustration in Aggression transformierte und beinahe dem arglos ihr in die Augen schauenden Habakuk wie ein gigantischer verbaler Vulkanausbruch ins Gesicht gesprudelt wäre. Sie hatte keine Ahnung, wie es ihr gelang, die rhetorische Lava hinunterzuwürgen und ihm lediglich ein spitzes »Ach was? Wie kommen Sie denn darauf?« zurückzuschmettern, das als zickig hätte interpretiert werden können.

Auch davon ließ sich ihr Gegenüber nicht beirren und deutete mit einer beschwichtigenden Geste sein Bedauern an, bevor er – dieser Habakuk war ganz schön hartnäckig, das beeindruckte Anna – den Faden wieder aufnahm. Er sei jedenfalls sehr gespannt, morgen ihre Sicht auf die Sache zu lesen.

Nun brach es mit entwaffnender Ehrlichkeit und leicht sarkastisch aus ihr heraus: »Wenn ich diese Sicht jemals finde, und sie zu diesem Zeitpunkt noch jemand drucken will.«

Die Verblüffung und Verlegenheit war jetzt deutlich auf Habakuks Seite. »Was, Sie haben noch nicht …? Verzeihen Sie, ich hätte nicht so voreilig … Dann will ich nichts gesagt haben. Es war keinesfalls … Ich wollte sie unter gar keinen Umständen beeinflussen. Ich hätte nicht so früh … Soll ich später wiederkommen?«

Angesichts des Entschuldigungsgestammels gewann Anna allmählich ihre Souveränität zurück. Außerdem: Was meinte er mit »beeinflussen«? Wodurch hätte er sie denn beeinflussen sollen? Waschbär-Cola war zwar überteuert, galt aber nicht einmal im Ansatz als bewusstseinserweiternde Droge. Trotzdem nahm Anna einen großen Schluck des süßen, durch das viele Eis völlig verwässerten Getränks.

Ihre Neugier war geweckt, obwohl sie nicht glaubte, dass ausgerechnet dieser Habakuk, den es rein zufällig in ihr Leben gespült hatte, im wahrsten Sinne des Wortes, der sich obendrein Heinz nannte und der ausgerechnet Bratscher war, dass er einen Beitrag für ihren Text leisten konnte. Einen Beitrag, der ihr nicht nur den Text rettete, sondern ihr womöglich zur Story ihres Lebens verhalf. Nein, das glaubte sie nicht. Aber zumindest weckte Habakuks konspirative Beschwichtigung ihr voyeuristisches Interesse. Brausewind zögerte, ihr etwas mitzuteilen. Es würde keinesfalls schaden, dieses Etwas anzuhören, unterhaltsam wäre es allemal. Auf eine halbe Stunde kam es auch nicht mehr an. Und Kramer konnte sie jetzt sogar sagen, sie recherchiere in Expertenkreisen. Wäre nur blöd, wenn der dann wissen wollte, um wen es sich bei diesen Experten handelte. Um den Bratscher Habakuk C. Brausewind – Kramer würde meinen, sie veräppelte ihn. Doch das war inzwischen relativ wurscht.

Ob es am Zuckergehalt des Getränks lag oder doch an der Neugier darauf, was Habakuk mitzuteilen hatte? Annas Lebensgeister waren jedenfalls samt und sonders präsent und brachten sie dazu, Habakuk zu beschwichtigen. Egal, was sie jetzt hören werde, sie werde sich keinesfalls beeinflussen lassen. Außerdem sei noch nicht entschieden, ob sie darüber schreiben werde. Immerhin – da habe er völlig recht – könne man hierüber keine gewöhnliche Konzertkritik schreiben. Der Gedanke, dass die Story inzwischen gar nicht mehr ihre Story sein könnte, kam Anna erst in diesem Moment. Er gefiel ihr noch weniger als alles bisher Gedachte. Er setzte weitere Kämpferenergien frei, die das Nahziel verfolgten, zu erfahren, was Habakuk wusste. An dessen Integrität zweifelte sie aus einem merkwürdigen Selbsterhaltungstrieb heraus längst nicht mehr.

9

Habakuk schien immer noch besorgt. Er wolle keine schlafenden Hunde wecken und erst recht nicht Anna in Schwierigkeiten bringen.

Anna holte die große berufsethische Gerechtigkeitskeule aus der Versenkung und erklärte, dass sie sich der Wahrheit verpflichtet fühle und erst ruhen könne, wenn sie wisse, ob es etwas gebe, das den Unfall beeinflusst haben könnte. Selbst wenn sie den Text am Ende gar nicht schreiben durfte, sei es für sie beruhigend zu wissen, worauf sie sich einlasse.

Habakuk war platt. Schlicht und ergreifend sprachlos. Anna redete sich so in Rage, dass der Bratscher eingeschüchtert in seinem Plüschsessel saß und kaum wagte, an seiner Cola zu nippen. Mit großen, lieben, aber verwirrten Augen starrte er Anna an, die wie Jeanne d'Arc und mehrere Walküren in Personalunion eine gigantische Lanze für die journalistische Verpflichtung zur Wahrheit brach. Tief beeindruckt gab er nach. Er nutzte eine von Annas rhetorischen Kunstpausen und sagte: »Na gut.«

Anna erklärte gerade, dass sie sich vor allem als Musikkritikerin bewusst darüber sei, was journalistische Sorgfaltspflicht bedeute. Auf Habakuks kurzes »Na gut« hin brach sie ihren Vortrag ab. Zufrieden und gespannt, was jetzt kommen würde.

Immer noch zurückhaltend setzte Habakuk zu einer langen Vorgeschichte an, die damit begann, dass er und der Verstorbene sich kannten. Nicht gut, aber sie kannten sich. Was für Anna nicht sonderlich verwunderlich war bei zwei Profi-Bratschern in einer mittleren Großstadt. Aber Thorsten Steinmüller hatte vor einiger Zeit Kontakt zu Habakuk aufgenommen, weil der gesagt hatte, dass er auf der Suche nach einem neuen Instrument sei. Das Gewandhausorchester wolle sich mit dem neuen Sommerfestival und der Gründung eines Kammerorchesters aus den Reihen des Klangkörpers auch einen international ernstzunehmenden Platz in der sogenannten historisch informierten Aufführungspraxis schaffen.

Anna stieß – wie immer, wenn sie ihn hörte – der Begriff der »historisch informierten Aufführungspraxis« auf, weil er so bemerkenswert konstruiert erschien wie manche zentralen Repräsentanten dieser Interpretationsrichtung selbst. Andererseits wirkte er verblüffend ehrlich. Anna hatte nichts gegen die klanglichen Ergebnisse und auch nicht gegen die Mehrheit dieser Leute, die ihren Interpretationen akribisches Quellenstudium zugrunde legten. Sie war lediglich vorsichtig, wenn Menschen aus ihrem Ansatz nicht nur eine, sondern gleich die einzig gültige Weltanschauung machten. Das hatte Anna Schneider schon zu oft erlebt. Aber das hatte mit dieser Sache nichts zu tun, und so gab sie sich alle Mühe, die unangenehmen Assoziationen auf der Stelle zu verdrängen und Habakuk mit ungeteilter Aufmerksamkeit zu folgen.

Das Gewandhausorchester wollte also auch – deutlich verspätet, wie Anna fand – auf den Originalklangzug aufspringen. Na ja, jeder war seines eigenen

Glückes Schmied ... Auf jeden Fall sollte Habakuk in dem Kammerorchester Solo-Bratscher werden, während er ansonsten sein Dasein weitgehend am zweiten Pult fristete. Deshalb hatte er relativ breit die Information gestreut, dass er bereit war, für eine gute historische Bratsche eine Stange Geld in die Hand zu nehmen.

Anna fragte sich insgeheim, was eine Bratsche kostete, und schämte sich sofort für diesen Gedanken. Da war er schon wieder, dieser latente Chauvinismus gegen die Bratscher. Natürlich kannte sie vom Hörensagen die Preise für gute Geigen oder Celli; was ein Konzertflügel kostete gehörte zum Allgemeinwissen. Aber eine Bratsche? Sie hatte sich noch nicht einmal – trotz Studiums einschließlich der obligatorischen Instrumentenkunde-Kurse und einer zweistelligen Zahl an Berufsjahren – gefragt, welche großen Bratschenbauer es gab. Wahrscheinlich fertigten Geigenbauer auch Bratschen ... Als ihr der Verdacht kam, dass Bratschen an den grobmotorischen Tagen der Geigenbauer hergestellt wurden, rief sie sich ihren eigenen Appell an das journalistische Berufsethos ins Gedächtnis. Dieses schloss eine Gleichbehandlung aller Bevölkerungsgruppen ein. Also: kein bratschenfeindlicher Chauvinismus mehr – zumindest für heute! Auch zugunsten des leidenschaftlich berichtenden Habakuk. Anna genoss es, Habakuks Berichten zu lauschen. Er war ein wahrhaft plastischer Erzähler, und Anna wurde merklich gelöster, während sie ihm an den Lippen hing.

Habakuk beantwortete nach und nach alle ihre Fragen zu Bratschenbauern, ohne dass sie diese stellte. Es waren tatsächlich Geigenbauer, die sich aber in vielen

Fällen spezialisierten. Anna erfuhr, dass es nur wenige gute historische Instrumente auf dem Markt gab. Dafür gab es unterschiedliche Gründe. Insgesamt hatte das mit der Entwicklung der Musik für mittlere Stimmlage zu tun – da es weniger herausragendes Repertoire und weniger herausragende Interpreten gegeben hatte, gab es auch weniger herausragende Instrumente. Das hatte sich – nachvollziehbar für Anna – erst im 20. Jahrhundert merklich verändert.

»Okay! Und die in sehr viel kleinerer Stückzahl existierenden guten historischen Instrumente haben dann einen ganz besonders herausragenden Preis, richtig?«, schlussfolgerte sie.

»Vor allem muss man sie finden.«

»Und du hast eins gefunden?«

Irgendwann waren Anna und Habakuk einvernehmlich zu dem in beiden Branchen üblichen Du übergegangen.

»Es hat mich gefunden. Aber jetzt ist es futsch. Oder: Man will mich glauben machen, dass es futsch ist. Das ist es ja, was ich meine. Vor etwa zwei Monaten rief mich Thorsten Steinmüller an. Er hatte meine Nummer von einem Kollegen aus dem Gewandhausorchester. Und er fiel gleich mit der Tür ins Haus. Ohne ›Wie geht's? Wie steht's?‹, ohne Small Talk kam er gleich zur Sache. Das war wohl seine Art. Er wollte mir eines seiner aktuellen Instrumente, den vor etwa 20 Jahren geschaffenen Nachbau einer Stradivari von 1719 verkaufen. Steinmüller, der nicht in dem Ruf stand, verarmt zu sein, schien es mit dem Verkauf sehr eilig zu haben. Das machte mich zunächst stutzig. Ich dachte mir, dass möglicherweise mit dem Instrument etwas nicht stimmt. Dennoch ließ ich mich auf ein Treffen und ein Probespiel des Instruments ein – bereits am nächsten Tag. Diesem folgte ein weiteres Probespiel eine Woche später, weil ich positiv überrascht, aber noch nicht überzeugt war. Da haben wir dann über den Preis gesprochen, den ich nicht zahlen wollte und auch nicht konnte. Ich wollte mich nicht an eine Bratsche versklaven wie andere an ein Herrenhaus. Wir haben hin und her verhandelt, wobei ich von vornherein offengelegt habe, was für mich realistisch ist – immerhin der Preis eines richtig guten Mittelklassewagens.«

Er schien eine verdammt ehrliche Haut zu sein, dieser Brausewind. Steinmüller habe bis ins Letzte gefeilscht, schließlich sogar in 100-Euro-Schritten, was bei solchen Summen besonders lächerlich war. Habakuk sei das Ganze schließlich so unangenehm geworden, dass er das Instrument aufgeben wollte. Da habe ihm der Kollege mitgeteilt, es tue ihm leid, er habe einen anderen Käufer gefunden, der ihm den vollen Preis zahle. Aus Asien, mehr habe er nicht gesagt. Habakuk hatte die Sache in dem Moment abgeschlossen, und er war froh darüber gewesen, weil die obsessiv feilschenden Anrufe des Kollegen zeit- und energiezehrend waren.

Anna hing an Habakuks Lippen, und der fragte sich, wann er das letzte Mal das Bedürfnis gehabt hatte, sich jemandem in dieser Ausführlichkeit und Intensität mitzuteilen. Auf jeden Fall war die Sache mit der Bratsche vorläufig im Sande verlaufen, Habakuk hatte nichts mehr von Steinmüller gehört und war darüber hinaus von dem kostspieligen Investitionsplan geheilt.

Bis vor gut einer Woche abermals sein Telefon geklingelt und Steinmüller gefragt hatte, ob er noch interessiert sei. Habakuk hatte sich das neuerliche Angebot angehört. Steinmüller wollte ihm 100 Prozent beim Preis entgegenkommen, wenn der Deal auf der Stelle über die Bühne ging. Das sei der Moment gewesen, an dem bei Habakuk die Alarmglocken sehr laut geschrillt hatten. Diese Marktschreier-Attitüde war absolut unseriös und auch nicht üblich; eine historische Bratsche wurde ja nicht plötzlich schlecht, wenn sie es die letzten 300 Jahre nicht geworden war; das war bei einer Kopie nicht anders. Außerdem bekam kein normaler Orchestermusiker eine sehr, sehr ordentliche fünfstellige Summe von heute auf morgen abrufbar von seiner Bank – das hatte Steinmüller mit Sicherheit gewusst. Habakuk hatte deshalb auf einem hieb- und stichfesten Kaufvertrag bestanden.

Anna, die ihm bis hierhin mehr als gebannt gelauscht hatte, pflichtete ihm bei. So etwas sei absolut merkwürdig und man müsse sich da absichern.

Der Kaufvertrag war aufgesetzt worden, Finanzierung, Zahlung und Übergabe vereinbart. Ende der kommenden Woche sollte alles über die Bühne gegangen sein. Morgen hätte er noch einen Termin bei der Versicherung gehabt, denn die Versicherung des Gewandhausorchesters war weder an einem Zweitinstrument noch an einer Bratsche in diesem Wertsegment besonders interessiert. Doch auch Habakuks persönlicher Versicherungsvertreter war argwöhnisch und etwas überfordert und wollte sich mit der Zentrale beraten, weswegen der Termin erst morgen hätte stattfinden sollen.

Mit einem liebenswerten Sarkasmus fügte Habakuk hinzu: »Ich habe mich schon gefragt, ob ein Geiger, der ein Instrument für einen ordentlichen sechsstelligen Betrag versichern will, auch so schief angesehen wird wie ich in diesem weit kostengünstigeren Fall. Aber mein Versicherungsvertreter kann nun wieder ruhig schlafen, wenn ich morgen früh den Termin absage.«

Erst jetzt begriff Anna die Sache in ihrem ganzen Ausmaß: Die gestern zertrümmerte Bratsche wäre das zukünftige Instrument ihres Gegenübers gewesen. Mitleidig und entsetzt starrte sie Habakuk an.

10

»Hat er dir jemals gesagt, warum er das Instrument so dringend verkaufen wollte?«

»Kein Sterbenswort. Er hatte es eilig, also dachte ich mir, er braucht das Geld. Er hatte ja mehr als ein anderes anständiges Konzertinstrument.«

»Und warum hat er gestern ausgerechnet dieses gespielt?«

»Das hat er mir angekündigt, aber plausibel erschien mir seine Erklärung nicht! Es fällt mir schwer, in bestimmten Situationen an Zufälle zu glauben; und das hier ist so eine.«

Ein Satz, der durchaus von Anna stammen könnte, das gefiel ihr. Habakuk C. Brausewind hatte Anna Schneider argumentativ längst auf seine Seite gezogen.

Habakuk fuhr fort: »Ich weiß nicht, was passiert ist, oder was ich davon halten soll. Aber es fällt mir schwer, an einen Unglücksfall zu glauben. Vorgestern hat mich Steinmüller angerufen und mir erklärt, dass er das Instrument am Samstag im Konzert im In-and-Out noch einmal spielen müsse, des Klangbildes wegen und verschiedenen Leuten zuliebe. Die nannte er jedoch nicht namentlich. Es sei ihm aber wichtig – natürlich gegen Quittung –, gleich im Anschluss an das Konzert das Instrument vorfristig an mich zu übergeben. Er bat mich, da zu sein, eine Freikarte sei auf meinen Namen an der Abendkasse hinterlegt. Ich habe daraufhin bei einem befreundeten Anwalt angerufen, um zu ergründen, ob sich das auf den schon unterschriebenen Kaufvertrag auswirken könnte. Dieser hat verneint, aber eine Übergabequittung aufgesetzt, die am Ende nicht mehr benötigt wurde.«

»Hast du das der Polizei gesagt?«

»Du bist gut! Weder gehörte mir das Instrument bereits, noch weiß ich, ob man eindeutig nachweisen kann, dass es sich bei dem auf der In-and-Out-Bühne verteilten Kleinholz um genau diese Bratsche gehandelt hat. Jemand, der nicht vorher im Saal war, könnte vermutlich nicht einmal sagen, dass die Holzsplitter ein Musikinstrument waren. Allerdings werde ich das Gefühl nicht los, dass es sich um einen Anschlag auf das Instrument gehandelt hat.«

»Aber«, fuhr ihm Anna ins Wort, »ein solcher Anschlag wäre auch mindestens fahrlässige Tötung!«

Habakuk wiegte bedächtig den Kopf. »Das ist es doch, was mir die ganze Zeit durch den Kopf geht. Wie kann man Hypothesen zu Instrumentenschwarzmarkt oder Versicherungsbetrug verfolgen oder das der Polizei gegenüber erwähnen, ohne dabei das Andenken eines Toten zu verunglimpfen, der damit möglicherweise gar nichts zu tun hatte? Das Hin und Her des Verkaufs sorgte unter Kollegen ohnehin für Aufsehen.«

»Man müsste herausbekommen, dass es kein Unfall war«, hörte sich Anna sagen.

»Davon ist Frille überzeugt!«

Anna war irritiert. Hatte sie etwas verpasst? »Wer ist Frille?«

Frille wurde ein gewisser Friedrich Lehmann von seinen Freunden und Kollegen genannt. Und Friedrich Lehmann war der technische Leiter vom In-and-Out, einer der beiden festangestellten Veranstaltungstechniker, der Einzige in Vollzeit. Woher Habakuk diesen Frille so gut kannte, dass er wusste, was der darüber dachte, konnte Anna nicht fragen.

Denn Habakuk erklärte bereits: »Frille hat noch gestern Abend darauf bestanden, dass das kein Unfall gewesen sein kann, dass keiner seiner Leute – es gibt eine Reihe freier Kollegen – so grob fahrlässig handeln würde. Vor allem können sich die Befestigungsschellen eines Moving Lights von Bero niemals einfach so lösen, niemals! Frille sagt, es gebe technisch und was die Sicherheit betrifft nichts Besseres. Die Spots besitzen nämlich eine Sekundärsicherung, einen Unfall hält er also für ausgeschlossen. Aber das In-and-Out mit seiner Politik der offenen Türen, wo jeder nach überall durchmarschieren und Dinge abschrauben und mitgehen lassen könne … Für Frille ist es nur eine Frage der Zeit gewesen, dass mal etwas passiert. Aber gleich so etwas … Das hätte er nicht für möglich gehalten. Mit einem ordentlichen Sicherheitsdienst wie in anderen Clubs wäre das nicht passiert, sagt er. Er hofft, dass sich wenigstens jetzt etwas ändert.«

Anna wagte vorsichtig anzumerken: »Ist es nicht naturgemäß und allzu verständlich, dass der technische Leiter hofft, der Fehler liege nicht in seinem Zuständigkeitsbereich? Immerhin kam durch den einzigartigen – wie heißt der? Moving Light? – na, durch den fantastischen Drehscheinwerfer ein Mensch zu Tode. Hat dieser Herr Frille« – Habakuk schmunzelte, weil Anna ihn »Herr Frille« nannte – »also dieser Frille seine Bedenken der Polizei vorgetragen?«

»Und ob«, wusste Habakuk, der mit Frille heute schon ein längeres Telefonat geführt hatte. »Die Untersuchungen sind noch nicht abgeschlossen, die Polizei nimmt Frilles Bedenken durchaus ernst. Aber ich habe im Gegensatz zu ihm keinen Grund und schon gar keine Berechtigung, mit irgendwelchen kruden Verdächtigungen durch die Gegend zu ziehen. Rein formal war es ja noch nicht einmal mein Instrument.«

Anna saß aufrecht auf ihrer Plüschsesselkante. Durch ihren Kopf schoss alles Mögliche – Versicherungsbetrug, Instrumentenmafia, fahrlässige Tötung, Mord ... Außer dass sie diesen Austausch mit Habakuk unendlich genoss und fortsetzen wollte, hatte sie das verführerische Gefühl, dass das hier ihre große Enthüllungsstory sein könnte, der Beweis, dass sie mehr konnte, als Musikkritiken zu schreiben. Sollte keine große Story dahinterstecken, bot ihr Habakuks Erzählung wenigstens einen Ausweg aus dem momentanen Kramer-Dilemma. Sie sagte: »Ich weiß, wie wir vorgehen!«

11

»Hast du das jetzt wirklich gemacht?« Habakuk war erschüttert.

»Ja, klar!«, sagte Anna so cool wie möglich. Dabei war sie über sich selbst verblüfft.

»Du hast mich nicht mal gefragt ...«

»Ja, aber du hast mir das alles doch nicht völlig absichtslos erzählt, oder?«

»Stimmt. Und du hältst mich nicht für paranoid?«

»Nicht mehr als andere. Wenn nur die Hälfte von dem stimmt, was du gesagt hast, muss man dem nachgehen. Kramer ist übrigens dabei.«

»Kramer?«

»Mein Ressortleiter. Der Mann, der abnicken muss, wenn ich so wertvolle Ressourcen wie meine Arbeitszeit damit vergeude, loszuziehen, mit meinem Presseausweis zu wedeln und unliebsame Fragen zu stellen.«

»Anna?«

»Wir verfolgen die Spur. Presse, die vierte Macht im Staate …« Annas Kampfgeist war geweckt.

Dem vorausgegangen war ein langes Telefonat mit Kramer, Folge ihrer Ankündigung Habakuk gegenüber, zu wissen, wie sie – der Plural entsprang ihrer Überzeugung – vorgehen sollten.

Kramer hatte für seine Verhältnisse sehr schnell abgehoben. »Ach, Anna! Noch unter den Lebenden? Hast du dich endlich vom Schock erholt?« Ein ungewohnt zynischer Unterton schwang in seiner Ansprache mit. »Ich habe Schrottheimer erklärt, dass du erst einmal fertig werden musst mit so viel Blut und Trümmern. Hat man ja sonst im Konzert nicht allzu oft.«

Uuh, das hätte unter normalen Umständen gesessen, aber inzwischen hatte Anna einen Joker in der Tasche, den sie genüsslich hervorgekramt hatte. Okay, sie hatte die Geschichte ein bisschen geschönt: Schon gestern Abend habe ein »Informant« ihr gegenüber berechtigte Zweifel geäußert an der Unfalltheorie, vor allem weil Steinmüller aktuell in einen komplizierten, vielleicht sogar dubiosen Instrumententransfer verwickelt sei. Das Wort »Transfer« sollte selbst Schrottheimer aus den attraktiven Fußballenthüllungen kennen. Sie hatte noch geschickt Reizworte wie »Versicherungssumme«, »laufende Ermittlungen« und »Marktregulierung« eingeflochten, ohne zu wissen, wie sie diese am Ende in ihre Berichterstattung integrieren konnte. Als sie endlich aufgelegt hatte, hatte sie tatsächlich die Carte blanche ausgehandelt. Sie durfte recherchieren, was es mit dem Unglücksfall auf sich hatte, bis sie – natürlich vor allen anderen – eine wasserdichte Enthüllungsstory vorweisen konnte. Diese sollte sie liefern, bevor es jeder aus dem Polizeibericht wusste, attraktive Zwischenstandsmeldungen, wenn auch noch nicht veröffentlichungsreif, wären gern gesehen. Täglich!

»Du hast wirklich eine Enthüllungsstory angekündigt? Und du hast ›wir‹ gesagt? Sprichst du von dir immer im Pluralis Majestatis? Hast du hier eine Katze, die ich nicht gesehen habe? Oder meinst du damit ernsthaft mich?«

»Wen sonst?«

»Okay! Das nächste Mal würde ich gern gefragt werden. Du weißt doch gar nicht, ob ich Zeit habe.«

»Und ob, der nächste große Konzertblock des Gewandhausorchesters ist übernächstes Wochenende. Ihr fangt keinesfalls vor Montag in einer Woche mit den Proben an; und üben kannst du auch neben unseren Recherchen.« Anna war von einer fast kindlichen Begeisterung und Verwegenheit gepackt, die Habakuk zwangsläufig mitreißen musste.

Also sagte er: »Lass uns Nägel mit Köpfen machen.«

12

Was Anna auf jeden Fall heute – am Sonntag – noch tun konnte, war jener Anruf bei der Polizei, der sie offiziell mit ins Rennen um die Informationen brachte. Anschließend musste sie jenen kurzen Bericht schreiben, der morgen im »Anzeiger« verkünden würde, was ohnehin die ganze Stadt wusste, nämlich, dass am Samstagabend im In-and-Out ein Musiker von einem Scheinwerfer erschlagen worden war. Außerdem, dass sich der »Anzeiger« ins Zeug legte, um Licht in die Hintergründe des Geschehens zu bringen. – »Licht in die Hintergründe des Geschehens« … So konnte sie das in diesem Kontext nicht formulieren. Wortspiele waren bei so einer ernsten Angelegenheit bestimmt nicht jedermanns Sache. Vielleicht konnte sie mit Habakuks Hilfe rund um die technischen Ermittlungen schon etwas in Erfahrung bringen und in den Text einflechten.

Habakuks große Stunde schlug morgen. Er hatte den Termin mit seinem Versicherungsvertreter nicht abgesagt. Er wollte so tun, als gäbe es das Instrument noch und als wollte er es über Wert versichern.

»Lass uns das nachher kurz besprechen«, sagte Anna. »Ich muss mich beeilen, um den kurzen Bericht für die morgige Ausgabe noch rechtzeitig fertig zu bekommen. Nimm dir gern ein Sandwich oder was anderes aus dem Kühlschrank.« Sie deutete auf den Eingang zur Küche. »Obstschale steht auf der Arbeitsplatte. Kaffeemaschine musst du bloß anschalten. Ich mache mir einen Tee, wenn ich den Anruf erledigt habe.«

Habakuk stand ein wenig verwirrt in der Mitte des Raumes, tat aber dann wie geheißen. »Soll ich dir etwas mitbringen?«

»Einen Pfirsich vielleicht.« Anna erinnerte sich, dass sie gestern Morgen in einem Anflug von Größenwahn völlig überteuerte Flachpfirsiche – wenigstens hatten sie ein Bio-Siegel – gekauft hatte, um die frühsommerliche Stimmung zu verstärken. Das war jetzt eine willkommene Erfrischung.

Bevor sie gleich bei der Polizei anrief, sollte sie sich kurz ins Redaktionssystem einloggen, um zu checken, was über die Nachrichtenagenturen und die Mailadresse der Redaktion hereingekommen war. Gut, dass das inzwischen von zu Hause aus ging. Vielleicht verfolgten andere bereits die gleiche Spur oder es gab neue Erkenntnisse oder ein Hintergrundfeature. Was im Wettlauf um Informationen nicht immer von Vorteil war.

Anna gab gerade ihr Passwort ein, als es laut krachte. Sie schreckte zusammen, musste sich im nächsten Moment aber ein Lachen verkneifen. Habakuk war es zwar in ihrer Küche gelungen, ein Tablett ausfindig zu machen und Obstschale und Kekse darauf zu stellen. Aber mit dem Tablett vor der Nase hatte er nicht ganz denselben Weg aus der Küche herausgenommen wie hinein und war über den Wäschekorb gestolpert. Dieser stand immer noch an der kleinen Wand zwischen der Treppe zur Terrasse und der Küchentür an strategisch ungünstiger Stelle. Glücklicherweise hatte Habakuk den Korb nur mit einem Bein erwischt, mit dem anderen hatte er sich auf dem Knie abgefangen und hielt heldenmutig das Tablett nach oben. In dieser mit Sicherheit äußerst unbequemen Stellung kauerte er auf dem Boden, und Anna eilte ihm zu Hilfe. Sie nahm ihm das Tablett ab, stellte es beiseite und entschuldigte sich für die Stolperfalle.

»Ich wollte die Wäsche schon längst bügeln, aber du weißt ja selbst …« Sie verbot sich ein weiteres Grinsen oder gar lästerliche Hintergedanken, denn das Ganze wäre schließlich nicht passiert, wenn sie ordentlicher gewesen wäre.

Inzwischen hatte sich Habakuk aufgerappelt. Anna schnitt am Couchtisch einen Pfirsich auf und holte anschließend den Laptop von ihrem Schreibtisch. Das Redaktionssystem, das von außerhalb noch langsamer war als in der Redaktion, war inzwischen komplett hochgefahren. Im Polizeibericht stand nichts Neues; es wurde auf »laufende Ermittlungen zur Unglücksursache« hingewiesen. Nun die Nachrichtenagenturen. Der »Anzeiger« leistete sich den Luxus eines Abonnements von vier Agenturen, der vermeintlichen Ausgewogenheit und Vielfalt der Berichterstattung wegen. Dabei waren die Differenzen zwischen den vier Ansätzen so gering, dass sie sich in der Veröffentlichung kaum noch niederschlugen.

Keine Überraschung, auch dieses Nachrichtenangebot brachte keine zusätzliche Erkenntnis. Zwei Agenturen reproduzierten weitgehend die Meldung aus dem Polizeibericht, wonach gestern im In-and-Out der Musiker Thorsten Steinmüller, Mitglied des Kleistenes-Quartetts, während eines Konzertes durch einen herabstürzenden Scheinwerfer getötet worden war, versehen mit dem Hinweis, dass die Ermittlungen zur Unglücksursache andauerten. Einer Agentur war die Sache ganz durchgerutscht und die vierte hatte – absurderweise – das Opfer anonymisiert. Anna und Habakuk hatten also noch nichts verpasst.

»Habakuk, während ich versuche, mit der Polizei in Kontakt zu kommen, könntest du deine Kontakte ins In-and-Out spielen lassen, um zu erfahren, wie dort der Stand der Dinge ist.«

»Das hatte ich ohnehin vor. Aber wäre es nicht klüger, das vor deinem Anruf bei der Polizei zu machen, sodass du dir gegebenenfalls bestätigen lassen kannst, was ich rauskriege?«

Anna musste zugeben, dass das eine äußerst sinnvolle Strategie war; also musste ihr Anruf noch ein paar Minuten warten.

13

Habakuk ließ sich in den Sessel fallen und fingerte sein Handy aus der Tasche der elegant sitzenden Cargohose. Normalerweise stellten für Anna die Begriffe Eleganz und Cargohose ein klassisches Gegensatzpaar dar, aber dieser Habakuk war der personifizierte Widerspruch an sich, er wirkte tatsächlich elegant in einer Cargohose. Und brachte dabei in den Taschen annähernd ein halbes Büro unter. Das erfüllte Anna mit Neid, denn sie war immer mit einer deutlich überdimensionierten Handtasche unterwegs. Habakuk zauberte nun aus einer der Taschen dieser elegant sitzenden Cargohose Notizbuch und Stift hervor. Das Handy hatte er bereits am Ohr.

Anna beschloss, etwas Ordnung auf dem Tisch zu machen, und schaffte die Reste des Waschbär-Cola-Besäufnisses beiseite. Noch ein Abstecher ins Badezimmer, und als sie zurückkam, war Habakuk gerade dabei, sich von seinem Gesprächspartner – Frille vom In-and-Out, vermutete Anna – zu verabschieden.

»Und?«, fragte sie ungeduldig.

»Wir können Frille heute noch treffen; er erwartet uns am späten Nachmittag, wenn du deine Meldung fertig hast. Dann kann er uns vielleicht zumindest im Ansatz erklären, was passiert ist. Die Polizei hat das In-and-Out wieder freigegeben. Nur den Scheinwerfer beziehungsweise das, was davon übrig ist, haben sie für weitere Untersuchungen mitgenommen.«

»Und was heißt das jetzt?«

»Wenn ich Frille richtig verstanden habe, ist es mehr als unwahrscheinlich, dass es ein Unfall war. Es sind verschiedene Gutachter eingeschaltet. Auch Bero hat sich schon geäußert.«

»Wer?«

»Der Hersteller des Scheinwerfers.«

»Der will natürlich klarstellen, dass seine Geräte nicht mangelhaft sind.«

»Ja, sicher. Bei deren Präsenz am internationalen Markt wollen die von vornherein ausschließen, dass ein solcher Verdacht Schule macht.«

»Ich verstehe. Man geht also davon aus, dass es keinesfalls ein technischer Defekt war, sondern dass jemand seine Finger im Spiel hatte. Wie sagt man dazu noch gleich?«

»Es heißt Fremdverschulden, wieso?«

»Wenn ich bei der Polizei anrufe, um mir das bestätigen zu lassen, müssen die nicht gleich merken, dass ich Musikkritikerin bin und keine Ahnung vom investigativen Journalismus habe.«

Habakuk hatte seinen liebe- und verständnisvollen Blick aufgesetzt, mit dem er zu sagen schien: Du machst das schon! Tatsächlich aber sagte er: »Sei einfach du selbst! Die müssen dir antworten, du hast einen Presseausweis.«

Ja, Anna besaß einen Presseausweis. Und Anna war keine Anfängerin. Allerdings war es Annas Job, über Musik zu schreiben, über das, was sie hörte – im Konzert, auf CD und so weiter. Das hieß nicht, dass sie ihr Leben lang ausschließlich Kritiken geschrieben hatte.

Es waren auch Interviews und Reportagen darunter. Doch auch diese entstanden für das Kulturressort und dementsprechend meist mit Blick auf künstlerische Produktionen – Einzelprojekte oder das Programm einer ganzen Konzertsaison. In der Regel ging es um Informationen, die ihr die Beteiligten freiwillig und gern übermittelten. Und eher im Überfluss. Eine kritische Nachfrage bezog sich auf Budgets oder Besucherzahlen und wurde hier auch erwartet. Geplänkel also. Die betreffenden Gesprächspartner ärgerten sich hinterher schlimmstenfalls, weil Anna in ihrem Text einen anderen Aspekt hervorgehoben hatte, als jenen, der ihnen am wichtigsten erschien. Oder weil sie nicht mehr geschrieben hatte. Dass der Platz in einer Tageszeitung per se begrenzt war und sich in der Stadt auch anderes ereignete als die eigenen Projekte, bedachte dabei niemand. Grundsätzlich gab es im Kulturjournalismus nicht den gewaltigen Wettlauf um Informationen. Die großen kulturpolitischen Skandale der Stadt hatten um die Musikszene bisher immer einen Bogen gemacht. Hatte es doch einmal etwas gegeben, hatte sich Kramer darum gekümmert.

Aber nun war alles anders. Es bot sich die Chance, auf die Anna längst gewartet hatte, die erträumte Abwechslung.

Anna suchte sich die Nummer der Vermittlung der örtlichen Polizeidirektion heraus und beschloss, sich durchzufragen. In der Pressestelle ging am Sonntag bestimmt keiner ans Telefon. Da fiel auch weniger auf, dass Anna nicht über die bei den Kollegen im Lokalen üblichen Kontakte in die Polizeidirektion verfügte. Namentlich kannte Anna dort niemanden.

Es lief besser als erwartet. Anna wurde nur zweimal weitergereicht und war prompt mit der ermittelnden Kommissarin verbunden. Katrin Voitel meldete sich freundlich, aber bestimmt. Anna war weniger souverän, als sie ihren Namen und jenen des Mediums nannte, für das sie arbeitete.

»Na, Sie haben sich aber Zeit gelassen«, war die Antwort.

Das hatte Anna nicht erwartet, deshalb zögerte sie verwirrt.

Die Kommissarin fuhr fort: »Ich dachte schon, Sie hätten den Anschluss verpasst. Nicht, dass ich Sie vermisst habe. Aber normalerweise sind Sie doch schneller, selbst wenn es um weniger spektakuläre Unfälle geht.«

Anna fühlte sich ertappt, als hätte die Frau am anderen Ende der Leitung ihr ganzes investigativ recherchierendes Unvermögen allein durch den Zeitpunkt ihres Anrufs erfasst. Sie sammelte sich kurz und teilte dann mit, dass sie zunächst ihr eigenes Material auswerten wollte, um es anschließend mit den Informationen der Ermittlungsbehörden abzugleichen. Immerhin sei sie in der nicht alltäglichen Lage, vor Ort gewesen zu sein. Sie gewann ein Stück Land zurück.

»Ach so, Sie waren im Konzert? Na, dann wissen Sie ja schon alles. Der Bratscher Thorsten Steinmüller wurde während des Konzerts am Samstagabend durch einen herabstürzenden Scheinwerfer getroffen. Laut Autopsie war er sofort tot. Aber das können Sie sich ja vorstellen, wenn sie dort waren. Die Ermittlungen zur Unglücksursache laufen noch.«

Das war Annas Stichwort. »Können Sie bestätigen, dass Sie mittlerweile von Fremdverschulden ausgehen?« Anna nahm das Zögern am anderen Ende der Leitung wahr und kostete es aus. Innerlich amüsierte sie sich wieder einmal über den Sprachgebrauch dieser Ermittler, aber auch ihrer eigenen Zunft. Das Gegenteil von Fremdverschulden war Selbstverschulden – im konkreten Fall konnte man jedoch relativ sicher sein, dass sich Thorsten Steinmüller den Scheinwerfer nicht selbst auf den Schädel geworfen hatte. Dass sich das Fremdverschulden hier darauf bezog, dass kein technischer Defekt vorlag, konnte man nur wissen, wenn man die entsprechenden kommunikativen Spezialregeln kannte.

Kommissarin Voitel bestätigte korrekt: »In der Tat können wir zum jetzigen Zeitpunkt Fremdverschulden nicht ausschließen.«

Mehr bekam Anna wohl noch nicht. Dafür legte sie in eine andere Richtung nach. »Können Sie Angaben zu der zerstörten Bratsche machen? Ist es richtig, dass es sich um eine äußerst wertvolle Kopie eines Stradivari-Instruments handelt, zu der gerade Verkaufsverhandlungen liefen?« Treffer! Langsam machte diese Form der Kommunikation Anna Spaß.

Die Kommissarin biss an. »Da wissen Sie in der Tat mehr als ich. Vielleicht sollten wir uns darüber genauer austauschen. Können Sie morgen gegen zehn auf einen Kaffee vorbeikommen – ins Präsidium? Ich hoffe, das ist nicht zu spät für Sie. Aber Rom ist ja auch nicht an einem Tag gebaut worden. Heute ist Sonntag und ich hocke quasi seit gestern Abend hier im Büro. Oder sollen wir uns im Café Maurer gleich neben dem Präsidium treffen? Der Kaffee dort ist deutlich besser als das, was ich Ihnen anbieten kann. Ich wäre Ihnen dankbar, wenn Sie die Sache mit dem Instrument bis dahin für sich behalten. Das könnte Täterwissen sein, falls wir es mit einer Straftat zu tun haben.«

Für Anna war es mehr als in Ordnung, Katrin Voitel erst morgen zu treffen. Nicht weil der Bau Roms länger gedauert hatte, sondern vor allem, weil sie zuerst gemeinsam mit Habakuk hören wollte, was dieser Frille zu sagen hatte, und außerdem ihr nicht vorhandenes Wissen über den Bratschenmarkt mit Habakuk abstimmen wollte. Sie willigte also ein und konnte sich nun an den kurzen Bericht für die morgige Ausgabe des »Täglichen Anzeigers« setzen.

14

Anna hielt sich bei ihrem Bericht an das mit Katrin Voitel Besprochene, auch wenn sie es nicht musste. Der Anstand gebot es, außerdem war es ein guter Deal für beide Seiten. Anna hielt ihr Wissen über die Bratsche zurück, dafür bekam sie mehr Informationen von der Kommissarin – bestenfalls. Außerdem mussten sie bei der Recherche noch eine Weile miteinander auskommen.

Anna hatte ein großes Stück ihres Selbstvertrauens wiedergewonnen. Vor allem entwickelte sie ein gewisses Vergnügen an der Sache. Routiniert setzte sie sich an den Computer, als gelte es, lediglich eine ganz normale musikalische Meldung zu schreiben. Gewohnt überpünktlich trudelte Anna Schneiders erste Tatortmeldung in der Redaktion ein:

```
Tragisches Konzertunglück im In-and-
              Out
   Musiker durch herabstürzenden
       Scheinwerfer getötet

Bei einem tragischen Unglücksfall im
städtischen Club In-and-Out wurde am
Samstagabend der Bratscher des Kleis-
tenes-Quartetts Thorsten Steinmüller
durch einen herabstürzenden Scheinwer-
fer getötet.
```

> Mit einem gediegenen Streichquartettabend hätte die Konzertsaison der Kammermusikreihe des Gewandhauses – wenn auch an ungewöhnlichem Ort – ausklingen sollen. Allerdings wurde dem Abend ein abruptes Ende gesetzt, als sich zu Beginn des zweiten Konzertteils ein Scheinwerfer aus der Verankerung löste und auf die Szene stürzte. Der getroffene Musiker war sofort tot. Polizei, Technisches Hilfswerk und Rettungskräfte waren mit einem Großaufgebot im Einsatz.
> Die Ermittlungen zur Unglücksursache dauern an. Zum gegenwärtigen Zeitpunkt kann, nach Angaben der ermittelnden Kommissarin, Fremdverschulden nicht ausgeschlossen werden.

Das musste fürs Erste genügen – keine Spekulationen, die den Täter warnen könnten. Wie ihre Musikkritiken zeichnete Anna den Text mit ihrem Kürzel »asch«.

Und nun auf ins In-and-Out.

Eine gute halbe Stunde später marschierten die beiden im In-and-Out ein. Anna hatte gehofft, dass mit dem gestrigen Abend ihr Club-Deputat für mindestens die nächsten zwei bis drei Monate erschöpft war, gern auch länger; aber wenigstens spielte heute keiner die »Kleine Nachtmusik« zum Hintergrundgebrumm der Klimaanlage, und sie musste auch nicht in einem siffigen Sessel ausharren. Es war ja nett, dass dieser Frille Zeit hatte und bereit war, sie ins Bild zu setzen.

Das In-and-Out war leer, Spurensicherung und technische Gutachter abgezogen. An der Eingangstür hing ein Schild mit der Aufschrift: »Wegen eines tragischen Unglücksfalls bleibt der Club heute geschlossen.« Wenigstens versuchten die Verantwortlichen nicht, ein Geheimnis aus der Sache zu machen. Dabei war ein kopfloser Bratscher alles andere als gute Werbung. Anna ermahnte sich innerlich zu mehr Pietät.

»Wir müssen hinten rein!« Habakuk riss sie aus ihren Gedanken.

Sie hatten auf dem Weg hierher über mögliche Strategien diskutiert, doch je näher sie dem Ort des Geschehens gekommen waren, desto wortkarger waren beide geworden. Auf den letzten hundert Metern hatte jeder für sich den gestrigen Abend Revue passieren lassen, zumindest den relevanten Teil.

»Wir müssen den Mitarbeitereingang benutzen.« Habakuk zupfte sie diskret am Ärmel.

Woher kannte er den Mitarbeitereingang? Offenbar war er ein grandioser Netzwerker. Ganz entgegen dem klassischen Bratscher-Klischee, dachte Anna, biss sich sofort auf die Zunge und verbot sich vorläufig jeden weiteren instrumentalen Spott.

Anna folgte Habakuk durch den Hauseingang neben dem In-and-Out und fand sich auf einem Hinterhof wieder, von dem aus eine eiserne Feuertreppe nach oben führte zum sogenannten Mitarbeitereingang. Der schien nicht ganz offiziell zu sein. Oben stand eine schwere Metalltür offen. Anna wunderte sich über die Selbstverständlichkeit, mit der Habakuk hinaufkletterte. Etwas zaghaft folgte sie ihm. Er schob sich durch die Tür, und Anna tat es ihm gleich.

Sie gingen einen Gang entlang bis zu einer offenen Tür auf der rechten Seite. Sie war mit Band-Stickern übersät. Anscheinend gab hier jeder seine Visitenkarte ab, der im In-and-Out spielte, sofern er Band-Sticker besaß. Das Kleistenes-Quartett also bestimmt nicht, dachte Anna insgeheim. Für diesen Gedanken rügte sie sich nicht, war er doch ein weiterer Beleg dafür, dass dieses Konzert gestern Abend nebst seiner Folgen völlig unnötig gewesen war – und zwar von vornherein! Auch wenn es wahrscheinlich einen, vor allem außermusikalischen, Grund dafür gab, dass das Konzert hier und nicht an einem der gefühlt 1.000 besser geeigneten Orte Leipzigs stattgefunden hatte, von denen mindestens drei mit Sicherheit verfügbar gewesen wären am Samstagabend, allen voran der Mendelssohnsaal. Anna bezweifelte, dass Cool-sein-Wollen als Veranstalterargument ausreiche.

Sie wurden erwartet. Hinter der Tür saß – wie angesichts seines schwarzen Outfits zu vermuten war – ein Bühnentechniker mit gepflegtem dichten Pferdeschwanz, Designerbrille und indifferenter Laune.

»Grüß dich, Heinz!«, wandte er sich an Habakuk. »Schlimme Sache!«

»Grüß dich, Frille, schön, dass du Zeit hast. Das ist Anna, Anna Schneider vom ›Täglichen Anzeiger‹.«

»Du bist also unter die Ermittler gegangen! Noch ein Job mehr für dich? Ausgelastet bist du offenbar nie. Gut so!« Während Frille Anna die Hand entgegenstreckte, machte er eindeutig klar, dass hier jeder förmliche Eiertanz fehl am Platz war. »Frille. Schön, dass ihr da seid!«

15

Frille war nicht mehr im Dienst. Um Polizei und Gutachter zu unterstützen, hatten beide Techniker vom In- and-Out heute einen Zusatzdienst geschoben, obwohl sie freigehabt hätten. Aber jetzt war Feierabend. Zeit für ein Bier. Frille griff zu einem Bierkasten, der an der Wand des Büros stand.

Hier schien das Basislager der Technik des Clubs zu sein. Im Raum standen drei Schreibtische mit Computern und diverse Schränke, an einer Wand hing eine riesige Pinnwand, gespickt mit einer Art von Bauplänen – Anna wusste, dass man die »Technical Rider« nannte –, Memos, Materiallisten und sonstigen Informationen. Anna war verblüfft über die Ordnung, verglichen mit den Büros der Redaktion, wo die Schreibtische überquollen von meist unnötigem Infomaterial. Das landete deshalb nicht gleich im Papierkorb, weil man es vielleicht während des Sommerloches, der sogenannten »Saure-Gurken-Zeit«, noch gebrauchen könnte. Hier hingegen wurde offenbar täglich alles Unnötige beseitigt. Oder die Angestellten waren einfach gut strukturiert.

Frille hielt jedem ein Bier hin. Anna, die kein besonderer Bier-Fan war, begriff, dass das hier sozial notwendig war, griff zu und bedankte sich. Habakuk nahm ihr die Flasche gleich wieder aus der Hand, um sie an seiner zu öffnen. Der Mann beeindruckte sie immer wieder.

»Also, was genau wollt ihr wissen?«, fragte Frille.

»Am liebsten alles«, antwortete Anna, bemüht, nicht zu euphorisch zu klingen.

»Sie«, damit meinte Frille Polizei und Spurensicherung, »haben den ganzen Tag hier zugebracht, um zu bestätigen, was ich gleich gesagt habe: dass das nicht wegen eines Defekts oder menschlichen Versagens passiert ist.«

»Was ist denn genau passiert?«, drängte Habakuk.

»Ich wusste, dass du das fragst, und«, Frille machte eine Geste wie ein Fernsehkoch, »deshalb habe ich etwas vorbereitet.«

Die Spurensicherung hatte die Reste des Unglücksscheinwerfers zwar mitgenommen, doch hatte Frille in weiser Voraussicht ein typgleiches Exemplar für seine Erläuterung bereitgestellt. Er war wohl davon ausgegangen, dass Anna dergleichen noch nie aus der Nähe gesehen hatte.

»Zuerst erkläre ich euch den Scheinwerfer und sage euch, wie es gestern gewesen sein muss. Danach beschreibe ich euch die Abläufe bei uns. Vor allem für Anna. Heinz, du kennst das ja.«

Anna und Habakuk waren damit einverstanden und nippten an ihrem Bier. Frille fasste die bisherigen Ergebnisse kurz zusammen: Die Spurensicherung hatte einen rein technischen Defekt bereits ausgeschlossen. Dies hatte ein von der Firma Bero beziehungsweise deren Versicherung ausgesandter Gutachter bestätigt, nachdem er einen Blick auf die Materialien geworfen hatte. Er war sich sicher, dass sich die Aufhängung eines Bero-Scheinwerfers nicht von allein löst, schon gar nicht beim genialen neuen Bero Scorpion. Dieser sei nicht nur flexibler, präziser und strahlender als alles bisher Dagewesene, sondern auch sicherer, zitierte Frille den Gutachter.

»Scorpion« – Anna war beeindruckt, welch tiefgründigen Namen eine bessere Lampe haben konnte. Das war noch schärfer als bei IKEA, wo selbst Vasen und Vorhangstoffe Namen hatten wie aus dem Waldorfkindergarten – allerdings nur schwer tanzbar. Die Bemerkung verkniff sie sich, denn Frille hatte seine Geräte recht gern und sie waren auf seine Hilfe angewiesen. Obendrein hatte er eines dieser Babys innerhalb der letzten 24 Stunden verloren. Man merkte ihm deutlich an, dass ihm das an die Nieren ging. Anna mutmaßte, dass ihn der Verlust des Scheinwerfers sogar ein klein wenig mehr beschäftigte als die Tatsache, dass mit diesem Gerät ein Mensch ins Jenseits befördert worden war. Vielleicht war das nur eine böse Spekulation Annas, hervorgerufen durch ihre große Skepsis gegenüber jeglicher technikorientierten Objektophilie. Diese wiederum war ihrem Alltag in einer Redaktion geschuldet, in der fotografierende Männer sich ernsthaft an der Länge ihrer Teleobjektive maßen. Nicht bei allem war Anna so technikaffin wie bei ihrem geliebten Hochdruckreiniger.

Frille sprach voller Leidenschaft über den Scorpion, begeistert von den Möglichkeiten des Scheinwerfers. Selbst Anna wurde nun klar, dass Sicherheit bei Scheinwerfern oberste Priorität hatte bei allen, die damit zu tun hatten. Anna hatte noch nie in einem Konzert über die Präsenz eines Scheinwerfers und die damit verbundenen Gefahren nachgedacht. Nach Frilles Ausführungen war sie gern bereit, ihm in puncto Sicherheit zu glauben.

Trotzdem war Thorsten Steinmüller tot – erschlagen von einem Bero Scorpion mitten im In-and-Out. Was also war passiert?

Alle – Frille, Spurensicherung, Gutachter – gingen in bemerkenswerter Einhelligkeit davon aus, dass der Scheinwerfer nur aktiv gelockert werden konnte, weil dazu zwei Befestigungsschellen gelöst werden mussten. Zufälle ausgeschlossen. Damit er sich so aus seiner Verankerung löste wie gestern Abend, war nicht nur Fachwissen, sondern auch Kraft notwendig. Außerdem musste jemand das Sicherungsseil, die Sekundärsicherung, manipuliert haben. Dieses versagte nur, wenn es nicht korrekt eingehängt war. Frille schloss mit Sicherheit aus, dass hier Zufall, Fahrlässigkeit oder was auch immer im Spiel waren. Man musste gezielt die Schellen und das Sicherungsseil lösen; um einen Unfall konnte es sich demnach nicht handeln.

Zu diesem Ergebnis kamen Anna und Habakuk spätestens auch, als sie sich an dem Modellscheinwerfer ausprobiert hatten. Das machte die Sache nicht leichter, denn nun galt es, den Täter zu finden. Oder wie Habakuk es formulierte: »Wer macht denn so was?«

Anna war in Gedanken noch mit dem Scheinwerfer beschäftigt. War es überhaupt möglich, dieses zylinderartige Lampenteil so aus seiner Verankerung fallen zu lassen, dass es punktgenau zu Boden ging? Wenn nicht – galt der Anschlag dann eher dem In-and-Out allgemein als einer konkreten Person oder gar einem konkreten Instrument?

Habakuk erschien von Minute zu Minute überzeugter, dass es sich um einen versuchten Versicherungsbetrug handelte, das eigentliche Opfer die Bratsche war und der Bratscher der Kollateralschaden, der zuvor an der Aktion zumindest beteiligt gewesen sein musste.

»Sicherlich«, sagte Frille, »kann man den Winkel, in dem der Scheinwerfer aus seiner Verankerung fällt, wenn man ihn lockert, relativ genau berechnen. Aber eine gewisse Streuung gibt es trotzdem, ich schätze, im Radius von einem knappen Meter. Dieses Risiko«, Frille zwinkerte Habakuk zu, »ist selbst für einen Bratscher erkennbar.«

Konnte Frille Gedanken lesen? Genau diesen Bratscher-Kommentar hatte sich Anna gerade verkniffen. An Habakuks Seite legte sie mächtig an Political Correctness zu.

»Außerdem«, fuhr Frille fort, »hätte Steinmüller, wenn er das Ganze selbst inszeniert hätte, klar sein müssen, dass, selbst wenn die Bratsche direkt getroffen worden wäre, zumindest sein Arm in Mitleidenschaft gezogen worden wäre und er mit einiger Sicherheit nie wieder gebratscht hätte.«

»Und wenn genau das zum Plan gehörte?« Habakuk ließ nicht locker, überzeugt von seinem Gedanken, dass es nur um die Bratsche gegangen sein konnte.

Vorsichtig entgegnete Frille: »Ich kann mir weit weniger existenziell riskante Wege vorstellen, um eine Bratsche zu vernichten. Und für eine beabsichtigte Selbstverstümmelung fallen mir kontrolliertere Methoden ein.«

Habakuk zögerte kurz, gab aber noch nicht ganz auf. »Und wenn es unbedingt öffentlich sein musste?«

Während Anna ihn gleichermaßen verwundert und anerkennend anblickte, hatte Frille in sympathisch trockenem Ton auch hierauf eine Antwort parat. Er wies darauf hin, dass ein spektakulärer Sturz vom Podium, geschickt gemacht, ausreichend Effekt haben könnte, aber deutlich kontrollierbarer bliebe. »Vom Aufwand der Vorbereitung ganz abgesehen«, fügte er hinzu.

Womit sie wieder beim Thema waren: dem Täter oder der Täterin.

16

Auf dem Weg ins In-and-Out hatten die beiden bekennenden Krimifans hartnäckig über die Dualität von Motiv und Gelegenheit diskutiert und waren schließlich in Zweifel geraten, welches von beiden in diesem Fall zuerst ergründet werden sollte. Jetzt ergab es sich für Anna von selbst: Die Frage nach der Gelegenheit konnte den potenziellen Täterkreis erheblich einschränken, oder?

Frilles Erklärungen zu den komplexen Arbeitsabläufen im In-and-Out und zum konkreten Nachmittag belehrten sie allerdings schnell eines Besseren.

»Normalerweise«, begann Frille seinen Vortrag, den er wahrscheinlich schon vor verschiedenen Menschen gehalten hatte, mit denen er zusammenarbeitete, »normalerweise hat einer von uns beiden, also Uwe oder ich, den Hut für eine Produktion auf.« Uwe war der zweite festangestellte Veranstaltungstechniker im In-and-Out, allerdings in Teilzeit. »Je nachdem, wie aufwendig die Show ist, werden freie Kollegen hinzugebucht.«

»Und manchmal macht ihr, Uwe und du, den Dienst auch gemeinsam«, wusste Habakuk.

»Ja, sofern das Uwes Stundenkontingent hergibt, eher in Zeiten mit wenigen Veranstaltungen. Dann ganz besonders gern.«

»Und gestern war so ein Tag?«

»Nicht ganz«, erklärte Frille zögerlich. »Dass wir beide gestern Dienst hatten, geschah eher aus einem gewissen Pragmatismus heraus. Am Nachmittag mussten zwei kleinere Produktionen aufgebaut werden, die so kurz aufeinander folgten, dass sich der Aufbau verbinden ließ. Das Kammerkonzert als Mietveranstaltung vom Konzerthaus ist so kurzfristig ins Programm genommen worden, dass das die beste Lösung war. Außerdem haben wir so etwas schon häufiger gemacht.« Frille ging in eine Verteidigungshaltung über.

Warum, fragte sich Anna. Was war ungewöhnlich daran, dass man den Aufbau für zwei Veranstaltungen verband? Bevor sie nachhaken konnte, sprach Frille weiter.

»Uwe hätte am heutigen Vormittag ein Konzert für Familien mit kleinem Bühnenbild und etwas mehr Aufwand beim Licht betreuen sollen. Dafür gab es gestern eine kleine Probe. Bei der Probe funktionierte der Scorpion ohne Probleme. Uwe hat nach der Probe die Traverse, an der die Scheinwerfer für die kleine Clubbühne angebracht sind, heruntergefahren und einige wenige Modifikationen vorgenommen. Weil er wusste, dass ich gleich für die Probe des Kleistenes-Quartetts da sein würde, hat er sie nicht wieder nach oben gefahren, falls ich kurzfristig etwas verändern wollte. Ich kam allerdings später als üblich zum Dienst. Zu Hause hat es nach der Rückkehr vom Wochenendeinkauf Stress gegeben, weil meine Freundin festgestellt hat, dass wir im Eifer des Gefechts Partyhütchen, Luftschlangen und Bob-der-Baumeister-Trinkbecher vergessen haben. Für den sechsten Geburtstag unseres Sohnes am Montag unabdingbar, wenn ihr versteht.« Frille deutete auf eine Ecke des Raumes. Dort lagen die Dinge, die er vermutlich gestern noch besorgt hatte – Grund für seinen verspäteten Dienstantritt.

Anna quittierte das mit einem anerkennenden Lächeln. Auf jeden Fall war Frille gestern erst eingetroffen, als die Probe gerade begann. Er hatte nur grob die für seine Produktion notwendigen Scheinwerfer gecheckt – im Wesentlichen gab es für ein Kammerkonzert ohne große Bühnenaktion kaum nennenswerte Einstellungen. Anschließend hatte er die Traverse nach oben gefahren, die Probe des Kleistenes-Quartetts hatte begonnen und war unterbrechungsfrei durchgelaufen. Sie war so kurz und unterkühlt gewesen, dass Frille sich in seiner Regie nicht einmal häuslich einrichten konnte.

»Die Musiker wollten an den beiden Lichtstimmungen nichts ändern. So sind wir dann ins Konzert gestartet. Dann gab es den lauten Knall. Ich habe aus der Regie heraus erst begriffen, was da passiert, als ich das Saallicht eingeschaltet habe. Vielleicht hätte ich es nicht so schnell einschalten sollen. Allerdings … wäre es ausgeblieben, wäre eine Panik wohl unvermeidlich gewesen.«

Anna und Habakuk lenkten das Gespräch zurück auf die Zeit vor dem Konzert; denn was ihnen aus Frilles vorherigen Erklärungen mehr als klar war: Der Scheinwerfer musste manipuliert worden sein, als die Traverse unten und kein Techniker vor Ort gewesen war. Kein Mensch hätte sich die Mühe gemacht, sich später dort entlangzuhangeln, um an den Schellen herumzuschrauben und das Sicherungsseil auszuhängen. Außerdem wäre aufgefallen, wenn Spider- oder Superman durch den Saal geschwebt wäre.

Bei dem Gedanken musste Anna schmunzeln. Vermutlich hätte sie auch ein Spiderman an der Traverse gestern Abend nicht mehr überrascht.

»Wer kommt tagsüber hier rein? Jemand muss sich an dem Scheinwerfer zu schaffen gemacht haben, als die Traverse heruntergelassen war.« Das war ungeschickt, denn Frille ging sofort in eine latente Rechtfertigungshaltung über. Außerdem erinnerte sich Anna an Habakuks Bericht, dass die fehlende Security im In-and-Out ein Lieblingsthema von Frille war.

»Klar sind die Türen zum Club zu während der Proben und des Aufbaus. Aber zum Künstlereingang kann theoretisch jeder rein und raus; kontrolliert ja keiner. Den muss man natürlich kennen. Da gibt es einige: der Caterer mit seinen vielen Aushilfen und Aushilfen der Aushilfen, zig Bekannte der Künstler und des Agenten. Bei uns singt nicht Bruce Springsteen, da braucht es anscheinend keine Rund-um-die-Uhr-Security. So blöd es klingt – im Prinzip hätte jeder rangekonnt. Wahrscheinlich hätten wir das Unglück vermeiden können, wenn Uwe die Traverse hoch- und ich sie vor der Probe runtergefahren hätte. Aber es gibt da keine Auflagen – theoretisch ist das ein abgeschlossener Raum. Außerdem sind wir chronisch unterbesetzt. Mit so etwas Abgefahrenem rechnet doch keiner. Heinz, du weißt, wie das ist.«

Habakuk nickte.

Anna wollte noch nicht daran glauben, dass so der gezielte Mord an einem Bratscher aussah. »Vielleicht war es auch die Gelegenheit, dem Club eins reinzuwürgen. Der Attentäter muss die Todesfolge nicht zwangsläufig vor Augen gehabt haben.«

»Auch dafür«, stöhnte Frille, »gäbe es deutlich wirkungsvollere und eindeutigere Varianten. Das Ganze ist zu aufwendig; und dem Täter müsste klar gewesen sein, dass das Ermittlungen nach sich zieht, bei denen der Club ganz schnell aus dem Schneider ist.«

»Und wenn es nur um den Imageschaden ging?«

»Ganz ehrlich, wir sind hier nicht in Berlin oder Köln, wo ein Club sehr viele Konkurrenten hat. Sehr unwahrscheinlich …«

Das war der Moment, in dem Habakuk aus seinen Überlegungen auftauchte. »Es könnte also jeder gewesen sein. Vielleicht sollte der Club wirklich sein Sicherheitskonzept überdenken. Aber das nützt uns jetzt auch nichts.«

»Da gibt es noch etwas …« Frille schaute, als hätte er gleichzeitig mit der einen Hand einen Trumpf aus dem Ärmel gezogen und mit der anderen einen sauren Apfel zum Mund geführt.

»Was denn?«, fragte Habakuk. Er fand sich gerade mit dem Gedanken ab, dass die Bratsche vielleicht nicht das Ziel, zumindest nicht das alleinige dieses Anschlags, sondern der Kollateralschaden gewesen sein könnte. Doch kaputt war kaputt. Der Rest war eine Frage der Perspektive, dessen war sich Habakuk bewusst.

»Das Ungewöhnlichste habe ich euch noch gar nicht erzählt!« Frille war ein bemerkenswerter Rhetoriker, denn die Kunstpause, die er auf diesen Ausruf folgen ließ, garantierte ihm die volle Aufmerksamkeit von Anna und Habakuk. »Der Scorpion hätte bei dem Kammerkonzert nicht zum Einsatz kommen sollen. Der war überhaupt nicht programmiert. Hätte er sich nicht gedreht, hätte ihn die Rotation nicht aus der Verankerung drücken können. Dann wäre er sehr wahrscheinlich auch nicht gefallen.«

Anna und Habakuk starrten Frille entgeistert an.

Der legte nach: »Wir mögen zwar für die eine oder andere Trash-Show bekannt sein, aber so stillos sind wir nicht, dass wir bei Brahms geplant ein Moving Light kreuz und quer über dem Publikum kreisen lassen.«

Anna begann diesen Frille zu mögen. Sie erinnerte sich nur zu gut, wie nervig und unpassend sie den gleißenden Lichtkegel gefunden hatte.

»Jemand muss die Programmierung während der Show verändert haben. Und das ging nur in der Pause, denn ansonsten war die Regie besetzt. Jeder weiß, dass ich die Regie während der Show nicht verlasse.«

»Also war es ein Fachmann?«, fragte Anna, die zweifelte, ob sie das ganze Ausmaß der Botschaft verstanden hatte.

»Wenn ja, dann ein ziemlich gestörter.«

Das war doch offensichtlich, dachte Anna. Denn wer, wenn nicht ein Gestörter, erschlug Leute mit Scheinwerfern?

Frille stellte klar: »Kein normaler Veranstaltungstechniker würde mutwillig einen Scheinwerfer zerstören. Jedenfalls war es jemand, der die Software kennt. Das muss aber kein Veranstaltungstechniker sein. Und von uns war es bestimmt niemand.«

Das waren viele Informationen – zu viele, wenn Anna und Habakuk ehrlich waren –, die es zu ordnen und zu verdauen galt. Anna, Habakuk und Frille saßen schweigend in dem inzwischen halb dunklen Büro. Draußen dämmerte es.

Plötzlich platzte es wie eine kleine Explosion aus Anna heraus: »Moment mal … Du sagst, in der Pause sei keiner in der Regie gewesen?«

Frille nickte konsterniert.

Anna setzte zu einer weiteren Sicherheitsfrage an: »Zur Regie führt die stylische Wendeltreppe im Foyer, oder?«

Frille war irritiert. Er nickte zögernd. »Ja, schon …«

»Was hat dann dein Kollege während der Pause in der Regie gemacht?« Anna war die Person eingefallen, die sie in der Pause auf dem Weg von der Toilette zur Bar – also vor dem Habakuk-Desaster – durch ihr Drängeln aufgehalten hatte. Der Mensch im Kapuzenpulli war die Treppe zur Regie hinaufgeeilt, weshalb Anna vermutet hatte, dass es ein Techniker des Clubs war.

»Welcher Kollege? Ich weiß, dass das nicht ideal ist, aber am Samstag war ich alleine hier. Vier Stühle, vier Pulte, zwei Lichtstimmungen und null Verstärkung – das kriegt man auch alleine hin.«

Anna starrte Frille an. Ausgeschlossen, dass er unter dem Kapuzenpulli gesteckt hatte. Frille war gefühlt doppelt so breit und schätzungsweise eineinhalb mal so hoch wie der Pausendrängler. Er konnte es nicht gewesen sein. Anna erklärte, was sie in der Pause erlebt hatte, vor ihrer Rotwein-Bekanntschaft mit Habakuk.

Nun war Frille außer sich. »Du hast sicher gesehen,

dass dieser jemand in die Regie gegangen ist? Das musst du der Polizei sagen! Kannst du ihn beschreiben?«

Anna wurde allmählich klar, dass sie sehr wahrscheinlich den Täter unmittelbar vor oder nach der Vorbereitung für seine Tat gesehen hatte. Allerdings musste sie sich eingestehen, dass sie sein Gesicht nicht erkannt hatte und keinesfalls würde beschreiben können. Dunkler Kapuzenpulli, kleiner und schmaler als Frille, der auch schwarze Klamotten trug – das war keine wirkliche Beschreibung. Dass dieses Outfit verhältnismäßig leger an demjenigen gehangen hatte, wohl auch nicht. Im Prinzip hatte Anna die Person nur von hinten gesehen, obwohl ihr die Wendeltreppe mehrere Profilansichten hätte bescheren müssen. Seltsam! Vielleicht war sich dieser Jemand der Situation bewusst gewesen und Annas Blick geschickt ausgewichen.

»Verdammt, Anna, du hast vermutlich den Täter gesehen«, sagte Habakuk.

»›Gesehen‹ kann man das kaum nennen.«

»Na, hoffentlich weiß er das auch.«

Anna stutzte, beschloss aber, dass mit Habakuk offenbar die Fantasie durchging. Sie versprach Frille, in ihrem Gespräch mit der Kommissarin diese Beobachtung zu erwähnen, auch wenn sie sich nicht viel davon versprach.

Anna und Habakuk wollten nun in Annas Wohnung zurückkehren und die nächsten Schritte ihrer Ermittlungen besprechen. Anna, Habakuk und Frille vereinbarten, sich gegenseitig im Bilde zu halten. Anna hatte Vertrauen zu Frille gefasst. Warum, konnte sie nicht sagen. Insofern war es für sie keine Frage, dass das, was er ihnen aus freien Stücken anvertraut hatte, der

Wahrheit entsprach. Sie standen schon an der Tür, als sie in ihrem Rücken Frilles Stimme hörten. Er schien ebenfalls, wenn auch nicht sonderlich eilig, an seinem Aufbruch zu arbeiten.

»Heinz, jetzt wo die Bratsche … Also, wenn du noch an dem Rickenbacker interessiert bist … Uwe kennt jemanden, der einen verkaufen will. Im Vergleich zur Bratsche wäre der ein Schnäppchen!«

»Danke für den Tipp! Vielleicht melde ich mich«, antwortete Habakuk mit verhaltener Euphorie.

Als Anna mit fragendem Blick die Tür hinter sich schloss, murmelte Habakuk: »Vielleicht sollte ich mir den Rickenbacker einfach kaufen. Der kostet wahrscheinlich nicht einmal ein Zehntel der Bratsche. Und überhaupt …«

Anna hatte keine Ahnung, worum es sich bei *dem* Rickenbacker handelte. Habakuk sah ihr das an und wollte gerade zu einer Erklärung ansetzen, als sie fragte: »Warum ›Heinz‹? Er hat dich die ganze Zeit Heinz genannt.«

»Ach so. Ja … Heinz ist, wie gesagt, mein Künstlername. Der ist mir quasi passiert. Du kennst die Formulierung ›sich zum Heinz machen‹? Irgendwann habe ich das, mich zum Heinz gemacht. Na ja, kein Wunder als Basser, genau wie als Bratscher … Und wenn man dann noch Habakuk heißt …«

»Okay.« Anna war in der Rock-Pop-Szene bei Weitem nicht so zu Hause wie in der sogenannten Klassik-Szene, aber dass über Basser annähernd die gleichen Witze kursierten wie über Bratscher, das wusste sie. »Du bist Bratscher! Und nicht genug – du spielst

Bass?« Sie konnte nicht mehr an sich halten und brach in schallendes Gelächter aus.

»Ja, bei den Perfid Monkeys. Und?«

Anna verstummte und starrte ihn ungläubig an, bevor sie erneut von einem Lachkrampf geschüttelt wurde.

»Wir spielen eine Art Punk-Metal.«

»Okay.« Anna musste die Tatsache, dass sie gerade mit einem Profi-Bratscher unterwegs war, der Habakuk C. Brausewind hieß und in seiner Freizeit unter dem Künstlernamen »Heinz« Bass in einer Metal-Band spielte, erst einmal verarbeiten. Wieder konnte sie sich des Gefühls nicht erwehren, in einer surrealistischen Filmsatire gefangen zu sein.

»*Der* Rickenbacker ist der Rickenbacker 4001 – der Lemmy-Bass.«

Immerhin, so viel wusste Anna – hier konnte es nur um den Motörhead-Bassisten Lemmy Kilmister gehen. Und schon musste sie wieder lachen, weil sie sich den großen, gut gebauten und gepflegten Bratscher Habakuk im Lemmy-Outfit mit breitkrempigem Hut, Schnauzer und dem besagten Bass vorstellte.

»Trotzdem ist mir klar, dass der Rickenbacker etwas völlig anderes ist als die Strad-Kopie.«

Anna reagierte nicht.

»Bass spielen ist mehr ein Ausgleich. Und dass Witze über einen gemacht werden, kennt man als Bratscher, da lässt sich besser kontern«, fügte er hinzu. »Was glaubst du, wieso ich mit Frille und dem In-and-Out zu tun habe? Als Bratscher im Gewandhausorchester kommt man bestimmt nicht so einfach mit der Club-Szene in Kontakt.«

17

Anna hatte so etwas wie ein Déjà-vu. Auf ihrem Anrufbeantworter – sie hatte ihr Handy während des Treffens mit Frille in weiser Voraussicht lautlos geschaltet – waren Nachrichten von Kramer und ihrer Mutter. Allerdings, verglichen mit dem Vorabend, dieses Mal in umgekehrter Frequenz. In der Tat hatte sie ihre Mutter immer noch nicht zurückgerufen, weshalb diese nun fünfmal um Rückruf bat. Kramer teilte ihr schlicht mit, dass er den Andruck der Seite durch Tausch mit anderen Ressorts noch maximal zwei Stunden hinauszögern könne, falls Anna noch etwas in Erfahrung bringe. Gegebenenfalls solle sie zurückrufen.

Dafür war es jetzt zu spät. Anna hatte im Moment ohnehin nichts zu bieten außer halsbrecherischen Spekulationen. Wobei sie sich sagte, dass das Wort »halsbrecherisch« hier als unangebracht, politisch inkorrekt verstanden werden könnte. Sie wollte jedenfalls die Zeitung nicht mit diesen Spekulationen nähren und ließ Kramer per SMS wissen, dass sie erst jetzt antworte, weil sie Gespräche geführt hatte, diese aber noch nichts Konkreteres ergeben hatten. Sie vertröstete ihn auf morgen und kündigte sich für die Redaktionssitzung um 11.30 Uhr an, was sich gewiss gut mit dem Treffen mit der Kommissarin arrangieren ließ; das Café Maurer lag fast am Weg zur Redaktion.

Ihre Mutter musste Anna jetzt allerdings wirklich anrufen, auch wenn sie sich fragte, was sie ihr aus ihrem aktuellen Alltag erzählen sollte. Über ihr momentanes »Rechercheprojekt« wäre diese alles andere als begeistert. Vermutlich würde sie sie auffordern, endlich erwachsen zu werden, fragen, ob sie mit der Musikszene nicht genug zu tun hatte, und mit einem vorwurfsvollen Unterton anmerken, dass dabei mit Sicherheit ihr Privatleben auf der Strecke bliebe. Und von da aus würde ihre Mutter auf das deutlich hörbare Ticken der biologischen Uhr hinweisen und mit einer gewissen Nachdrücklichkeit versuchen, in Erfahrung zu bringen, ob es nicht doch jemanden gäbe. Kein Wunder: Sie wünschte sich Enkelkinder. In diesem Drang entging ihr häufig, dass es keine böse Absicht ihrer Tochter war, ihr diesen Wunsch nicht zu erfüllen. Der richtige Partner, mit dem Anna bereit gewesen wäre, darüber nachzudenken, war ebenfalls nicht in Sicht. Anna hätte nichts gegen Kinder, allen voran einen Partner gehabt. Aber die Suche hatte bei ihr im Moment keine Priorität. All das wollte sie nicht mit ihrer Mutter diskutieren – generell und jetzt erst recht nicht. Entsprechend beschloss sie, den Rückruf schnellstmöglich hinter sich zu bringen. Sie bat Habakuk um einen Moment Geduld, als sie in ihrer Wohnung ankamen, um das weitere Vorgehen zu besprechen. Er könne sich einstweilen am Kühlschrank bedienen. Anna war sich nicht sicher, ob sich noch etwas darin befand.

Sie ging auf die Terrasse und wählte die Nummer ihrer Mutter. Dieses Mal war es Anna, die kein Glück hatte. Unglücklich darüber war sie aber nicht. So konnte sie eine einfache Nachricht auf dem Anrufbeantworter hinterlassen, die sie mit »viel zu tun« entschuldigte.

Als Anna ins Wohnzimmer kam, griff sie ihren Laptop und machte es sich gegenüber von Habakuk auf dem Boden bequem, der sich in einen der beiden Plüschsessel gesetzt hatte.

»Du glaubst also immer noch, dass es um die Bratsche ging?«, fragte sie.

»Hältst du das für Zufall?«

»Weiß nicht! ›Glauben Sie nichts, aber halten Sie alles für möglich‹, hat mein Journalistik-Prof stets gesagt. So absurd das ist, vielleicht gibt es solche Zufälle tatsächlich. Trotzdem. Der Scheinwerfer ist nicht von sich aus hinuntergesprungen, und die Bratsche ist unsere einzige Spur … im Moment. Also gehen wir ihr nach. Oder?« Die Rückversicherung richtete sich eigentlich an sie selbst. »Ich frage mich nur: Warum sollte jemand die Bratsche zerstören wollen?«

»Wenn ich das wüsste … Vielleicht hat es etwas mit der vereinbarten Übergabe zu tun oder mit der Versicherung oder der Versicherungssumme? Thorsten Steinmüller war ja kein besonders einfacher und durchschaubarer Mensch …«

Anna hob fragend die Brauen.

»Na ja, er schien jedenfalls das Geld dringend zu brauchen. Und zwar die volle überzogene Summe. Die ich nicht zahlen konnte. Vielleicht wollte er die Versicherungssumme kassieren und brauchte deshalb so viele Zeugen für die Zerstörung der Bratsche. Die volle Summe …«

»Meinst du, ein Musiker könnte so etwas? Mit Absicht ein gutes Instrument zerstören?«

»Eigentlich nicht. Aber Thorsten Steinmüllers Psyche kann ich nicht einschätzen. Und sympathisch war er mir bei keiner unserer Begegnungen. Ich hatte nicht das Gefühl, dass ihm das Instrument am Herzen lag. Deshalb habe ich mich bei der ganzen Sache so sonderbar gefühlt. Nicht, dass er berechnend wirkte, aber irgendwie … distanziert. Jedoch nicht wie jemand, der knallhart verhandelt. Es war eben sonderbar …«

Anna fragte sich, ob man so viel Aufwand treiben musste, um eine Versicherungsprämie zu kassieren. Dann kam ihr noch eine andere Idee. »Kann man mit Sicherheit sagen, dass es diese Bratsche war – und keine andere?«

»Das habe ich mich auch schon gefragt. Aber vom Klang her … Ich bin mir ziemlich sicher, dass sie es war.«

Habakuk sah sehr niedergeschlagen aus.

»Gehen wir also davon aus, dass sie es war. Dann stellt sich die Frage: Wer außer Thorsten Steinmüller hätte ein Interesse daran haben können, die Bratsche zu zerstören? Und wer hat ihm geholfen? Denn auf mich wirkte er nicht, als wäre er in der Lage, den Scheinwerfer zu manipulieren oder gar die Software umzuprogrammieren. Ganz ehrlich – wie muss man drauf sein, um sich in dem Wissen, dass der Scheinwerfer früher oder später runterfällt, an den Platz zu setzen?«

»Vielleicht wusste er, wann er fällt, und wollte sich in Sicherheit bringen.«

»Dann hätte er eine Regung gezeigt. Hat er aber nicht. Zumindest nicht in meiner Erinnerung.«

»Und wenn er den Absturz zu einem anderen Zeitpunkt erwartet hat? In der ›Kleinen Nachtmusik‹ zum Beispiel.«

»Das würde den Verspieler erklären. Aber er hat nie auffällig gezuckt. Also: Wer außer ihm könnte ein Interesse daran gehabt haben, die Bratsche zu zerstören?«

Jetzt war es Habakuk, der fragend blickte.

»Na, zum Beispiel, wenn sich dadurch der Wert anderer Instrumente radikal verändern würde. Wie viele solcher Strad-Kopien gibt es denn?«

»Mehr als eine wahrscheinlich schon. Aber genau kann ich das nicht sagen. Es sind ja Kopien. Mehr oder weniger gut kann und darf das jeder Geigenbauer machen. Ganz zu schweigen von Kopien der Kopien. Trotzdem reden wir nicht von Hunderten.«

»Insofern könnte jemand den Markt regulieren wollen, oder?«

»Theoretisch schon.«

Anna begann bereits, im Internet nach zum Verkauf stehenden Bratschen zu suchen. Gleichzeitig platzierte sie Kaufgesuche in diversen Foren, noch ehe Habakuk etwas dazu sagen konnte.

»Jetzt heißt es: abwarten bis jemand auf meine Suchanfrage antwortet. Lass uns in der Zwischenzeit bei den Kaufangeboten weitersuchen.«

Ein deutliches Bing widerlegte den Gedanken sofort. Es zeigte den Eingang einer Nachricht in ihrem extra eingerichteten neuen Account an, der nicht so einfach auf ihre Person schließen ließ. Tatsächlich meldete sich jemand, der sagte, er könne ein passendes

Instrument vermitteln, habe aber auch andere Optionen in der Hinterhand.

Habakuk setzte sich neben Anna auf den Boden, um auf den Monitor schauen zu können. Die Nachricht enthielt eine detaillierte Beschreibung des Instruments. Habakuk las sich die Beschreibung aufmerksam durch. Nach vier bis zehn Schocksekunden presste er heraus: »Wenn ich nicht völlig paranoid bin, dann ist sie das.«

Diese Erkenntnis verschlug beiden für einen längeren Moment die Sprache und löste eine Mischung aus Euphorie und sorgenvollem Beklemmungszustand aus. Wahrscheinlich wurde beiden gerade klar, worauf sie sich da eingelassen hatten.

»Kannst du ihm antworten und dich mit ihm treffen? Es macht keinen Sinn, wenn ich mich als Bratschenexpertin ausgebe. Es würde sofort auffallen, dass ich das Instrument nicht spielen kann.«

»Welches Instrument spielst du eigentlich?«, fragte Habakuk mit echtem Interesse.

»Computer«, konterte Anna scherzhaft, wie immer bei dieser Frage. »Nein, im Ernst, ich spiele Klavier, wie die meisten Musikwissenschaftler. Aber wenn du Kritiken schreibst, holt dich dein eigener Anspruch irgendwann ein.«

Habakuk nickte verständnisvoll und schaute Anna schon wieder mit diesen warmen offenen Augen aufmunternd an.

»Du triffst dich also mit ihm? Soll ich mitkommen oder sollen wir unabhängig voneinander agieren? Während ich die Kommissarin treffe und die offiziellen

Kanäle anzapfe, könntest du checken, wer etwas von Steinmüllers Tod gehabt haben könnte.«

Was sollte Habakuk da noch sagen. »Okay. Ich treffe morgen zunächst meinen Versicherungsvertreter und tue so, als wolle ich immer noch die Bratsche versichern, sodass ich erfahre, welche Gutachten und was noch sie haben wollen. Dann treffe ich übermorgen den Verkäufer aus dem Internet. Vielleicht wissen wir danach schon mehr.«

»Mal eine ganz blöde Frage: Wer weiß von eurem Deal?«

Habakuk wirkte irritiert. »Von welchem Deal?«

»Wollte dir Steinmüller die Bratsche nicht zum ursprünglichen Preis verkaufen?«

»Ja, schon …«

»Findest du es dann nicht ungewöhnlich, dass dir unser ominöser Internetanbieter das gute Stück zu dem astronomischen ersten Steinmüller-Preis anbietet?«

»Und zwar exakt zu diesem! Du hast recht!«

»Genau! Du hast es doch mit den komischen Zufällen.«

»Meinst du, ich kann da einfach so hingehen?«

»Wieso nicht?«

»Thorsten Steinmüller hatte einen ›ungewöhnlichen Gesichtsausdruck‹, als ich ihn das letzte Mal gesehen habe. So will ich nicht auch enden.«

»Ich glaube, da brauchst du dir keine Sorgen zu machen. Er wollte *ver*kaufen und nicht kaufen. Von dir könnte viel Geld fließen, aber nur, wenn du lebst.«

»Durchaus. Doch woher soll ich wissen, dass der Anbieter über meinen Deal mit Steinmüller nicht auf dem Laufenden ist?« Habakuk war beunruhigt.

»Das kannst du nicht. Aber es ist unwahrscheinlich. Denn ansonsten wüsste er auch, dass du weit weniger bereit bist zu zahlen.«

Das was jetzt eintrat, beschrieb man gemeinhin mit dem Wortpaar »beredtes Schweigen«.

»Wie soll ich mich verhalten?«

»So, als wolltest du eine Bratsche kaufen! Im Prinzip sei einfach du selbst – nur mit ganz viel Geld.« Anna war selbst im Zweifel, aber Habakuks Zögern hatte für sie etwas Ermutigendes.

»Was also schreiben wir ihm?«

»Na, dass wir interessiert sind und gerne mehr erfahren, am liebsten das Instrument sehen wollen.« Anna arrangierte für Dienstag eine Verabredung zwischen Habakuk und dem ominösen Anbieter.

Wieder antwortete er in kürzester Zeit. Er versprach, bis morgen Bilder zu senden, und bestätigte das Treffen für übermorgen.

Über Ersteres drückte Anna Habakuks Freude aus und das Zweite sagte sie zu. Habakuk hoffte, dass dieses gar nicht zustande kommen würde – zum Beispiel, weil die Fotos ein Instrument zeigten, das nicht infrage kam, oder weil sich herausstellte, dass Thorsten Steinmüller sich und die Bratsche aus ganz anderen Gründen erschlagen hatte. Doch Habakuk hatte keine Ahnung, was für Gründe das sein könnten, denn die Versicherungs- und Marktfährten hatte Habakuk selbst in die Waagschale geworfen. Vielleicht sollte er sich im eigenen Interesse Gedanken darüber machen, welche Motive es sonst noch geben könnte und vor allem bei wem. Im Moment half es nichts. Vielleicht brachte das Treffen mit seinem Versicherungsvertreter Licht ins Dunkel. Der Vertreter war auf jeden Fall niemand, der einem einen Scheinwerfer auf den Kopf fallen ließ. Zumindest in Habakuks Vorstellung wollten Versicherungsvertreter eher Schadensfälle vermeiden.

»Eins nach dem anderen« war seine Maxime, vielleicht einer der wenigen Punkte, in denen er das Bratscher-Klischee erfüllte. Also tat Habakuk zunächst das, weswegen er vor einer inzwischen annähernd zweistelligen Stundenzahl hergekommen war: Er bat um Annas rotweinbeflecktes Leinenkleid und machte sich, nach einer kurzen Besprechung über die strategischen Maßnahmen für den Folgetag, auf den Heimweg.

18

Anna ärgerte sich über sich selbst. Warum war sie vor dem Treffen mit der Kommissarin so aufgeregt? Sie hatte die schwierigsten Dirigenten und zickigsten Diven zu Interviews getroffen. Warum musste sie also ausgerechnet jetzt so nervös sein? Weil sie nicht wusste, was auf sie zukam, sagte sie sich. Doch da war noch mehr. Die Sache mit Rollenbildern zum Beispiel.

Vor lauter Aufregung passierte Anna Schneider etwas, das ihr nie passierte: Sie war zu früh am Café Maurer. Keine fünf Minuten, sondern volle 30 – eine halbe Stunde! Sie betrat das Café und wählte einen Zweiertisch im Schaufenster. Von hier aus konnte sie die Kommissarin nicht verfehlen. Sie hatte sich zur Vorbereitung Notizen gemacht, die sie jetzt noch einmal durchging. Was wollte sie von der Frau wissen, was hatte sie ihr umgekehrt zu bieten, ohne zu viel preiszugeben? In Kramers Sinne musste sie einen Vorsprung bewahren. Dass sie den hatten, redete sie sich seit gestern Abend ein und zweifelte gleichzeitig daran.

Kommissarinnen waren im Fernsehen entweder schrullig oder megatough, in Büchern nicht anders. Für beides hatte Anna gerade keinen Nerv. Während sie versuchte, sich für beide Varianten eine Strategie einfallen zu lassen – allerdings ohne stichhaltiges Ergebnis –, bemerkte sie nicht, wie eine durchschnittlich aussehende, dennoch attraktive Mittdreißigerin den Raum betrat. Eine Frau, der Männer nachschauten, ohne dass sie sie durch irgendetwas dazu animierte. Auch sie war viel zu früh – die Uhr zeigte 9.40 Uhr. Vielleicht nahm Anna sie deshalb nicht wahr. Mit den brünetten Locken, praktisch kurz geschnitten, sah sie mit Sicherheit niemals derangiert aus. Nicht wie Anna, deren Hochsteckfrisur im Eifer des Gefechts schon einmal in Unordnung geraten konnte. Heute war sie es nicht, noch nicht …

Weil Katrin Voitel, ihrer Gewohnheit folgend, überpünktlich erschien, nachdem sie ihre Zwillinge in der Kita abgeliefert hatte, bekam Anna jedenfalls nicht mit, dass ihre Gesprächspartnerin eintrat und den Blick kurz durchs Lokal schweifen ließ.

Auch Kommissarin Voitel rechnete nicht damit, dass Anna schon da war. Deshalb ärgerte sie sich, als sie eine Frau in etwa ihrem Alter an genau dem Zweiertisch sitzen sah, den sie auch gewählt hätte. War das Anna Schneider? Warum war sie dieses Mal so unprofessionell gewesen und hatte keine Recherchen zu ihrer Gesprächspartnerin angestellt? Gestern Abend hatte sie sich nicht mehr dazu aufrappeln können, die Internetseite des »Täglichen Anzeigers« zu öffnen und zu prüfen, über was Anna Schneider schrieb. Vielleicht hätte es neben einem Kommentar sogar ein Porträtfoto gegeben. Aber die Zwillinge hatten sie nach einem Sonntag, der komplett anders gelaufen war als geplant, so lange in Beschlag genommen, dass sie dafür keine Kraft mehr gehabt hatte. Eigentlich nicht ihre Art. Der Mann mit dem Scheinwerfer auf dem Hals hatte sie mehr gefordert, als Wochenenddienste das üblicherweise taten. Jetzt war es ihr Fall. Vielleicht sogar eine interessante Chance im Alltag der Kleinverbrechen. Vielleicht. Ob es wirklich Mord war? Sie zweifelte noch daran, dass jemand einen so absurden Plan für einen Mord fasste. Doch die technischen Gutachten sprachen für sich … Noch tappte Katrin Voitel auch bezüglich Motivs und Gelegenheit völlig im Dunkeln. Vielleicht konnte das, was diese Journalistin zu sagen hatte, durchaus interessant sein und ihr weiterhelfen.

Sie beschloss, die etwa Gleichaltrige an dem besagten Tisch anzusprechen, die sich in einen Notizzettel vertieft hatte.

»Anna Schneider?«

Da hatte sie den Salat. Das war ihr noch nie passiert. Anna wusste schon, warum sie für gewöhnlich in allerletzter Minute zu Terminen erschien. Wer weiß, wie lange die Kommissarin sie schon beäugt hatte. Da war nichts mehr mit Strategie. Außerdem bediente die Frau ohnehin keines der beiden Klischees. Also gab Anna sich zu erkennen.

Katrin Voitel streckte ihr freundlich die Hand entgegen. Anna bestellte sich einen Latte macchiato mit doppeltem Espresso und Katrin Voitel einen Café crème. Anschließend starteten die beiden Frauen mit einem verhältnismäßig albernen Geplänkel in die Konversation. Beiden war bewusst, dass das rhetorische Herumgetänzel im Stile zweier Ringer vor dem Kampf unsinnig war. Denn sie berichteten sich gegenseitig nur, wovon sie sicher waren, dass die jeweils andere es schon wusste. Die bestätigte das dann auch artig.

Auf diese Weise lief beiden langsam die Zeit weg, ohne dass sie Neues erfuhren. Die Kommissarin ergriff endlich die Initiative, hatte die Journalistin ihr den Trumpf doch bereits gestern zugespielt. »Was genau wissen Sie über das Instrument?«, packte Katrin Voitel den Stier bei den Hörnern.

Wieder war Anna im Nachteil, zumindest fühlte es sich so an. Dabei war die Kommissarin sehr freundlich. Anna schilderte ihr, bemerkenswert sachlich, all ihre Erlebnisse im Umfeld dieses Konzertes.

Zu Annas Verblüffung war Katrin Voitel angetan davon, dass Habakuk im Sinne der Ermittlungen aktiv war. Dennoch ermahnte sie Anna, vorsichtig zu sein. Wenn jemand ein Tötungsverbrechen begangen habe, könne man nicht sicher sein, was der- oder diejenige sonst noch bereit sei zu tun. An dieser Stelle drückte sie sich erstmals innerhalb des Gesprächs behördlich korrekt aus. Besonders interessiert war sie an der Kapuzenpulli-Person und an allem, was die Bratsche anbelangte. Sie machte sich erstaunlich viele Notizen und versprach, dass sie sich melden würde, wenn sie etwas Interessantes in Erfahrung gebracht habe. »Ganz ehrlich«, sagte sie, »sobald Versicherungen oder Behörden im Spiel sind, werden die Ermittlungen nicht gerade beschleunigt.« Sie reichte Anna ihre Visitenkarte, auf der sie zuvor ihre Privatnummer notiert hatte. »Für alle Fälle …«

Da rutschte es Anna heraus: »Kommissare im Fernsehen sind ganz anders …« Oh Gott! Anna fragte sich, was denn mit ihr los war. Ein solcher Lapsus wäre ihr normalerweise niemals passiert. Aber irgendwie …

Die wortwitzige Kommissarin wusste zu kontern. »Journalisten auch!«

Wenn es noch ein bis zwei kleine Eisschollen zwischen den beiden gegeben hätte, wären sie spätestens jetzt geschmolzen.

Katrin Voitel hatte eine letzte entscheidende Frage: »Kann man eigentlich mit Sicherheit feststellen, dass die Trümmerteile just von dieser Bratsche stammen und nicht von einer anderen?«

Anna gestand, dass sie kein Spezialist für Musikinstrumentenkunde war. »Aber ich vermute, dass ein

Organologe oder ein entsprechend spezialisierter Provenienzforscher hier durchaus weiterhelfen kann.« Sie versprach, sich bei alten Studienfreunden umzuhören, sodass der Kriminaltechniker gegebenenfalls eine Expertenmeinung einholen konnte.

19

Habakuk mochte keine Bürokratie. Versicherungen waren für ihn ein notwendiges Übel. Dies kennzeichnete sein Verhältnis zu dem Mann, den er seinen Versicherungsvertreter nannte.

Der wiederum hatte ein nicht weniger gedämpftes Bild von dem Musiker, der trotz seines akzeptablen Einkommens nicht bereit war, mehr als das Mindeste in die Vorsorge zu investieren. Insofern war die Reaktion von Klaus Fröhlich eher lustlos gewesen, als Brausewind seine Beratung in Sachen einer Instrumentenversicherung gesucht hatte. Erstens weil er von Instrumentenversicherungen keine Ahnung hatte, zweitens aber vor allem, weil er sich nicht vorstellen konnte, dass so etwas lukrativ war. Letzteres hatte sich im Laufe seiner Recherchen geändert.

Habakuk hatte auch eher ein pflichtgemäßes Interesse gehabt. Wieso sollte er ein Instrument versichern und dafür viel Geld hinblättern, wenn er es ohnehin sorgfältig bewachen würde? Jetzt hing sein Widerwille damit zusammen, dass er sich in dem Wissen beraten ließ, sowieso nichts abzuschließen, weil es das Instrument gar nicht mehr gab. Irgendwann, sagte er sich, würde er sicher ein ähnliches Instrument finden und einen Vertrag abschließen. Die heutige Beratung sparte ihnen beiden also eine Menge Zeit in der Zukunft. Außerdem traf es bei Klaus Fröhlich gewiss keinen Waisenknaben. Unschuld und Ehrlichkeit zählten, zumindest in Habakuks Vorstellung, nicht zu den Eigenschaften eines Versicherungsfritzen, ansonsten würde er in seinem Beruf niemals überleben.

Klaus Fröhlich war ein Versicherungsvertreter wie aus dem Bilderbuch. Wenn Habakuk nicht so resistent gegen das Erkennen der offensichtlichsten Gefahren des Alltags wäre, hätte es Fröhlich locker hinbekommen, ihm eine Gebäudeversicherung für seine neue Duschkabine zu verkaufen. Aber Habakuk war Habakuk und in seinen Begegnungen mit dem Schlipsträger nicht nur einmal mit dem zähneknirschend hervorgebrachten Satz konfrontiert gewesen: »Da haben Sie aber nicht mehr als den Mindestschutz!« Dabei pflegte Fröhlich ganz entgegen seinem Namen die Mundwinkel säuerlich nach unten zu ziehen und bedenklich den Kopf zu wiegen. Jedenfalls war Fröhlich sehr irritiert, seit ihn dieser Brausewind wegen einer horrenden Musikinstrumentenversicherung konsultieren wollte.

Überpünktlich erschien Habakuk an diesem Montag in Fröhlichs Büro, weswegen ihn die Empfangsdame in eine Wartesitzgruppe dirigierte. Herr Fröhlich werde gleich für ihn da sein. Einstweilen bot sie ihm einen Kaffee an, den Habakuk gern annahm. Sie servierte den Kaffee genau in dem Moment, als Fröhlich Empfangsbereitschaft meldete, natürlich mit dem Hinweis, dass Habakuk den Kaffee gern mitnehmen könne.

Habakuk balancierte die Tasse mit dem obligatorischen Keks auf dem Rand des Untertellers in einer Hand in Fröhlichs Büro. In der anderen hielt er seine Dokumentenmappe. Das Büro war ihm von jeher unsympathisch – aufgesetzt aufgeräumt, aber mit pseudoedlem Massivholzmobiliar, wahrscheinlich nur »Eiche nachempfunden« oder etwas in der Art.

Fröhlich bewegte sich auf seinen schweren Lederbürosessel zu. Die schwingenden Konferenzstühle für Besucher sollten eindeutig auch keinen billigen Eindruck machen. Wahrscheinlich gab es sogar sehr viele Klienten, bei denen das Image zog, das damit bedient wurde. All das sollte größtmögliche Solidität ausstrahlen und den Wunsch befördern, sich irgendwann auch so selbstgefällig in seinen Ledersessel lehnen zu können.

Habakuk war diese Welt zutiefst fremd, und keinesfalls wollte er ihr angehören. Allerdings war ihm trotzdem klar, dass es Momente im Leben gab, in denen man mit ihr interagieren musste. Diesen zum Beispiel! Also breitete er beflissen die Unterlagen, die er gestern mit Anna vorbereitet hatte, vor sich auf dem Schreibtisch aus.

Fröhlich tat es ihm gleich. Er legte die unterschiedlichen Angebote auf den Tisch, die er berechnet hatte – in der Überzeugung, dass dieser Brausewind sich am Ende sowieso für den Mindestschutz entscheiden würde –, und fuhr seinen Computer hoch.

»Es geht also um die Versicherung einer Viola.«

»Ja, ich habe hier die beiden Gutachten, die sich beim Wert relativ einig sind. Insofern sollte man das Instrument in etwa über diese Summe versichern.«

»Oh … Dann muss ich wohl meine Berechnung ein wenig nachjustieren.« Offenbar hatte Fröhlich die Summe, die Habakuk am Telefon deutlich benannt hatte, komplett ignoriert und war nun völlig verdutzt, was ein gutes Musikinstrument kosten konnte. Das war ihm ordentlich peinlich, vor allem, weil sein Kunde blind sein müsste, um nicht zu erkennen, dass Fröhlich die Bratsche auf den Angeboten mit nicht einmal dem Zehntel ihres Schätzwertes berechnet hatte. Und das, obwohl er alles – von Fingern über Existenzen – in pekuniäre Gegenwerte umzurechnen verstand.

Habakuk amüsierte sich darüber durchaus, machte aber bewusst ein abschätziges Gesicht.

Fröhlich schob die Gutachten hin und her. Dabei verstand er außer den reinen Verkaufszahlen nichts von dem, was in diesen aufgelistet war.

Um die Peinlichkeit ein wenig abzumildern und damit den Prozess zu beschleunigen, beschloss Habakuk, Fröhlich einen rettenden Strohhalm zuzuwerfen.

»Vielleicht können wir unabhängig vom Preis über die

Möglichkeiten sprechen, die es für die Versicherung der Bratsche gibt.«

»Gut, ja, schön …« Fröhlich war noch nicht auf sicherem Terrain angekommen. »Bei so einer Versicherungssumme müsste ich ohnehin noch einmal … Also, ich müsste den Vertragsentwurf erst von der Geschäftsleitung prüfen lassen, bevor ich Ihnen ein Angebot …«

Meine Güte, dachte Habakuk, wie umständlich konnte man sein, nur weil man einen Wert falsch eingeschätzt hatte. »Trotzdem, vielleicht können wir dennoch darüber sprechen, wogegen man das Instrument sinnvoll versichern kann. Unterschreiben würde ich sowieso erst, wenn der Kaufvertrag da ist. Zum jetzigen Zeitpunkt möchte ich nur wissen, wie die Bratsche bestmöglich abgesichert ist.«

Normalerweise hätte das Stichwort »bestmöglich« Fröhlichs virtuoseste Saite zum Klingen gebracht. Der sortierte sich jedoch so langsam, dass er den armen Habakuk mit der nächsten Kompetenzoffensive verblüffte. »Sie sagen die ganze Zeit Bratsche; hier im Gutachten«, er hämmerte mit der Rückseite seines Kulis auf das Papier, »steht aber Viola. Was wollen Sie denn jetzt versichern?«

Habakuk wusste nicht, ob er lachen, weinen oder schreien sollte, freute sich aber insgeheim schon darauf, Anna von dieser Begegnung zu erzählen. Er fragte sich, ob es angebracht war, den armen Fröhlich mit dem Fremdwort »Synonym« zu konfrontieren, entschied sich jedoch schließlich dafür. »Bratsche und Viola sind Synonyme für ein- und dasselbe Instrument, jenes, das ich beruflich spiele, das ich hier kaufen will und um das es in dem Gutachten geht. Die musikalische Fachterminologie ist oft italienisch, hier in Deutschland kennt man es aber auch als Bratsche.« Damit glaubte Habakuk, auf der »sicheren Seite« zu sein, worüber er wieder schmunzeln musste.

Doch weit gefehlt. Fröhlich war noch verwirrter als zuvor. »Jetzt sagen Sie Instrument. Wie nennen wir das versicherte Objekt denn nun?«

Habakuk beschloss, anzunehmen, dass sein Versicherungsvertreter nur einen schlechten Tag hatte, und empfahl milde lächelnd, die Instrumentenbezeichnung aus dem Gutachten zu übernehmen.

Fröhlich tat auf seinem Entwurfsformular nun genau das und stolperte nach einer halben Zeile erneut über ein Wort. »Hier steht ›Kopie‹! Für die endgültige Police muss das Original vorgestellt werden. Da bräuchten wir ein neues Gutachten.«

Habakuk war für seine Geduld bekannt, hatte aber gerade das Gefühl, dass diese kurz vor ihrem Ende stand. Das lag nicht an der Tatsache, dass Fröhlich sich auf diesem Gebiet nicht auskannte. Es war der belehrende Ton, mit dem der versuchte, aus jeder der eigenen Wissenslücken einen Fehler auf der anderen Seite zu konstruieren. Deshalb wurde Habakuks Tonfall deutlich eisiger. »Das Instrument, das versichert werden soll, ist – genau wie es in dem Gutachten steht – eine Kopie, und zwar eines historischen Instrumentes aus der Werkstatt von Antonio Stradivari. Dieses historische Instrument könnte ich nicht bezahlen und Sie sehr wahrscheinlich nicht versichern.« Habakuk konnte sich nicht erinnern, wann er das letzte Mal so unfreundlich gewesen war, aber er spürte gerade jetzt eine innere Notwendigkeit dazu. »Das Original dürfte einen Schätzwert von acht bis zehn Millionen haben. Doch das spielt keine Rolle, denn es kommt nicht auf den Markt. Deshalb ist die Musikwelt mehr als dankbar, dass es Geigenbauern für Kopien zur Verfügung gestellt wird. Apropos Kopie – dass es sich bei dem Instrument um eine Kopie handelt, bedeutet nicht, dass die Bratsche aus einem 3-D-Drucker kommt. Diese Kopie stammt aus der Werkstatt eines renommierten Geigenbauers und ist an sich eine hochwertige, anerkannte Arbeit, deren Wert in diesen Gutachten festgestellt wird.«

Habakuk hatte sich in Fahrt geredet, was Fröhlich in eine für ihn ungewöhnliche Passivhaltung drängte, aus der er sich nicht so schnell zu befreien wusste, vor allem, weil er keinen Zipfel zu fassen bekam, der einem anderen eine Nachlässigkeit bescheinigte. Im Prinzip hätte er jetzt Habakuks Wunsch nachkommen und die Versicherungsoptionen vorstellen können. Stattdessen versuchte er noch einmal, eine Ungereimtheit in Habakuks Darstellung aufzudecken. »Wieso denn eines Geigenbauers? Es ist doch, wie Sie sagen, eine Bratsche oder Viola.«

Habakuk war ein friedfertiger Mensch und sich durchaus darüber bewusst, dass es viele Bereiche gab, von denen er – anders als Fröhlich – keine Ahnung hatte: Anlageformen, Abschreibungen ... Aber stellte er deshalb Sinn und Lauterkeit und damit auch die Kompetenz des anderen infrage? Entsprechend kurz angebunden erklärte er deshalb: »Geigenbauer ist die Berufsbezeichnung von Menschen, die sich qualifiziert haben, Streichinstrumente zu fertigen. Sehen sie denn eine Möglichkeit, mir ein Versicherungsangebot für die besagte Bratsche zu machen?«

»Ja, also«, setzte Fröhlich an. Es folgte eine längere Pause, in der er keine Anstalten machte, in absehbarer Zeit Stichhaltiges nachzulegen.

Habakuk wartete, schaute Fröhlich aber fordernd an.

»Ja, also«, begann dieser erneut, »wie gesagt müsste ich mich wegen der Höhe der Versicherungssumme … Also, ich müsste das Angebot von der Geschäftsleitung bestätigen lassen.«

»Ich habe durchaus verstanden, dass Sie noch keine Angaben zur Höhe der Prämie machen können und wollen. Aber es muss doch möglich sein, die Optionen zu besprechen, die Ihr Haus für die Versicherung von Instrumenten anbietet. Gern können wir das anhand Ihrer Fehlkalkulationen tun.« Diese Bemerkung konnte sich Habakuk nicht verkneifen und deutete auf die säuberlich geordneten Häufchen, die vor Fröhlich bündig die Schreibtischkante abschlossen.

Der Versicherungsvertreter hatte fünf verschiedene Angebote ausgedruckt, die er aber unter gar keinen Umständen aus der Hand geben wollte.

Habakuk überlegte, ob es innerhalb der internen Hierarchie das Problem gab, dass der arme Fröhlich nur bis zu einer bestimmten Summe verhandeln durfte. Womit sonst hatte er den Mann derart irritiert?

»Das wäre dann ganz, ganz hypothetisch.«

Fröhlich rang immer noch derart um Fassung, dass Habakuk sich fragte, was dahintersteckte. Ganz ruhig, klar und liebenswürdig gab Habakuk zu verstehen:

»Lieber Herr Fröhlich, in Ordnung, das habe ich nun verstanden.«

Fröhlich zählte endlich die recherchierten Möglichkeiten auf. Sie zeugten davon, dass der Vertreter weder eine Ahnung davon hatte, was sein Klient beruflich tat, noch was den gefährlichen Alltag einer Bratsche ausmachte. Wenigstens hatte er bei allen Optionen die Gefahr des Diebstahls bedacht, die – was Habakuk normalerweise sehr amüsiert hätte – immer mit Blitzschlag gekoppelt war. Vielleicht hätte ein geschickter Rechtsverdreher den Einschlag eines Scheinwerfers sogar als eine Form von Blitzschlag auslegen können, schoss es Habakuk durch den Kopf. Aber diesen Kommentar verkniff er sich mit Bedacht, zumal Fröhlich nicht mit überbordendem Humor gesegnet war, und Habakuk kein Interesse daran hatte, preiszugeben, warum er sich gegenwärtig für die Versicherung interessierte. Also konstruierte er mehrere Eventualitäten des Verschwindens oder Beschädigtwerdens, auf die Fröhlich bemerkenswert klare hypothetische Antworten zu geben wusste.

Da bisher nichts Relevantes für die Ermittlung dabei war, beschloss Habakuk schließlich, sich doch etwas aus dem Fenster zu lehnen. Er fragte: »Was wäre, wenn bei einem Konzert beispielsweise ein Lautsprecher«, das erschien ihm eine ideale scheinwerferadäquate Ablenkung zu sein, »auf das Instrument fiele?«

Allerdings holte Fröhlich nun dazu aus, dass Habakuk »seinen« Lautsprecher unbedingt auch versichern müsse. »Abgesehen davon ist es schwierig, wenn der eigene Lautsprecher auf das eigene Instrument fällt. Bei einem fremden Instrument ist das in der Regel kein Problem, das decken berufliche Haftpflichtversicherungen ab. Da fällt mir ein: Wir sollten auch schauen, wie es um Ihre berufliche Haftpflicht bestellt ist. Doch dazu später. Jedenfalls, wenn der eigene Lautsprecher auf das Instrument fällt …« Fröhlich wiegte – mittlerweile wieder ganz professioneller Bedenkenträger – den Kopf.

Habakuk wurde klar, dass Fröhlich nicht in der Lage war, Habakuks freizeitmäßig gespielten Bass mit Verstärker von der beruflich gespielten Bratsche zu unterscheiden. Er ahnte, dass Fröhlich vor seinem geistigen Auge die Bratsche mit der Bass-Box erschlug. Nach einer Weile gelang es Habakuk wenigstens, in Erfahrung zu bringen, dass nahezu jedes aus dem Bühnenhimmel herabstürzende Teil ein Fall für die Haftpflicht des jeweiligen Veranstalters war. Bei solchen Summen käme es jedoch meist zu ewigen Verhandlungen, Begutachtungen und sogar Prozessen. Nach allem, was Fröhlich wortreich darlegte, war eines klar: Steinmüller hätte niemals schnelles Geld bekommen, egal wie er das Instrument versichert hatte.

Im Prinzip stellte Habakuk das zufrieden und er schlug Fröhlich als Überleitung zur Verabschiedung vor, sich zu melden, sobald die Unterzeichnung des Kaufvertrags anstand. Fröhlich könne einstweilen prüfen, ob seine Geschäftsleitung Bedenken gegen die Versicherung eines solchen Instrumentes hatte, das sich preislich nicht sehr von einem ordentlichen Sportwagen oder einem anständigen Sportpferd unterschied, das Risiko und die Wertentwicklung betreffend jedoch erheblich solider war.

Der Versicherungsvertreter atmete durch und war froh über den Aufschub. Dennoch konnte er es sich nicht verkneifen, Habakuk auf das eindeutige Vorsorgedefizit anzusprechen, das dessen persönliche Anlagepolitik aufwies. »Zu gegebener Zeit sollten wir noch einmal Ihre persönlichen Vorsorgepläne durchgehen. Mir sind bei der Prüfung einige Lücken aufgefallen. Inzwischen gibt es neue Produkte, die ihren Erwartungen vielleicht eher entsprechen.«

Habakuk stand bereits in der Tür, außerdem hatte er alles, was er wollte. Er antwortete freundlich: »Ich werde mich melden. Wenn der Bratschenkauf über die Bühne ist, werde ich mehr Muße haben, mich solchen Dingen zuzuwenden.« Er reichte Fröhlich die Hand, der ihm zur Tür gefolgt war, und wunderte sich wieder einmal, dass dieser gigantische Fleischberg Klaus Fröhlich überhaupt keinen Händedruck hatte.

Draußen beschloss er, den Verkäufer aus dem Internet anzurufen, bevor er Anna ins Bild setzte. Vielleicht ein unbewusster Versuch, seine Überzeugung, dass das Instrument Ziel des Anschlags war, zu retten. Denn alles, was er gerade an Informationen zusammengetragen hatte, entkräftete diese Überzeugung. Unter der Nummer, die der Mann hinterlassen hatte, meldete sich nur ein Anrufbeantworter. Der Akzent der Stimme legte nahe, dass sein Verhandlungspartner Asiate war. Habakuk wusste, dass viele herausragende Streichinstrumente auf den asiatischen Markt gingen. Kein Wunder, entwuchsen dem dortigen Ausbildungssystem doch außerordentlich viele herausragende Streicher. Er war sich relativ sicher, dass er es mit einem

Agenten zu tun hatte, und mehr als gespannt, was der zu sagen hatte.

Hätte ihn jemand gefragt, ob er hoffte, dass sein Beinahe-Instrument noch existierte, hätte er keine Antwort gewusst. Nach dem Treffen mit Fröhlich fragte er sich, ob sein Nervenkostüm dem Zusammenleben mit solch einem Wertgegenstand gewachsen war. Außerdem wollte er mit etwas, das solche Spekulationen entfachte, gar nichts zu tun haben. Wahrscheinlich sollte er Frille anrufen und sich, statt sein berufliches Equipment aufzurüsten, ein Spielzeug wie den Rickenbacker schenken. Das hätte in seiner Band vermutlich keinen musikalischen Mehrwert, aber er würde sich wie ein kleiner Junge darüber freuen.

20

Die Redaktionssitzung hatte für Ernüchterung gesorgt. Anna hatte so damit zu tun gehabt, nicht durchblicken zu lassen, in welchem Ausmaß sie im Trüben fischte, dass sie nicht sagen konnte, was die anderen Themen der Konferenz waren. Anders als bei Kommissarin Voitel war es hier, in der Redaktion, nicht geschickt, Habakuk in seiner Doppelfunktion als Quelle und Partner ins Gespräch zu bringen. Richtig interessiert hatte sich ohnehin keiner für den skurrilen Scheinwerfermord. Wahrscheinlich waren Machenschaften auf dem Bratschenmarkt für die Kollegen zu abgehoben.

Ob es nicht doch um einen Sex-Skandal ging, hatte Bernd lachend gefragt, der sich sein Leben lang erfolgreich als Reporter durchschlug und für »Edelfedern«, wie er Anna nannte, nicht übermäßig viel übrig hatte.

Um ihre Ruhe zu haben, hatte Anna mit den Schultern gezuckt und etwas schnippisch gesagt: »Warum nicht auch das? Mal sehen, welche Sugar Dolls Herr Steinmüller im Keller hat.« Ihre schlagfertige Antwort hatte sie selbst überrascht. Aber Kramer war zufrieden gewesen und Bernd hatte fürs Erste seine Klappe gehalten.

Habakuk und seine Ermittlungen wollte sie heraushalten, weil es ihr sicherer erschien – auch für ihn. Sie hatte Kramer viel in Aussicht gestellt, in der Hoffnung, tatsächlich eine große Geschichte in Sachen Instrumentenmarkt aufzudecken. Die Suche nach dem Motiv stand also ganz oben auf ihrer Liste. Zum Glück war das Gespräch mit Kommissarin Voitel so gut verlaufen. Und zum noch größeren Glück war es nicht Annas Aufgabe, den Mörder dingfest zu machen und einzubuchten. Sie durfte auf Missstände hinweisen, diese öffentlich machen und dadurch vielleicht zu deren Behebung beitragen. Nichts anderes machte sie als Musikkritikerin; nur waren die Missstände für gewöhnlich so abstrakt, dass Anna durch den Hinweis darauf niemanden in Gefahr brachte.

Wahrscheinlich war deshalb die Redaktionssitzung heute so seltsam verlaufen. Niemand hatte aus der Musikecke – also von ihr – das Angebot zu einer Enthüllungsgeschichte erwartet. Die letzte große musikalisch-außermusikalische Geschichte im »Täglichen Anzeiger« hatte ihr Vor-Vor-Vorgänger an den Start gebracht, es ging um eine unglückliche personelle Konstellation im Vorstand des Fördervereins des Opernhauses. Die Geschichte hatte ihm das Genick gebrochen. Wohin es den armen Menschen verschlagen hatte? Anna hatte sich bisher nie dafür interessiert. Jetzt machte sie sich Gedanken darüber. Sie hatte nur gehört, dass man sich eben nicht mit den falschen Leuten anlegen sollte. Zu denen gehörte offenbar der Bauunternehmer, um den es damals gegangen war.

Die beiden unmittelbaren Vorgänger von Anna hatten sich mit der Kunst, aber vor allem den Spielplänen und Besucherzahlen angelegt und waren – wenn auch nicht unmittelbar – nach oben gefallen. Anna beschränkte sich aufs musikalische und damit musikkritische Handwerk und fiel nicht auf. Natürlich wollte sie das immer mal gern ändern. Aber gleich so?

Dubiose Machenschaften auf dem Instrumentenmarkt – und das im ganz großen Stil. Ein solches Thema war für das hiesige Feuilleton jenseits des Vorstellbaren. Im Prinzip war es von vornherein kein Thema für das Feuilleton, denn insgeheim operierte das nicht mehr so aktuell. Ab jetzt schon. Gut!

Um den in dieser Woche diensthabenden Redakteur zu beruhigen, hatte Kramer sehr deutlich betont, dass Annas Recherchen gegebenenfalls von Seite zwei – der Reportageseite – aufgegriffen werden könnten. Die hatte einen ganz anderen Andruck und funktionierte auch in ihrem planerischen Vorlauf ganz anders, also viel flexibler. Welch eine Chance! Falls Anna kurz vor Andruck Informationen hatte …

So oder so, jetzt sollte sie sich endlich der Frage zuwenden, die sie schon mit Kommissarin Voitel ausgiebig diskutiert hatte: Handelte es sich bei dem zerstörten Instrument um die besagte Strad-Kopie? War es möglich, das festzustellen?

Anna dachte an Susanne, ihre ehemalige Kommilitonin. Sie war die Scharfsinnigste unter ihnen gewesen, am meisten Wissenschaftlerin, hatte sich aber nach der Zwischenprüfung für die Organologie, die Musikinstrumentenkunde, entschieden. Anna wäre das im Traum nicht in den Sinn gekommen – dieses Fachgebiet war ihr viel zu kleinteilig und detailverliebt, vor allem viel zu technisch und zu wenig abstrakt. Auf jeden Fall hatte sie Susanne Berger dafür bewundert, wie zielgerichtet sie ihren Plan verfolgte, Musikinstrumentenforscherin zu werden.

Jetzt, wo Anna unten am Fluss auf der Bank saß und, vor allem um den Kopf freizubekommen, versuchte, in die Strömungsgeräusche hineinzuhören, wurde ihr klar, wie sehr ihr das fehlte. Hier zu sitzen – zum Beispiel mit Susanne – und bei dem Versuch, gar nichts zu denken, die besten Ideen zu haben. Sie sollte das viel öfter tun, sagte sie sich. Doch sie wusste, dass sie diese Erkenntnis nicht umsetzen würde. Wie oft hatte sie sich beim Frühstück in einem Hotel schon vorgenommen, auch zu Hause einen Obstteller zuzubereiten. Und wie oft hatte sie es hinterher getan? Kein einziges Mal. Wahrscheinlich würde sie in den nächsten zwei, drei Monaten ungefähr genauso viele Male hier herunterkommen und in das Wasser und sich selbst hinein hören.

Mit Susanne hatte sie häufig hier gesessen und zwei Freistunden mit einer Art Picknick gefüllt, weil sie auf Mensa keine Lust hatten. Dass diese Picknicks aus ökologisch gesundheitsbewusster Perspektive eine Katastrophe gewesen waren, verdrängte sie vorsorglich. Sie hatten einfach all das gekauft, was sie im Supermarktregal angelacht hatte und billig gewesen war. Vor 15 Jahren war diese Perspektive im allgemeinen Bewusstsein noch nicht so deutlich präsent gewesen. Manchmal fragte Anna sich, wie Studenten das heute machten, wo jeder über seinen ökologischen Fußabdruck nachdachte und dessen Minimierung nicht gerade billig war.

Jedenfalls sehnte Anna sich ein bisschen nach diesem Pflichtvakuum und der damit verbundenen Befreiung des Hirns. Auf lange Sicht musste sie etwas finden, um den Kopf freizubekommen. Der Hochdruckreiniger jedenfalls war keine Dauerlösung. Doch im Moment gab es Dringlicheres: Sie brauchte einen Ansatz zur Lösung des Bratschenproblems. Susanne? Ohne Frage war sie die Beste in Sachen Instrumentenkunde. Wann hatte sie das letzte Mal etwas von Susanne gehört? Es war nicht selten, dass Menschen in Jobs wie Susannes mehr oder weniger Einzelgänger waren; bei Susanne war das mit Sicherheit nicht anders. Sie war international gefragt, hatte in Rekordzeit promoviert, sich zielstrebig habilitiert und saß nun auf ihrer Privatdozentur, jener Anerkennung, mit der Universitäten ihre Mitarbeiter bedachten, wenn sie die fachlichen Voraussetzungen vorzuweisen hatten, aber sie trotzdem niemand auf eine Professur berief. Durch diese Privatdozentur hatte Susanne noch mehr zu tun. In ihrem Fall war das mit der Berufung besonders schwer, weil es kaum geeignete Professuren gab.

Anna erinnerte sich: Sie hatte Susanne zuletzt gesehen, als sie eine Reportage mit ihr gemacht hatte, die das journalistische Sommerloch füllen sollte. Susanne hatte einen spektakulären wissenschaftlichen Beitrag zur organologischen Provenienzforschung geliefert, für den sie weltweit gefeiert wurde. Anna hatte damals einen Beitrag über Susannes Forschungsarbeit am Musikinstrumentenmuseum geschrieben, den Kramer lange von einer Ausgabe zur nächsten geschoben hatte. Irgendwann hatte Anna Susanne aus Scham nicht mehr angerufen, um sich zum x-ten Mal zu entschuldigen, dass sich die Veröffentlichung wieder verzögerte. Nicht die perfekte Voraussetzung, um Susanne jetzt um Hilfe zu bitten … Aber hatte sie eine Wahl? Wenn sie sich richtig erinnerte, war es damals bei Susannes spektakulärer

Forschungsarbeit um die Herkunft historischer Streichinstrumente gegangen. Es war also alles andere als abwegig, sie zu fragen.

Anna blickte auf den Fluss und fingerte ihr Handy aus der Tasche. Keine neuen Nachrichten … Hoffentlich ging es Habakuk mit seiner Versicherungsrecherche gut. Erstaunlich schnell fand sie in ihren Kontakten die Nummer von Susanne Berger im Musikinstrumentenmuseum. Sie rief an und hatte sofort Susanne am Telefon. Glücklicherweise kannten sie sich so gut, dass Anna keine Einleitungsfloskeln benötigte und eine halbe Stunde um den heißen Brei reden musste. Dafür hatte sie jetzt mit Sicherheit keinen Nerv.

Susanne erkannte an Annas Stimme, dass diese unter Druck stand, und fragte ohne Umschweife und vor allem ohne jeden Vorwurf: »Wie kann ich dir helfen?«

Anna erzählte kurz, was am Samstagabend passiert war. Dann kam sie schnell auf den Punkt. »Kannst du mir sagen, ob es möglich ist, an den Überresten der Steinmüller'schen Bratsche zu erkennen, ob es sich um die Strad-Kopie oder um ein anderes Instrument handelt, zum Beispiel eine Supermarkt-Bratsche?« Gab es das überhaupt? Bisher hatte sie da nur Geigen gesehen.

Susanne antwortete: »Theoretisch gibt es immer eine Möglichkeit, die Herkunft eines Instrumentes möglichst eng einzukreisen. Aber das ist bei einem historischen Instrument weit leichter als bei einer Kopie aus der Gegenwart. Nachweise über das Alter und die Herkunft von Hölzern und Lacken fallen dann weg. Allerdings kann man über Lacke und Hölzer zumindest eine ›Supermarkt-Bratsche‹ ausschließen.« Als hätte sie Annas vorherige Skrupel gehört, fügte sie erklärend hinzu: »Es gibt für alle Instrumente ein massentaugliches Billigsegment, das sich über Materialien und Verarbeitung in der Regel leicht erkennen lässt. Die Herkunft würde man bei historischen Streichinstrumenten prüfen, indem man zum Beispiel die Wölbungen und Biegungen misst, auch per Ultraschall und Infrarot. Die sollten bei einer Kopie annähernd perfekt reproduziert sein. Das wird man jedoch anhand der Trümmer, wenn die wirklich so kleinteilig sind, kaum nachweisen können. Aber wenn du Lust hast und gemeinsam mit der Kommissarin und ihren Beweismitteltüten vorbeikommen willst, können wir unser Glück versuchen. Im Moment ist im Museum ohnehin nicht viel zu tun. Und vielleicht finden sich noch fünf Minütchen für einen Kaffee?«

Anna liebte Susannes unkomplizierte Art, bedankte sich und versprach, sich auf jeden Fall zu melden.

Noch fünf Minuten – eine angenehme gefühlte Ewigkeit – blickte Anna aufs Wasser, bevor sie zum Telefon griff und Kommissarin Voitel gerade noch im Dienst erreichte. Langsam begriff sie, dass die ihr die Privatnummer gegeben hatte, weil sie sich in einem komplizierten Privatleben mit kleinen Kindern arrangieren musste, ihr der Fall aber sehr wichtig war.

»Entschuldigen Sie, falls ich Sie aufhalte. Doch es gibt eine Option, um eventuell die Herkunft des Instruments einzukreisen.« Sie berichtete von ihrem Telefonat mit Susanne, überhaupt von Susanne.

Katrin Voitel sagte ohne Umschweife: »Die Reste der Bratsche stellt mir die Spurensicherung bestimmt zur Verfügung. Was halten Sie von einem Treffen im Museum gleich morgen Vormittag?«

Die Frau kam auf den Punkt. Anna gefiel das, aber es entsprach in keinster Weise dem, was Kollegen über ihre Arbeit mit der Polizei erzählten. Sie fragte sich, ob sie nicht doch etwas falsch machte und die Kommissarin sie nicht ernst nahm.

Die setzte noch eins drauf: »Ach so – ich habe außer einer seltsamen Begegnung mit der Familie des Opfers nichts Neues zu bieten. Das kann ich Ihnen morgen gern erzählen, es scheint aber keinen Nutzen für die Ermittlung zu haben. Die Steinmüllers sind ungewöhnlich gefasst. Über das Instrument wissen sie nichts – von Feinden ganz zu schweigen. Abgesehen davon – die Anfrage an die Versicherung läuft. Die Staatsanwaltschaft hat den Sachverhalt prüfen lassen. Die Wahrscheinlichkeit, dass eine Versicherung bei Fremdverschulden zahlt, tendiert gegen null. Da könnte man bestenfalls den Veranstalter heranziehen.«

»Und wenn man davon ausging, dass keiner dahinterkommt? Der Unfall also inszeniert war, um die Versicherungssumme zu kassieren?«

»Laut Staatsanwalt unwahrscheinlich, außerdem extrem langwierig, bis die Versicherung in diesem Fall zahlen würde.«

Anna dankte und versprach, den Kontakt mit Susanne zu arrangieren.

21

Anna holte Habakuk an der Straßenecke ein. Er hatte sie am Telefon kurz über die Ergebnisse seines Besuchs bei der Versicherung informiert. Umso mehr freute sie sich auf den detaillierten Bericht.

»Perfektes Timing!«

»Kann man so sagen. Ich wäre nicht scharf auf das Aufsehen gewesen, das es mit Sicherheit machen würde, wenn ich auf deiner Schwelle sitze.« Habakuk strahlte Anna verschmitzt an.

Noch etwas, das ihr durchaus an ihm gefiel. »Na, dann komm schnell rein, nicht dass am Ende die ganze Konspiration auffliegt und ein Kapitalverbrechen unaufgeklärt bleibt.«

Ein schelmischer rhetorischer Schlagabtausch folgte, während die beiden ins Dachgeschoss kletterten.

In der Wohnung angekommen, zog Habakuk eine gekühlte Flasche Waschbär-Cola aus der Tasche. Offenbar gab es da ein Missverständnis, das sie irgendwann ausräumen musste, doch nicht jetzt. Jetzt musste sie dringend ins Bad. Wieder hatte sie dieses Klebrigkeitsgefühl; wenn sie ehrlich war, war sie es seit Samstag im Inand-Out – trotz inzwischen mehrerer Duschen – nicht losgeworden. Sie dirigierte Habakuk Richtung Küche und Wohnzimmer. Das Prozedere kannte er mittlerweile. Anna verschwand im Bad, nachdem sie Handy und Schlüssel auf dem Garderobensims abgelegt hatte.

Kaum dort und endlich mit den notwendigen Reinigungsverrichtungen beschäftigt, hörte sie draußen ihr Handy vibrieren, das lautlos geschaltet war. Auch das noch! Nicht jetzt! Sie ließ sich gerade das eiskalte Wasser über die Handgelenke plätschern, konnte und wollte also nicht rangehen. Weil sie aber nicht ausschließen konnte, dass es die Kommissarin war, entschied sie sich zu einem ungewöhnlichen Schritt.

»Kannst du bitte rangehen?«, rief sie durch die Tür.

Habakuk tat wie geheißen, griff zu dem Smartphone und meldete sich formvollendet: »Habakuk Brausewind am Apparat von Anna Schneider?«

»Was? Bitte wer?«

»Habakuk C. Brausewind an Anna Schneiders Telefon.«

»Und wo, wo ist meine Tochter?«

»Ah, Sie sind die Frau Mutter?« Habakuk konnte eine antiquierte Förmlichkeit annehmen, die für viele hart an der Grenze zur Lächerlichkeit entlangschrammte. »Ihre Tochter ist gerade im Badezimmer.«

Schweigen am anderen Ende der Leitung.

»Darf ich etwas ausrichten? Soll Anna Sie zurückrufen?«

»Nein, nein, nicht nötig, Herr … Herr Brausewind! Sagen Sie ihr doch bitte einfach, dass ich angerufen habe. Und Ihnen beiden wünsche ich einen wunderbaren Nachmittag! Genießen Sie das Wetter!«

Diese Formulierung irritierte Habakuk zwar, aber er bedankte sich artig und wünschte Annas Mutter ebenfalls einen schönen Nachmittag.

Keine vier Minuten später kam Anna vergnügt und

erfrischt aus dem Bad und sah Habakuk vor sich stehen, der noch immer verwirrt auf ihr Handy starrte. »Hat die Kommissarin Neuigkeiten?«

»Es war deine Mutter. Sie hat angerufen und wünscht uns einen wunderbaren Nachmittag. Wir sollen das Wetter genießen.«

»Oh Gott! Was hast du ihr gesagt?«

»Dass du im Bad bist …«

Anna brach in amüsiertes Gelächter aus. »Da nährst du ihre größten Hoffnungen. Wahrscheinlich ist ihre Fantasie längst durch die Decke gegangen …«

Habakuk standen zahllose Fragezeichen ins Gesicht geschrieben.

»Erkläre ich dir nach der Arbeit, ist eine längere Geschichte.«

Mit der Aussicht war Habakuk rundum zufrieden.

Anna und Habakuk setzten sich auf die üblichen Plätze in Annas Wohnzimmer. Anna bekam gar nicht genug von Habakuks Bericht über den verwirrten Fröhlich. In ihrem Verhältnis zu Versicherungen und den Menschen, deren Job es war, diese zu verkaufen, unterschied sie sich nicht von Habakuk.

Da sich die Äußerung der Kommissarin nicht nennenswert von den Ausführungen des geschundenen Versicherungsmannes unterschied, konnten sie die Versicherungsspur fürs Erste von ihrer Liste streichen.

Blieb der Asiate, den Anna – ähnlich wie Kommissarin Voitel am Telefon – für die heißeste Spur hielt, in Verbindung mit Susanne und der Frage, ob das Instrument die Strad-Kopie war. Vor morgen kamen sie nicht an neue Erkenntnisse, an einen Bericht in der Zeitung war also noch nicht zu denken. Doch während der Redaktionssitzung hatte sich sowieso klar herauskristallisiert, dass man angesichts des aktuellen Recherchestands nicht mit Neuigkeiten zu den Ermittlungen im Scheinwerferfall für die morgige Ausgabe rechnete. Die Doppeldeutigkeit des Arbeitstitels war in der Sitzung nur Anna aufgefallen.

Anna kam auf die Steinmüllers zu sprechen. »Kommissarin Voitel hat angedeutet, dass sie einen denkwürdigen Besuch bei der Familie des Opfers absolviert hat. Die Steinmüllers sind doch eine Musikerdynastie in Leipzig. Was muss man dazu wissen?«

»Eine Musikerdynastie wie andere auch. Auf der einen Seite eine ganz normale Familie, auf der anderen Seite eine, für die und in der andere Maßstäbe gelten.« Habakuk berichtete von Begegnungen im Studium sowohl mit der Geigerin Theresa als auch mit Thorsten, vor allem aber von Auftritten der Eltern und der Großmutter am Rande von Konzerten der Kinder. Man hielt Hof und ließ sich feiern, was ohne Frage stichhaltige musikalische Ursachen hatte. Die Steinmüllers waren in der dritten Generation Musiker. Die Mutter – Grande Dame der regionalen Szene – war Sängerin. Viele Jahre hatte sie auf der Bühne des Opernhauses gestanden. Noch als sie 50 war, kam man um sie als Besetzung der Pamina nicht herum, vor allem aber waren Oratorienaufführungen über Jahrzehnte undenkbar ohne sie gewesen. Der Lehrauftrag an der Hochschule rundete die erfolgreiche Karriere ab. Wobei es ihr zu ihrem großen Leidwesen nicht gelungen war, so etwas wie eine Schule aufzubauen.

Dennoch war ihr Mann Thorben von vornherein die eigentliche Instanz. Wie schon sein Vater war er Konzertmeister des Gewandhausorchesters und Professor an der Musikhochschule, und wie dieser saß er am ersten Pult des Grafenhaus-Quartetts. Auf zahllosen Platteneinspielungen des Gewandhausorchesters hatte er die Violinsoli gespielt.

Seine Mutter – nicht weniger Grande Dame als später die Gattin – war Pianistin gewesen.

Wie alle Musikerdynastien existierten die Steinmüllers mit und in Konkurrenz zu anderen Dynastien. In Habakuks Freundeskreis als Teenager war für alle klar gewesen, dass auch Theresa und Thorsten irgendwann an den ersten Pulten des Gewandhausorchesters sitzen würden. Als das jedoch nicht passierte, interessierte es kaum jemanden. Beide hatten sich von klein auf wacker geschlagen. Zunächst beide als Geiger. Und wie sich das gehört, hatten sie bei allen anstehenden Wettbewerben bestens abgeschnitten. Theresa hatte Habakuk später regelmäßig gesehen, weil sie musikalisch ähnlich breit aufgestellt war wie er selbst, Jazz liebte, auch mal ein Rock-Konzert mitnahm oder am Hochschulmusical mitwirkte.

Der erste intensivere und persönliche Kontakt mit Thorsten kam erst im Zusammenhang mit dem Bratschenverkauf zustande. Habakuk kannte niemanden, von dem er behaupten konnte, dass er mit Thorsten Steinmüller befreundet oder wenigstens näher bekannt gewesen war. Habakuk vermutete, dass das mit Problemen zu tun hatte, die er mit seinem Namen in der Szene hatte. Generell waren diese Leute so durchschnittlich wie legendär.

Habakuk glitt ins Anekdotische ab und seine Erzählungen gingen in eine angeregte allgemeine Plauderei der beiden über. Musiker und Musikwissenschaftler schöpften aus ähnlichen Erfahrungsschätzen.

Es war schon spät, als Habakuk sich verabschiedete, nicht ohne Anna scherzhaft besorgt zu bitten, eine Fahndung auszulösen, falls sie morgen um 13 Uhr noch nichts von ihm und seinem Treffen mit dem Asiaten gehört hatte.

22

Annas Mutter hatte im Laufe des Montags keinen Versuch mehr unternommen, ihre Tochter zu erreichen; offenbar war sie mit ihrer Fantasie abgehoben. Das störte Anna nicht im Geringsten. Sie fand gerade alles besser, als ihrer Mutter zu erklären, was sie mit Habakuk erlebte. Und es ersparte lästige Fragen.

Allerdings klingelte pünktlich am Dienstag um

10.30 Uhr – für Annas Mutter wohl die Anstandsfrist fürs Anrufen bei potenziell verliebten Journalistinnen – das Telefon. Anna, in der Hoffnung, es könnte die Kommissarin mit Neuigkeiten sein, war sofort am Apparat, hörte aber stattdessen eine mehr als vertraute Stimme.

»Anna, bist du allein?«

Irritiert bejahte sie.

»Charmant, dieser Mann. Aber Habakuk? Was für eine Nationalität hat er?«

»Deutscher«, antwortete Anna und vermied es, »glaube ich« hinzuzufügen. Sie war froh, nicht aus Versehen »Bratscher« gesagt zu haben.

»Ah ja?«, setzte die Neugierige etwas ungeschickt zur nächsten Frageunde an. »Ein ungewöhnlicher Name. Ihr kennt euch von der Arbeit, vermute ich.«

Diese Wendung war nicht ideal, ließ sich mit ein bisschen Geschick aber in eine angenehmere Richtung lenken. »So kann man das sagen.« Anna versuchte es mit Einsilbigkeit. Auf diese Weise war es ihr schon häufig gelungen, ihre Mutter abzuwimmeln. Heute war sie damit nicht erfolgreich.

In ihrer Mutter hatte sich ein riesiges Reservoir an Neugier aufgestaut. »Erzähl doch mal!«

»Wir arbeiten gemeinsam an einer größeren, ressortübergreifenden Recherche.« Das war nicht einmal gelogen.

»Aber da bleibt doch sicher noch Zeit, um sich kennenzulernen?«

»Sicher!« Die Auskunft tat keinem weh und vermochte es hoffentlich, Anna etwas Ruhe zu verschaffen. Wenigstens war Habakuk nicht generell unattraktiv.

Tatsächlich wechselte ihre Mutter das Thema, doch nicht unbedingt in eine bessere Richtung. »Trotzdem hättest du dich ja mal melden können. Ich war furchtbar in Sorge. Man hört so schreckliche Dinge. Das Unglück bei diesem Konzert ...«

»Ja, Mama«, antwortete Anna genervt. Unüberlegt fügte sie hinzu: »Ich war dabei!« Zwar biss sie sich im gleichen Moment auf die Zunge, doch es war zu spät. Anna ahnte, was jetzt kommen würde.

Doch es war nicht die erwartete Tirade über die Gefahren der großen Stadt. Die ansonsten eher in ihrem Kosmos kreisende Frau platzte fast vor Neugier. Vermutlich war sie bereits darauf angesprochen worden in ihrer heimatlichen Kleinstadt. Man wusste schließlich, dass Anna in Leipzig als Musikkritikerin arbeitete. Interessiert hatte sich jedoch noch nie jemand für ihre Arbeit. Was ein Scheinwerfer doch bewirken konnte ... Es ging Annas Mutter im Moment also nicht um Annas Sicherheit, sondern um exklusive Informationen, die ihr kleinstädtisches Leben interessanter gestalten könnten.

Das verbesserte Annas Situation nur geringfügig, denn je mehr Details des Abends und ihrer eigenen Recherchen sie preisgab, desto mehr lief sie Gefahr, dass sie einerseits die üblichen Ressentiments ihrer Mutter über die Risiken des Lebens weckte, andererseits Dinge zum provinziellen Stadtgespräch machte, die noch nicht für die Öffentlichkeit bestimmt waren. Also gab sie einen persönlichen Bericht, der in seinem Informationsgehalt kaum über den Inhalt ihrer veröffentlichten Meldung hinausging.

Anna war mehr als froh, als sich ihre Mutter mit dem Hinweis verabschiedete, dass sie angesichts solcher Erfahrungen zufrieden sein könne, nicht allein zu sein. Anna hatte keine Lust, das Missverständnis aufzuklären und die Nur-Freunde-Diskussion loszutreten. Außerdem hätte sie dann die Art und Weise, wie ihr Habakuk zugelaufen war, ins Gespräch bringen müssen. Und dafür war jetzt nicht der Moment.

23

Kommissarin Voitel wartete unten vor dem Musikinstrumentenmuseum, als Anna auf die Minute genau um die Ecke kam. Die kleine drahtige Frau hatte eine unspektakuläre Einkaufstüte in der Hand, und Anna wollte sich nicht vorstellen, dass sich darin die Überreste von Habakuks Beinahe-Instrument befanden. Aber da im Umfeld von Voitel nichts und niemand zu sehen war, musste es wohl so sein.

Nach einer offenen und freundlichen Begrüßung meldeten sie sich gemeinsam beim Pförtner des Museums an, das so früh noch nicht geöffnet hatte. Susanne Berger hatte sie schon erwartet und nahm sie sofort in Empfang. Der Weg vom Pförtner in die Büros der Mitarbeiter führte nicht zwangsläufig durch die Ausstellungsräume, doch Susanne machte sich den Spaß, mit ihren beiden Besucherinnen durch die Ausstellung zu schlendern. Gerade hier hatte sie Gelegenheit, über die von ihr kuratierte Dauerausstellung der historischen Streichinstrumente Einblick in ihre Provenienzforschungsarbeit zu geben und zu erklären, wie verschieden die Streichinstrumente der verschiedenen Meister waren.

Im perfekt inszenierten Scheinwerferlicht bewegten sich die drei Frauen durch die Musikgeschichte. Susanne erläuterte die wesentlichen Entwicklungslinien markanter Details – die verschnörkelte Schnecke, ein prägnanter Frosch, der spezifische Winkel eines F-Lochs. Anna, der Musikwissenschaftlerin, war vieles davon bekannt, während Katrin Voitel die Führung mit Neugier in sich aufsog. Im pädagogischen Klanglabor erkundigte sie sich sogar nach den Möglichkeiten im Museum für Vorschulkinder und notierte sich gleich die Termine.

In ihrem Büro hatte Susanne Kekse bereitstellen lassen, die Museumssekretärin servierte Kaffee. Einen kurzen Moment lang erinnerte sich Anna sentimental an früher, als sie einen Kaffee aus der Mensa im Uni-Innenhof geschlürft und mitgebrachte Möhren geknabbert hatten. Katrin Voitel hätte gut dazu gepasst.

Sie packte gerade die Inhalte ihrer Einkaufstüte aus, als wären es die Möhren von damals. Doch zum Vorschein kamen nur weitere Tüten, nach dem Matrjoschka-Prinzip.

»Das ist dann wohl das pürierte Instrument? Da hat jemand ganze Arbeit geleistet! Aber wartet noch mit den Teilen, die schauen wir uns nachher im Labor an. Ich dachte, ich erkläre euch zunächst in Ruhe bei einem Kaffee unsere Möglichkeiten, und dann schauen wir, ob euch das hilft.«

Während Susanne Kaffee ausschenkte, fragte sich Anna, ob sie die gleiche Solidität ausstrahlte, anders gesagt, ob sie auch so alt geworden war wie Susanne. Einstweilen dozierte diese anschaulich darüber, dass sie glücklicherweise auf Mediziner gestoßen war, mit denen sie kooperieren konnte, weil sich deren Möglichkeiten der Ultraschall- und Lasermessung perfekt auf ihre Forschungsinteressen übertragen ließen. Sie habe festgestellt, dass es vor allem eine spezifische Biegung des Korpus war, die das Geheimnis des unverwechselbaren Klangs der Stradivari ausmachte und diese von einer Gagliano oder einer Guarneri unterschied. Das gehe weit über das hinaus, was man mit reiner Materialanalyse feststellen konnte – Altersbestimmung, die hier nicht viel brachte, und Bestimmung der Materialherkunft, die im vorliegenden Fall nicht besonders vielsagend war.

Anna und Katrin erkundigten sich, wie man feststellen konnte, ob es sich um eine Strad-Kopie handelte.

»Gerade bei der Strad ist das nicht so schwer, denn hier erklärt sich das Geheimnis des Klanges tatsächlich über minimale Formdifferenzen, die mit unserem Verfahren bestens messbar sind. Ob das mit dem Inhalt eurer Tüten noch machbar ist, muss man sehen. Andernfalls haben wir nur die Möglichkeit, über verwendete Materialien, vor allem Lacke, die Herstellungszeit einzugrenzen. Aber das wird euch nicht allzu viel nutzen. Oder wir müssen dem Etikett glauben. Das habt ihr doch, oder?«

»Na ja«, antwortete Katrin Voitel, »wir haben Etikett-Teile, aus denen unsere Kriminaltechnik den Schriftzug rekonstruieren konnte. Sicher sind wir aber nicht. Der Scheinwerfer hat, wie Sie schon sagten, ganze Arbeit geleistet.«

»Dann schauen wir uns das Ganze jetzt an. Manchmal reicht ein kleines Teil, wenn es das richtige ist, zur Bestimmung. Ein andermal ist der Korpus nur in ein, zwei Teile zerbrochen, eine Bestimmung dennoch schwierig, weil die Brüche an Stellen sind, die Messungen sinnlos machen. Gehen wir ins Labor, und dann zeigt mir, was ihr habt. Ehrlich gesagt traue auch ich dem Etikett alleine sehr ungern.«

Anna und Katrin Voitel folgten Susanne ins Labor, das neben ihrem Büro lag. Ein weiteres Mal machte sich die Kommissarin daran, ihre Beweismitteltütchen aus der großen Einkaufstasche zu holen. Anna fragte sich, ob diese Tütchen tatsächlich als Einwegtütchen genutzt wurden. Unverantwortlich …

Routiniert zog sich Susanne ein Paar Latexhandschuhe über. Katrin Voitel tat es ihr gleich. Und Anna war beeindruckt. Mit derartigen Routinen konnte sie nicht aufwarten. Sie hatte nicht einmal das Equipment dafür. Da niemand Anstalten machte, sie ebenfalls auszustatten, begab sie sich mit ihrem Notizbuch in Beobachterposition, hierin hatte sie Routine.

Lange und akribisch betrachtete sich Susanne die Tüten, die zum Teil nur einen einzigen Splitter enthielten. Viele davon schob sie auf einen Haufen – ihrem Gesichtsausdruck entnahm Anna, dass das die Teile waren, die für die Messungen nutzlos waren. Den Rest – etwa fünf bis acht Tütchen mit größeren Bruchstücken – drehte und wendete sie mehrfach vorsichtig in ihren Händen. Begeistert schien sie nicht zu sein. Anna wurde schnell klar, dass es der Korpus war, für den sich Susanne interessierte. Alles, was in Richtung Steg ging, hatte sie längst aussortiert.

Schließlich sagte Susanne: »Hiermit könnten wir es probieren.« Zusammen mit der Kommissarin – das stille Einverständnis zwischen den beiden irritierte Anna ein wenig – zog sie ein längliches Teil, das aus dem Boden stammte, aus einer der Tüten und legte es auf den Arbeitsplatz, den Anna im Stillen bereits »Seziertisch« getauft hatte. Die Position wurde fixiert. Susanne gab gefühlt 1.000 Zahlen in eine Maske auf ihrem Computer ein. Und dann fuhr wie in einem Tomografen ein Scanner über das Objekt und nutzte deutlich sichtbar einen Infrarot-Lichtstrahl, um die Dimensionen des dünnen Holzstückes zu erfassen.

»Nicht schlecht … Schauen wir uns noch ein oder zwei andere Teile an. Aber eine Übereinstimmung von gut 80 Prozent ist schon mal nicht übel.«

»Eine Übereinstimmung womit?«, wollte Anna wissen.

»Wir haben für unsere Studie eine große zweistellige Zahl von Instrumenten untersucht und einen ganz markanten Schwung in der Wölbung des Korpus ausgemacht, den nur die Strad hat. Das ist es, womit wir hier gut 80 Prozent Übereinstimmung haben. Die hätten wir bei einem Supermarktinstrument kaum. Wobei eine Supermarktbratsche hierzulande so schwer zu bekommen ist, dass deren Auftauchen viel zu auffällig wäre. Aber auch bei einer heutigen Meistergeige oder der Kopie eines historischen Instruments ist eine Übereinstimmung an der Stelle ungewöhnlich.«

Susanne hatte damit einige Fragen Annas beantwortet, ohne dass diese sie gestellt hatte. So war das schon immer gewesen, und die kluge Susanne war dabei unglaublich ruhig und bescheiden.

Sie fügte eine weitere Erklärung zu ihrem Vorgehen hinzu: »Ich werde jetzt schauen, ob ich zwei oder drei andere markante Bruchstücke finde, die das erhärten oder widerlegen.« Nachdem sie das vermessene Teil zurück in sein Beweismitteltütchen geschoben hatte, ging sie den verbliebenen Tütchenhaufen abermals durch und sortierte weiter aus. Drei Beutel blieben schließlich übrig: Einer enthielt Reste einer Kante, ein anderer ließ Teile eines Querbruchs und damit von einem Querstück vermuten. Im letzten Tütchen befand sich ein für Anna undefinierbares Kleinteil, das an einen Knorpel erinnerte.

Susanne machte sich ans Vermessen dieser Teile. Sie kommentierte nicht mehr viel, sie hätte sich mit Blick auf die Methodik nur wiederholt. Schließlich ließ sie Anna und die Kommissarin wissen, dass der Trend nach oben gehe – Richtung 90 Prozent Übereinstimmung. »Wenn nicht noch ein ähnlich hochwertiges Instrument im Rennen ist – eine weitere Strad-Kopie zum Beispiel –, ist es mehr als wahrscheinlich, dass das da eure Strad-Kopie ist. So viele sind davon nicht unterwegs. Den Versicherungsbetrug, also das Vorhaben, viel Geld für ein wertloses Instrument einzustreichen, könnt ihr mit ziemlicher Sicherheit von der Liste der Motive streichen. Das da«, sie deutete auf die Teile, die sie wieder eingetütet hatte, »war ein richtig gutes Instrument.«

Nun hatten sie den Beleg dafür, dass es sich bei dem zerstörten Instrument mit ziemlicher Sicherheit um Habakuks Beinahe-Bratsche handelte, diese also nicht mehr existierte. Habakuk würde sich an den Gedanken gewöhnen müssen. Allerdings war noch immer offen, ob das Instrument Ziel des Anschlags gewesen war. Hoffentlich kam Habakuk mit dem Verkäufer ein Stück weiter.

24

Habakuk marschierte in das Café, das der Verkäufer vorgeschlagen hatte – die Orchesterzeitschrift als Erkennungszeichen unter dem Arm, in einem Outfit, das Anna zufolge wirtschaftliche Solidität suggerierte, mit Sakko, Schal und … Sonnenbrille. Er musste wie ein ernstzunehmender Kaufinteressent wirken, um herauszubekommen, was der Mann ihm verkaufen wollte und was das wiederum mit Steinmüllers Bratsche zu tun haben könnte. Aber er war Bratscher und wollte eine Bratsche kaufen. Reichte das nicht? Okay, es war schon etwas dran, dass er sich echten Kriminellen – möglicherweise hatte er es hier mit solchen zu tun – nicht mit persönlichen Details bekannt machen sollte. Trotzdem kam er sich lächerlich vor, als er sich in einen der albernen Clubsessel fallen ließ und die Zeitschrift unübersehbar auf dem nicht weniger albernen Clubtisch positionierte. Dass sein Gesprächspartner diese Hipster-Absteige gewählt hatte, sprach wahrscheinlich auch schon Bände. Habakuk fühlte sich wie in einer Ausstellung geometrischer Plexiglas-Skulpturen.

Egal, hier ging es um Wichtigeres. Schlimmer als der Dialog gestern mit Fröhlich konnte es nicht mehr werden. Er würde also vorgeben, dass er in der Lage war, die volle seinerzeit von Steinmüller geforderte Summe zu zahlen. Das allerdings war noch einen Zahn schärfer als die Aktion gestern mit Fröhlich. Immerhin ging es um eine Summe, die sich Habakuk auf einem Haufen nicht einmal vorstellen konnte. Jedenfalls konnte er sich nicht erinnern, wann er jemals so unsicher bezogen auf das Kommende gewesen war. Weil er nicht einschätzen konnte, was passieren, wie das Gespräch ablaufen würde. Trugen Instrumentenschieber Waffen bei sich? Falls der Typ überhaupt ein Schieber war … Sicherheitshalber ließ er den Blick durch den Raum schweifen. Vielleicht hatte der Mann seine Bodyguards irgendwo versteckt? Hoffentlich tauchte der Verkäufer bald auf, sonst vermasselte Habakuk das Ganze noch mit seinem äußerst sensiblen Nervenkostüm. Er hing schließlich an seinem Leben.

Der vernünftigere Teil seines Ichs versuchte ihm klar zu machen, dass Instrumentenschieber keine Waffenschieber waren, Kleinkriminelle im Vergleich zu diesen. Insgeheim beneidete er Anna, die gerade im Musikinstrumentenmuseum eine Gratisunterweisung in Provenienzforschung erhielt. Andererseits wollte er auch nicht mit ihr tauschen, denn das hätte die Konfrontation mit den sterblichen Überresten eines Musikinstrumentes – wahrscheinlich seiner Beinahe-Bratsche – bedeutet. Jetzt nur nicht in Selbstmitleid zerfließen, ermutigte sich Habakuk C. Brausewind.

Habakuks innerer Dialog wurde durch das Eintreten eines Chinesen mit karierter Schiebermütze unterbrochen. Das konnte nicht sein! Hier wollte ihn jemand hinters Licht führen! Der Typ mit Schiebermütze, zu engem Zweireiher und Zigarre im Mundwinkel sah aus wie die Karikatur eines Agentenfilmdarstellers aus der Mitte des vorigen Jahrhunderts. Habakuk fragte sich, wo hier die versteckten Kameras hingen.

Ein Kellner marschierte zielstrebig auf den Chinesen zu und wies ihn freundlich, aber bestimmt darauf hin, dass Rauchen hier nicht gestattet sei. Ungefähr Dreiviertel seiner Coolness fielen schlagartig von dem Mann ab, und er begab sich in eine entschuldigend zuvorkommende Verbeugungshaltung, die dem Beobachter Habakuk äußerste Konzentration abnötigte, um nichts Chauvinistisch-Kulturspezifisches hineinzuinterpretieren. Als Bratscher und Basser würde man dafür zwar vor jedem höheren Gericht mildernde Umstände bekommen, aber es gehörte sich dennoch nicht.

Jedenfalls war es dieser Szene zu verdanken, dass Habakuk zurück zu seiner bewährten Form fand und nun den Chinesen souverän begrüßen konnte. Der war direkt auf Habakuk zugekommen und hatte die Orchesterzeitschrift zur Identifikation des potenziellen Käufers gar nicht benötigt, weil der Hipster-Laden um diese Uhrzeit leer war. Der Mann stellte sich als Han Ding-Dong vor, woraufhin sich Habakuk das Lachen nur schwer verkneifen konnte. Ein solcher Name konnte doch nur Fake sein – für wie blöd hielten diese Leute ihre Geschäftspartner eigentlich? Er nannte seinen – richtigen – Namen. Gemeinsam mit Anna hatte er entschieden, in seiner Legende so wenig wie möglich von der Realität abzuweichen. Dennoch: Ob sich sein Gegenüber jetzt genauso veralbert fühlte wie er einen Augenblick zuvor? Vermutlich gab es in jeder Kultur Namen, die so clownesk erschienen, dass sie nie jemand als Alias wählen würde. Han Ding-Dong und Habakuk C. Brausewind waren insofern wohl so etwas wie Leidensgenossen.

Ding-Dong war ein kleiner untersetzter Typ, den man ohne sein bemerkenswertes Outfit leicht übersehen hätte. Er hatte gegenüber von Habakuk Platz genommen und wirkte – falls das keine Masche war – so unsicher, dass Habakuk es aufgab, nach möglichen heimlichen Begleitern zu spähen. Er sprach passabel deutsch, mit einem Akzent, der den Ostasiaten auf der Stelle verriet. Gezwungener musikorientierter Small Talk, unterbrochen durch die Kaffeebestellung.

Dann kam der Chinese zur Sache. »Sie suchen also gute Bratsche?«

Wie geplant, konnte Habakuk beim Antworten bei der Realität bleiben. Tatsächlich erleichterte das das Reden. Er hatte wenig Mühe, sein Anliegen realistisch darzulegen. Er suchte ja wirklich eine Bratsche. Nebenbei wollte er in Erfahrung bringen, wer dieser Ding-Dong war, für wen oder wie er arbeitete, ob er Hintermänner hatte und wenn ja, um wen es sich dabei handelte. Habakuk hätte nichts dagegen gehabt, wenn nach dem Gespräch wieder eine Bratsche in Aussicht gestanden hätte. Aber nach allem, was er bis jetzt erlebt hatte, war ihm außer dem Preis wichtig, dass diese von einem seriösen Anbieter kam. Das Bild jenes Abends bekam er ohnehin nie wieder aus dem Kopf, auch wenn es schon jetzt, nach gerade einmal drei Tagen, vollkommen unwirklich war. Ob das eine Art seelischer Schutz war? Jedenfalls war ihm klar, dass er nicht nur in wirtschaftlicher Hinsicht keine Bratsche um jeden Preis brauchte. Diese Position ließ er bewusst außen vor. Seine Beschreibung der Bratsche, die ihm vorschwebte, war eins zu eins das Steinmüllersche Instrument.

Und genau das bot Ding-Dong ihm an, wenn auch nicht namentlich. Also bekundete Habakuk einstweilen sein Interesse und drängte darauf, die Bratsche auszuprobieren.

Jetzt geriet Ding-Dong ins Schlingern, sein routiniertes Deutsch lief dabei ein wenig aus dem Ruder. Er machte deutlich, dass er nur der Vermittler sei. »Verkäufer gerade schwer erreichbar. Seit Kontakt mit Ihnen, noch keine Gelegenheit, mit ihm zu sprechen.«

Habakuk ahnte, dass der Chinese keine Ahnung hatte, dass das Instrument nicht mehr existierte. Er gab sich irritiert, was ihm keine große Mühe bereitete. Er fragte: »Wann haben Sie das letzte Mal Kontakt mit dem Verkäufer gehabt?«

Ding-Dong wurde noch unruhiger. Er gab zu, dass das eine gute Woche her war.

Ungefähr der Zeitpunkt, zu dem Steinmüller neuerlich Kontakt zu Habakuk aufgenommen hatte und bereit war, dessen Preis zu akzeptieren, überlegte Habakuk. Das machte ihn hellhörig. Da Ding-Dong nicht mafiös wirkte, beschloss Habakuk, ihn etwas präziser in die gewünschte Richtung zu drängen. Wenn er zugab, dass Steinmüller direkt mit ihm verhandelt hatte, würde es ihn keinesfalls mehr in Gefahr bringen, denn Steinmüller war tot. Also sagte er: »Wir sprechen hier aber nicht von der Stradivari-Kopie, die Thorsten Steinmüller unlängst zum Kauf angeboten hat? Diese ist ja nicht mehr verfügbar.«

»Wie – ›nicht verfügbar‹?« Auf Ding-Dongs Stirn bildeten sich Schweißperlen, was sich angesichts der Schiebermütze besonders originell ausnahm. Es wirkte nicht, als hätte Han Ding-Dong einen Gedanken darauf verschwendet, dass er das Instrument nicht mehr vermitteln konnte.

»Sie wissen schon, dass Steinmüller tot ist, oder?«

»Wie – ›tot‹?«

Ding-Dong war jetzt in einer für Habakuk nutzlosen Defensive, sodass dieser sich fast nach der Arroganz und Halbbildung Fröhlichs sehnte. Aus lauter Verzweiflung rief er aus: »Lesen Sie denn keine Zeitung? Haben Sie kein Radio oder Internet?« Ob das Unglück auch dem Fernsehen eine Nachricht wert gewesen war, konnte Habakuk nicht mit Bestimmtheit sagen, aber das tat ohnehin nichts zur Sache. Er war ehrlich empört! »Steinmüller ist am Samstag auf offener Bühne zu Tode gekommen – und seine Bratsche mit ihm!«

Während sich Habakuk langsam beruhigte und der Chinese betreten vor seinem Milchkaffee saß, wurde Ersterem bewusst, dass er jetzt erklären musste, warum er sich mit seinem Gegenüber traf, obwohl er wusste, dass das Instrument unwiederbringlich verloren war. Also setzte er auf die Dringlichkeit, ein Instrument für sein neues Aufgabenfeld zu finden, Pietät hin oder her. Er sei sofort aktiv geworden, nachdem er gehört hatte, dass das Instrument nicht mehr verfügbar war.

Han Ding-Dong gewann allmählich seine Fassung wieder. Er versuchte nun seinerseits herauszubekommen, was es mit dem nicht mehr zustande gekommenen Geschäft zwischen Steinmüller und seinem Gegenüber auf sich hatte. Dabei wurde ihm vollends klar, dass Steinmüller tot und nicht mehr zur Rechenschaft zu ziehen war. Ding-Dong reagierte endlich mit einem neuen Angebot, wenn auch nicht mit einem konkreten. »Ich kann auch anderes, ähnliches Instrument besorgen. Allerdings: Mit Verlust von Steinmüller-Instrument alle Preise sich ändern.«

Okay, das war doch eine Information. Habakuk machte ein demonstrativ erstauntes Gesicht.

Sein Gegenüber erklärte bereitwillig, dass, angesichts der Stückzahl der verfügbaren, besonders der verkäuflichen Instrumente, der Verlust eines einzigen Instruments den Wert aller anderen gravierend steigerte, selbst bei Kopien.

Habakuk begriff, dass ihn das weitere Lichtjahre von seinem Trauminstrument entfernte. Und etwas anderes fiel ihm ein: Lag darin nicht auch ein Motiv? Hatte der Chinese davon gewusst, dass Thorsten Steinmüller letzte Woche Bereitschaft geäußert hatte, die Bratsche unter dem astronomischen Preis, der auch hier auf dem Tisch lag, zu verkaufen? Dann hätte er nichts daran verdient. Es könnte also sein, dass Ding-Dong, vielleicht aus Versehen, zwei Fliegen mit einer Klappe geschlagen hat: Er wollte Steinmüller töten, um den Verkauf unter Wert zu verhindern. Weil auch die Bratsche zerstört wurde, hat er eine Preissteigerung aller anderen zum Verkauf stehenden Instrumente hervorgerufen.

Doch wenn Habakuk ehrlich war, konnte er sich das nicht vorstellen. Erstens hätte die nun in Schutt und Asche liegende Bratsche viel Geld gebracht, zweitens traute er Ding-Dong kein solches schauspielerisches Talent zu. Das wäre nötig gewesen, um so ahnungslos zu wirken.

Habakuk bekundete also begeistertes Interesse an Bratschen, von denen klar war, dass er sie sich niemals leisten konnte. Und ein Sponsor war weit und breit nicht in Sicht. Aber im Moment war er nicht der Bratscher des Gewandhausorchesters, sondern der verdeckte Ermittler Habakuk Brausewind. Wie ein Profi schob er seine Emotionen ganz weit weg und erklärte, wie er sich gewundert habe, dass Steinmüller verkaufen wollte.

Das löste eine sofortige Reaktion bei dem Chinesen aus: »Und vor allem so schnell!« Ding-Dong fasste bemerkenswert schnell Zutrauen zu dem vermeintlichen Kunden, vielleicht etwas zu schnell für einen routinierten und gewieften Geschäftsmann.

Habakuk ließ ihn plaudern und konzentrierte sich aufs Zuhören. Schwierig daran war lediglich, dass er offenbar einen Stein aus einem Damm gezogen hatte, der einen seit Wochen, wenn nicht Monaten, angestauten Redefluss aufgehalten hatte. Dieser ergoss sich nun in vollem Schwalle über ihn. Weil alles wichtig sein konnte, hieß es, Informationen nicht zu früh auszusortieren. Habakuk hatte zwar ein gutes Gedächtnis, aber Ding-Dongs Erzählung war auch für ihn eine echte Aufgabe. Denn das Redeungetüm folgte keiner inneren Logik. Ding-Dong sprach ohne erkennbaren Zusammenhang über sein Leben in Deutschland im Allgemeinen, die Härten des globalen Musikinstrumentenmarktes im Besonderen und die aufreibenden Verhandlungen in diesem konkreten Fall im Speziellen.

Ding-Dong war früher Geiger gewesen und legte großen Wert darauf, dies auch heute noch zu sein, obwohl er seit mindestens zwei Jahren kein Musikinstrument mehr in der Hand gehabt hatte, um darauf zu spielen. Er war einer von Tausenden jungen Ostasiaten, die zum Musikstudium nach Europa kamen und an den Musikhochschulen ihrer brillanten Technik wegen mit Kusshand genommen wurden. Ding-Dong gehörte allerdings nicht zu denjenigen, die als höchstbegabte Überflieger zu einer Weltkarriere starteten oder direkt vom Diplom weg an eines der ersten Pulte eines herausragenden Orchesters engagierte wurden, nicht einmal ein weniger herausragendes oder hinteres Pult. Ding-Dongs Erfolge waren bereits bei Probespielen immer vereitelt worden. Das erregte Habakuks Mitleid, denn der wusste um die äußerst unangenehme Situation des Probespiels und war bis heute mehr als glücklich, dass es damals bei ihm mit dem Gewandhausorchester auf Anhieb geklappt hatte. Gerade unter den Geigern kannte er Kollegen, die sich dieser mehrstufigen Prozedur schon dutzende Male unterzogen hatten, ohne nachhaltigen Erfolg. Und das, obwohl sie keinesfalls schlechte Musiker waren. Ding-Dongs Vorgeschichte brachte eine Saite in Habakuk zum Klingen.

Den Erfolglosen hatte es jedoch nicht in seine Heimat zurückgezogen. Ob man dort ahnte, dass er nicht allabendlich fürs europäische Publikum Mozart und Beethoven spielte, fragte sich Habakuk. Ding-Dong war im Laufe der Zeit an Landsleute geraten, die international erfolgreich wertvolle Musikinstrumente vermittelten – natürlich mit einer sehr anständigen Provision. Habakuk vermutete, dass Ding-Dong nicht derjenige war, der den Bärenanteil dieser Beträge erhielt. Diese Händler waren vor allen Dingen eines: gut vernetzt. Dadurch war es ihnen möglich, den Markt und damit besonders die Preise weitgehend zu kontrollieren.

Ein gutes Stichwort für Habakuk. Geschickt lenkte er das Gespräch wieder zurück auf die konkrete Bratsche und auf Thorsten Steinmüller.

Ding-Dong entschuldigte sich zunächst, nicht sofort ein adäquates Instrument in der Hinterhand zu haben – für einen Geiger könnte er gleich eine ganze Handvoll herausragender Instrumente vorschlagen. Aber Bratschen? Da sei der Markt speziell.

Habakuk überlegte, ob er das persönlich nehmen sollte, gestand sich jedoch ein, dass Ding-Dong recht hatte. Wie viele seiner Bratschen-Kollegen beschäftigten sich mit den bautechnischen Unterschieden historischer Instrumente, geschweige denn dachten über die Anschaffung eines Zweitinstruments nach? Und tatsächlich gab es nicht viele herausragende Bratschen auf dem Markt.

Ding-Dong war dazu übergegangen, zu erklären, dass diese merkwürdige Spezifik des Marktes es erschwert habe, sofort einen passenden Käufer für Steinmüllers Instrument zu finden. Doch der habe es so furchtbar eilig gehabt.

Habakuk nutzte die Gelegenheit. »Finden Sie das nicht merkwürdig? Thorsten hatte einen guten Job mit sicherem Einkommen.«

Ding-Dong biss an. »Na ja, er meinte, Leben teuer und er hat bald große Ausgabe mit Freund.«

»Freund?«

»Sein Freund … Partner.«

Habakuk hatte sich über die Sexualität von Thorsten Steinmüller nie Gedanken gemacht. Weder waren sie so eng befreundet, noch war ihm ein Gerede zu Ohren gekommen.

»Er hat gesagt, Leben mit Freund teuer, muss schnell Entscheidung her. Ich nicht gefragt. Dass schwul, klar. Dass keinen Lehrauftrag mehr, bekannt. Mir gesagt, wird seine Gründe haben.«

Habakuk vermutete, dass der Chinese mit dem letzten Satz sagen wollte, warum er nicht weiter nachgefragt hatte. Dabei geisterte ihm durch den Kopf, dass er – hätte ihn jemand nach der sexuellen Orientierung des Kollegen gefragt – diesen für narzisstisch asexuell erklärt hätte und nicht bereit gewesen wäre, darauf einen Gedanken zu verschwenden. Steinmüller war also schwul gewesen, okay ... Das klang nicht nach einem zwangsläufigen Mordmotiv. Doch Ding-Dong schien das anders zu sehen. Wusste er etwas, was Habakuk nicht einmal ahnte? Oder hatte er vielleicht ein Problem mit Homosexualität? Jedenfalls rollte Ding-Dong mit den Augen und redete sich ziemlich wirr in Fahrt.

Habakuk schloss daraus, dass die Kontakte, die sein Gegenüber Richtung Musikhochschule pflegte, bemerkenswert informationsträchtig waren. Habakuk versuchte anhand Ding-Dongs Erzählungen herauszubekommen, was es mit dieser Beziehungskiste auf sich hatte, verstand aber nur, dass Steinmüller früher – was sowohl heißen konnte zu Studienzeiten als auch vor zwei Monaten – innerhalb der lokalen Schwulenszene auf großem Fuß gelebt hatte. Das wiederum musste nicht mehr bedeuten, als dass er regelmäßig ein paar Runden geschmissen hatte, konnte es aber.

Habakuk zweifelte ein wenig an seinem Urteilsvermögen, weil er sich Thorsten Steinmüller nicht in einer Gesellschaft vorstellen konnte, die über Beruflich-Geschäftliches hinausging.

Ding-Dong schien ihm die Zweifel anzusehen. »Doch, doch – wenn nicht Bratsche, dann ist immer ganz anderer Steinmüller gewesen. Sehr interessiert an Jungs.«

Bei Habakuk schrillten die Alarmglocken. Wenn Steinmüller auf hübsche Jungs stand … Und warum hatte Ding-Dong die Sache mit dem Lehrauftrag vorhin ins Gespräch gebracht, den Thorsten Steinmüller nicht mehr hatte? Er begann, den Chinesen diskret zu löchern.

Der gab nur Gerüchte wieder. Er habe einen Freund, der Steinmüller in einem einschlägigen Club gesehen habe …

Okay, wahrscheinlich gingen die weiteren Ermittlungen in diese Richtung. Habakuk musste sich dringend mit Anna beraten. Aber erst einmal musste er die Fährte des geschwätzigen Freundes aufnehmen. Es fiel ihm nichts Besseres ein, als Ding-Dong skeptisch anzustarren.

Dieser fühlte sich unter einen Rechtfertigungsdruck gesetzt. Schließlich gab er preis, dass der Freund – auch ein Bratscher, der bei Steinmüller studiert hatte – eines Jazz-Konzertes wegen im Sunflower gewesen sei und dort seinen Lehrer gesehen habe. Und der habe ihn auch gesehen. Ding-Dong schaute, als hätte er eine Schreckensvision, die tödlich enden konnte. Er erstarrte.

Deshalb setzte Habakuk gespannt nach: »Und?«

»Nichts ›und‹. Gesehen im Sunflower … Schrecklich.« Ding-Dong schlug die Hände vors Gesicht.

Habakuk war ratlos und hatte Mühe, das eigene Kopfkino im Zaum zu halten. Mehr würde er aus dem aufgelösten Chinesen nicht mehr herausbekommen. Also war es das Sinnvollste, ihn wieder zu erden und danach das weitere Vorgehen mit Anna abzustimmen. Immerhin hatte Habakuk einen Angriffspunkt: das Sunflower. Er wusste, wo sich der Club befand und dass er in der Schwulenszene einen einschlägigen Ruf besaß.

Er brachte das Gespräch mit Ding-Dong zurück auf sein Bratschen-Kaufinteresse und betonte, wie sehr er es bedaure, dass sein Trauminstrument nicht mehr verfügbar war. Pietätvoll verlieh er der Trauer um den Kollegen und besonders um sein Beinahe-Instrument Ausdruck.

Sie verabschiedeten sich freundschaftlich, wobei Habakuk sich angesichts der Anhänglichkeit des Chinesen fragte, ob der sonst keine Freunde hatte. Mit gefühlt 1.000 angedeuteten Verbeugungen verließ Ding-Dong das Lokal.

Habakuk griff zum Telefon, um Anna per Kurznachricht ins Bild zu setzen. Sie schlug ebenfalls schriftlich vor, sich in ihrer Wohnung zu treffen, um das weitere Vorgehen abzustimmen. Dass ihr Weg ins Sunflower führen würde, war bereits jetzt klar.

Plötzlich kam Han Ding-Dong wieder ins Lokal – es waren schon einige Minuten vergangen, seit er es verlassen hatte – und kehrte zu Habakuk zurück, der noch am Tisch saß und gerade Annas Nachricht las.

Verschwörerisch beugte sich Ding-Dong nach unten, wobei Habakuk beinahe vom Rand der überdimensionierten Schiebermütze gestreift wurde, und flüsterte: »Aber sicher, Steinmüller schnell Geld brauchte, weil kein Lehrauftrag mehr. Das kurz nach Begegnung in Sunflower passiert ist. Schlimme Sache …« Kopfschüttelnd und ohne ein weiteres Wort drehte er sich um und verfiel in eine Art Schleichgang zur Tür.

Irgendwie war der Typ Habakuk nicht ganz geheuer.

25

Anna war alles andere als glücklich damit, wie das Gespräch in der Redaktion im Anschluss an den Termin mit Susanne verlaufen war. Kramer wollte seinen Skandal und sah nicht ein, dass es den möglicherweise gar nicht gab. Allerdings war er zufrieden damit, dass Annas Recherchen in engem Kontakt zur Polizei erfolgten und somit keine andere Zeitung früher an die Ermittlungsergebnisse kam. »Die Konkurrenz schläft nicht!«

Manchmal fragte sich Anna, an welche Konkurrenz die Herren da eigentlich dachten. In der Region gab es seit annähernd 30 Jahren keine andere Tageszeitung als den »Täglichen Anzeiger«. Dessen Hauptgeschäft lag immer noch im Printbereich, obwohl sich die Geschäftsleitung und mit ihr Chefredakteur und Online-Redaktion wacker mühten, im Internetgeschäft die Nase nach vorne zu bringen – allerdings nach wie vor mit zweifelhaftem Ergebnis. Anna war sehr froh, dass das Kulturressort davon weniger betroffen war, ganz besonders, wenn es um klassische Musik ging. Die Chefredaktion ging offenbar davon aus, dass sich dafür ohnehin nur die nicht mehr Lifestyle-orientierte Zielgruppe der über 65-Jährigen interessierte, die sich neben dem gedruckten Lokalteil vor allem die Traueranzeigen zu Gemüte führte. Anna fand das ziemlich unfair, weil sie genügend Leser kannte, die sie zielgruppenmäßig woanders verortete. Trotzdem war sie über die Konsequenz nicht unglücklich, dass sich deshalb die Digitalisierung und Social-Medialisierung in ihrem Bereich langsamer vollzog als in anderen Ressorts.

Als ihr Habakuk am Ende der Besprechung mit Kramer eine kurze Textnachricht sendete, war sie mehr als froh über die Info. Die neue Spur führte in die Schwulenszene. Sie machte Kramer gegenüber eine Andeutung und löste damit ein breites Grinsen auf dessen von Jahr zu Jahr feister werdendem Antlitz aus. Er ermahnte sie erneut, an den nachrichtlichen Wettbewerb zu denken und sofort – egal zu welcher Tages- oder Nachtzeit – Laut zu geben, wenn eine Erkenntnis spruchreif sei.

Der dozierende Ton des Chefs nervte Anna. Sie war hier zwar bloß die Musiktante, das hieß aber nicht, dass man sie wie eine Volontärin belehren musste, wenn sie einmal etwas »Richtiges«, so dachten die Kollegen, zu recherchieren hatte. Sie bestätigte auf dem Weg zur Tür mit einem kurzen Nicken, dass sie es auch dieses Mal kapiert hatte. Jetzt brachte es dieser Typ noch fertig, ihr nachzurufen, sie solle auf sich aufpassen. Wahrscheinlich meinte er das gut, aber es traf bei Anna einen empfindlichen Nerv. Sie biss sich auf die Lippe, sodass diese weiß wurde, und sah zu, auf dem schnellsten Weg aus der Redaktion und nach Hause zu kommen. Vielleicht schaffte sie es, vor Habakuk da zu sein, der auch heute bestimmt keine Lust hatte, auf ihrer Schwelle zu sitzen. Sie war überrascht, wie dieser Gedanke ihre Laune sofort verbesserte.

26

Viel Vorsprung war es nicht, mit dem sie in ihrer Wohnung eintraf. Doch immerhin genug, um festzustellen, dass sie Hunger und immer noch nichts im Kühlschrank hatte. Sie erinnerte sich an den morgen verfallenden Gutscheincode vom Sushi-Laden. Wenn das kein Zeichen war ... Sie kramte den Flyer des Lieferservices heraus, als der verstört wirkende Habakuk eintraf.

»Wollen wir deinen Ostasien-Trip ein wenig verlängern?«

Umständlich arbeitete sich Habakuk durch den Sushi-Flyer, während Anna an ihrer Pinnwand nach dem einzigartigen Gutscheincode für treue Kunden suchte.

Als Anna endlich die Bestellung aufgegeben hatte, kam ihr mit der Stimme des Asiaten an der Sushi-Hotline ihre Frage bezüglich der Akzente wieder in den Sinn. Sie sprach sie mitten in den Raum hinein und erwartete eigentlich keine Antwort, löste aber einen Vortrag von Habakuk aus. Der war nach seinen Erfahrungen mit Han Ding-Dong allmählich wieder in ruhiges Fahrwasser geraten. Womit sich dieser Habakuk auskannte. Wenn Anna bereit gewesen wäre, sich dies einzugestehen, hätte sie erkannt, dass bisher kein Mann sie permanent so positiv verblüfft hatte wie Habakuk. Anna mobilisierte jedoch eine innere Widerstandsfunktion, die sie sich in den letzten Jahren erarbeitet hatte, um sich gefühlsduselige Ablenkung zu ersparen. Zu diesem Zwecke konzentrierte sie sich auf die inhaltliche Seite von Habakuks Ausführungen.

Dieser hatte sich, ohne eine asiatische Sprache zu beherrschen, intensiv mit Ost- und Südostasien und seinen jeweiligen Kulturen beschäftigt und wusste sehr genau, dass es da große Unterschiede gab. Zum Beispiel das Klischee, dass Chinesen anstelle von »r« »l« sagten. Das betraf nicht alle Chinesen geschweige denn alle Asiaten. Habakuk ereiferte sich: »Überleg doch mal! Du hast ja im Englischen auch einen völlig anderen Akzent …«

Was bitte wusste Habakuk über ihr Englisch? Er hatte nicht einmal eine Ahnung davon, dass sie ein Austauschsemester in Cambridge verbracht hatte, oder?

»… als zum Beispiel ein Franzose!«

Ach, so meinte er das. Das war okay! Insofern war Anna mit dem unterstellten Akzent einverstanden.

»Und das – räumlich gesehen – bei deutlich geringerer Entfernung als zum Beispiel zwischen einem Vietnamesen und einem Japaner.«

Es klingelte an der Tür. Anna drückte den Türöffner und wartete, bis der Lieferservice die Treppe nach oben gestiegen war. Danach trug sie das Bestellte ins Wohnzimmer und verteilte Sushi, Soßenschälchen, Wasabi und alles, was dazu gehörte, gleichmäßig auf dem Tisch.

Habakuk schwang gekonnt seine Stäbchen und setzte seinen Monolog parallel fort.

Anna lauschte dem nicht ungern, versprach es doch, den Kopf ein wenig freizubekommen vom Ermittlungswirrwarr. Sie hoffte, dass sie dann wieder klarer sehen konnte, dass ihr vielleicht sogar das Offensichtliche ins Auge sprang, das ihr bisher entgangen war. Dennoch verlor sie kurzzeitig den Faden, als ihr Blick den Korb mit der immer noch ungebügelten Wäsche streifte. Wie viel Kleidung ihr noch blieb, wenn sie weiterhin keine Zeit und erst recht keine Muße fand, das Bügeleisen in die Hand zu nehmen?

Als es ihr, mit einem großen Stück Maki im Mund, wieder gelang, sich auf Habakuks Rede zu konzentrieren, sprach der noch von Akzenten, aber nicht mehr von asiatischen, sondern von musikalischen.

»Man kann ja auch Musikinstrumente nicht über einen Kamm scheren.«

Anna schaute ihn verwundert und neugierig an.

»Man muss kein Fachmann sein, um eine französische von einer italienischen oder deutschen Bratsche zu unterscheiden.«

Anna hob die Brauen. »Na, vielleicht nicht unbedingt.«

Habakuk fuhr euphorisch fort, dass man selbst die Instrumente verschiedener Meister am Ton unterscheiden konnte.

»Moment mal …« Diese Tatsache hatte Anna erst heute von Susanne erfahren. Habakuk hatte das noch nie erwähnt. »Das heißt, wir hätten die Sache mit dem Versicherungsbetrug von vornherein ausschließen können.«

»Nein, nur wenn wir sagen, dass das Instrument ausgetauscht wurde. Wenn es wirklich draufgehen sollte, dann nicht.«

»Aber das wäre doch krank!«

»Na ja, ob Steinmüller ganz normal getickt hat, können wir genauso wenig sagen, wie dass derjenige, der ihm einen Scheinwerfer auf den Kopf fallen ließ, ganz gesund ist.«

An der Stelle konnte Anna nicht widersprechen. Allerdings: Wer in der Musikszene – sie beide eingeschlossen – war schon normal? »Einen Irren in Künstlerkreisen finden ...«

Habakuk wusste, was sie sagen wollte, und unterbrach sie geschickt. »Was hat deine Kommissarinnen-Freundin von ihrem Besuch bei Steinmüllers erzählt?« Habakuk war von den Kompetenzen der Polizei nicht so überzeugt wie Anna, auch nicht von Katrin Voitel, deren Offenheit ihn irritierte. »Wusste die Familie etwas von seinen Verkaufsplänen?«

Anna gab wieder, was Katrin Voitel ihr nach dem Treffen im Museum von ihrem Besuch bei den Steinmüllers berichtet hatte.

Die Kommissarin hatte dort fast nichts in Erfahrung gebracht, aber eine Atmosphäre angetroffen, die ihr fremd war. Das hatte Anna nicht überrascht: Wenn jemand, der das nicht gewöhnt war, ins Innere einer solchen Musikerfamilie vordrang, konnte das irritierend sein. Die Haushälterin hatte Katrin Voitel eingelassen. Die Familie – beide Eltern und die Schwester – hatten auf sich warten lassen, Katrin Voitel schließlich allerdings gleichzeitig empfangen. Alle drei wirkten gleichermaßen gefasst, sehr befremdlich für Voitel. Besonders bei Theresa kam ihr das seltsam vor, die unmittelbar neben dem Bruder gesessen hatte, als es passiert war.

Normalerweise war die Information, dass der geliebte Familienangehörige nicht durch ein tragisches Unglück gestorben, sondern ermordet worden war, ein Schlag, der nicht weniger verheerend sein konnte als die Todesnachricht selbst. Katrin Voitel hatte das noch nicht allzu oft erlebt, denn im Alltag einer Kriminalkommissarin hierzulande häuften sich die Leichen nicht, erst recht nicht diejenigen, die auf gewaltsame Weise ins Jenseits befördert wurden. Katrin Voitel hatte Anna unumwunden gestanden, dass nicht übertriebener Heldenmut oder die Sucht nach Action ihre Berufswahl beeinflusst hatten. Das war Anna sympathisch. Nicht unbedingt die Tatsache, sondern die Gelassenheit, das einfach so auszusprechen.

Auf jeden Fall hatten alle drei Steinmüllers nicht so reagiert, wie es die Kriminalistin lehrbuchgemäß erwartet hätte. Klar, jeder trauerte auf seine Weise, aber das Verhalten dieser Familie ließ Katrin Voitel schaudern.

Nach einer Pause hatte die Mutter zu einer kurzen, dramatischen Sequenz angesetzt, die so spät nicht mehr als echte emotionale Regung gewertet werden konnte. »Es musste ja irgendwann so kommen!«, rief die einstige Opernsängerin Gerhild Steinmüller aus und rang dabei die Hände himmelwärts.

»Wie meinen Sie das?«, fragte die Kommissarin irritiert.

»Neider und Missgunst – das haben wir überall; und es greift immer mehr um sich! Früher waren wir wie eine große Familie im städtischen Musikbetrieb. Doch heute – Mord und Totschlag!«

»Haben Sie konkret jemanden im Auge?«

Auf die anschließende Tirade hätte Katrin Voitel gern verzichtet. Denn Mutter Steinmüller wollte vom Konzerthauspförtner bis zum Oberbürgermeister alle zu Verdächtigen erklären.

Währenddessen schwiegen Thorben und Theresa Steinmüller stoisch. Dabei wirkten sie, als wäre das für sie nichts Ungewöhnliches.

Bis zu dem Moment, als die Mutter auf Theresa zutrat und mit vorwurfsvoller Stimme sagte: »Verfluchter Club. Warum hast du mich davon abgehalten, sein letztes Konzert zu erleben?«

Katrin Voitel fand das gruselig, doch überraschte sie die wendige Reaktion der Tochter. »Du fühlst dich in diesen ›verfluchten Clubs‹ ja gemeinhin nicht wohl. Und dass es Thorstens letztes Konzert sein würde, konnte keiner ahnen.«

Theresas Stimme war so eisig, dass Katrin Voitel fröstelte. Sie fragte trotzdem vorsichtig nach dem Instrumentenverkauf. Von dem hatten die Eltern definitiv nichts gewusst, das belegte deutlich die Verständnislosigkeit, mit der sie auf die Frage reagierten.

Wohingegen die Schwester eher gelangweilt meinte: »Thorsten und seine Instrumente. Er kaufte viele und verkaufte sie auch wieder. Wenn ihn ein Spielzeug nicht mehr interessierte, fand er ein neues.«

Man musste kein Psychologe sein, um zu erkennen, dass hier nicht die große Geschwisterliebe geherrscht hatte. Katrin Voitel hatte noch ein paar Routinefragen gestellt, unter anderem die nach Beziehungen. Dabei hatte sie beobachtet, wie die Mutter der Tochter einen strafenden Blick zuwarf, was Voitel auf die vorherige

Spitze gegen den toten Bruder bezogen hatte. Weil keiner etwas auf ihre Frage geantwortet hatte, war sie davon ausgegangen, dass Thorsten aktuell keine feste Beziehung gehabt hatte.

Da wussten Anna und Habakuk inzwischen mehr. Als Anna alles wiedergegeben hatte, was Katrin Voitel ihr erzählt hatte, starrte Habakuk gedankenverloren vor sich hin.

»Das ist aber merkwürdig …«, sagte er nach einer Weile mehr zu sich selbst.

Anna überlegte, was er damit meinte. Dass Katrin Voitel dachte, Steinmüller habe keine Beziehung gehabt? Deshalb fragte sie: »Was ist merkwürdig?«

Habakuk zögerte, führte seinen Gedanken dann doch aus. »Dass die alten Steinmüllers nicht beim Konzert waren. Normalerweise versäumen sie keine Gelegenheit, im Umfeld der Auftritte ihrer Kinder Hof zu halten. Na ja, vielleicht mögen sie das Clubambiente wirklich nicht …«

»Oder es wollte ihnen jemand ersparen, Zeuge des Geschehens zu sein.«

Hierfür kassierte Anna einen strafenden Blick und erlebte ein Aufbrausen, das für den ruhigen Habakuk äußerste Form der Erregung war. »Ausgeschlossen! Ein Musiker macht so etwas nicht! Keines der anderen Quartettmitglieder hätte die Strad-Kopie erschlagen, das kann ich mir einfach nicht vorstellen! Sebastian und Christoph – niemals! Das sind Vollblutmusiker. Und Theresa …« Habakuk hob in übertriebener Dramatik seine Hände. Offenbar mochte er die Schwester des Mordopfers mehr, als er zugeben wollte. »… niemals. Außerdem ist sie seine Schwester!«

»Ja, und? Es gibt diese nette Statistik über den Anteil von Beziehungsdelikten an Kapitalverbrechen«, schmunzelte Anna. »Wollen wir das Internet fragen?«

Habakuk hob die Schultern. »Aber sie hätte weitaus diskretere Gelegenheiten gehabt.«

»Okay, okay.« Anna gab nach, auch, wenn sie die Argumentation nicht überzeugte.

Habakuk legte nach: »Es ist die Sache mit Motiv und Gelegenheit, die die Dramaturgie jedes Krimis ausmacht, wie du nur zu gut weißt. Und ich vermute, echte Kriminalisten fragen genau danach. Gelegenheiten hätte Theresa bessere gehabt, wenn wir das Motiv mal beiseitelassen. Was das Motiv anbelangt, tappen wir wieder im Dunkeln, nachdem das Instrument wegfällt. Außerdem: Frauen morden nicht mit Scheinwerfern!«

»Wieso nicht? Wer mordet deiner Vorstellung nach denn mit Scheinwerfern?«

»Frauen sind klassische Giftmörderinnen.« Damit traf Habakuk nicht absichtslos Annas Gender-Ader.

»Klischee!« Anna hätte eher zum Hochdruckreiniger oder zur Schlagbohrmaschine gegriffen als zum Giftfläschchen – so viel zur Gleichberechtigung in der ersten Hälfte des 21. Jahrhunderts. Giftmischerinnen! Mittelalter! Da konnte man gut und gern auch die Inquisition anrufen. Warum hielt man Scheinwerfer für eine Männerspielwiese? Wahrscheinlich sollten die Frauen der Gegenwart froh und dankbar sein, dass sie selbstständig den Lichtschalter anknipsen durften. Anna regte sich auf über solche Diskussionen, hatte aber gelernt, dass lange Tiraden nichts brachten. Sie wartete auf die Gelegenheit eines spitzen Seitenhiebs und verkniff sich mit Mühe die Bemerkung, dass man Frauen keinesfalls die Kompetenz der Bügeleisen- und Staubsaugernutzung absprechen wollte. Ihr Blick fiel auf den Korb mit der Bügelwäsche. Gut, dass sie sich den Kommentar verkniffen hatte. Habakuk hätte mit Sicherheit entgegnet, dass ihre Bügelverweigerung wohl Widerstand gegen aufoktroyierte männliche Prinzipien sei. Sich zu fragen, was diese Kommunikationsanalyse über ihr Verhältnis zu Habakuk verraten könnte, verbot sie sich allerdings.

»Motiv und Gelegenheit …«, sinnierte Habakuk immer noch. »Gelinde gesagt, ist die Spur in die Schwulenszene im Momente das Einzige, was ansatzweise in Richtung eines Motivs deutet. Wenn wir das Instrument wirklich ausschließen können …« Ganz abgefunden hatte er sich mit dem Gedanken, dass sein Instrument ein tragischer Kollateralschaden war, noch nicht.

»Richtig.« Grinsend fügte Anna hinzu: »Und offenbar lauert da bereits dein nächster Undercoverauftrag.«

Säuerlich, aber einsichtig, meinte Habakuk mit prononciert japanischem Akzent: »Du gestattest, dass ich vorher noch die Essensreste beseitige?« Er warf den leider sehr umfangreichen Müll in die Sushi-Tüte und verschwand in Annas Küche.

Dass sie das nicht störte, hätte Anna eigentlich beunruhigen müssen.

Weder durch ein Tablett noch durch neue Informationen abgelenkt, kam Habakuk aus der Küche und entdeckte die mit – inzwischen getrockneten – Drecktapsen übersäte Treppe zur Dachterrasse. »Was ist das, wenn ich fragen darf? Wo geht's da hin?«

»Schau ruhig nach! Darum habe ich die Wohnung ja …«

»Was? Damit ich nachschaue?«

Anna musste über Habakuks Schlagfertigkeit lachen. »Nein, wegen der Terrasse!«

Habakuk verschwand nach oben und sie vernahm Geräusche der Bewunderung. Sie wollte diesen Moment mit ihm teilen, auch weil sie ein bisschen stolz auf ihre Terrasse war.

Während sie nach oben stieg, hörte sie Habakuk fragen: »Hast du den Hochdruckreiniger immer griffbereit?«

Ups, den hatte sie an markanter Position vergessen. Aber das ließ sich erklären.

»Ganz schön viele Baustellen.« Habakuk lächelte.

Wenn er dabei nicht so lieb geguckt hätte, hätte Anna diese Bemerkung auf die Palme gebracht.

Gerade wollten die beiden zur Betrachtung der Aussicht übergehen – das Uni-, heute MDR-Hochhaus mit dem Gewandhaus daneben hatte Habakuk schon entdeckt –, als unten ein Handy Puccinis »Nessun dorma« in einer Version für drei Kuhglocken spielte.

»Entschuldige!«, sagten sie wie aus einem Mund und starrten sich gleich darauf überrascht an. Beide waren überzeugt, dass kein anderer so irre wäre, sich diesen abgefahrenen Klingelton herunterzuladen.

Anna stürmte zuerst los, Habakuk überholte sie noch vor der Treppe und gleichzeitig eilten sie die Treppe nach unten und stolperten – Habakuk über den Wäschekorb und Anna über Habakuk.

Als sie sich aufgerappelt hatten, fragte Habakuk: »Warum stellst du den nicht an einen weniger gefährlichen Platz?«

»Weil ich dann das Bügeleisen nie in die Hand nehme.«

Darauf wusste Habakuk nichts mehr zu sagen; und Anna wunderte sich über ihre Direktheit. Das Handy hatte inzwischen aufgehört zu klingeln. Es stellte sich heraus, dass es Habakuks gewesen war, der umgehend die Rückruftaste drückte. Der Chinese.

27

Während Habakuk sich für Annas Begriffe recht distanziert mit Han Ding-Dong unterhielt, beschloss diese, Katrin Voitel anzurufen, um sie über die Erkenntnisse in Sachen Instrumentenhandel und Schwulenszene ins Bild zu setzen.

Zu Annas Verwunderung hatte die Kommissarin nichts dagegen einzuwenden, dass Habakuk sich undercover in der Szene umhörte. Allerdings ahnte Anna, dass es bei Habakuk noch Überzeugungsarbeit zu leisten galt.

Habakuk beendete sein Telefonat. Als auch Anna aufgelegt hatte, sagte er: »Eine Bratsche werde ich mir wohl in absehbarer Zeit nicht kaufen – jedenfalls keine Strad-Kopie.«

Anna sah ihn fragend an.

»Die beiden Angebote, die mir der Chinese machen kann, kosten das Doppelte von dem, was ich mit Steinmüller vereinbart hatte.« Er wirkte niedergeschlagen.

Anna wusste nicht, was sie sagen sollte. Sie würde niemals nachvollziehen können, wie sich eine Musiker-Instrument-Beziehung anfühlte. Dass es eine solche gab, hatte sie inzwischen verstanden. Umso fragwürdiger, warum Thorsten Steinmüller seine Bratsche so schnell verkaufen wollte, ohne zu prüfen, ob sie in gute Hände kam. Han Ding-Dong hätte das nicht garantieren können. Diesen Gedanken teilte sie nun Habakuk mit.

Habakuk nickte beifällig. »Es wirkt, als wollte er sich aus dem Musikbetrieb ausklinken.«

Anna schaute Habakuk an und wartete auf eine Erklärung.

»Die Sache mit dem Lehrauftrag … Was auch immer da war … Der Bratschenverkauf … und die Frage der Mutter, warum Theresa verhindert habe, dass sie Thorstens letztes Konzert besucht. Theresa hat das zwar abgetan. Aber was, wenn es doch so gemeint war? Wollte er das Kleistenes-Quartett verlassen? Man könnte meinen, dass er Schritt für Schritt alle Verbindungen gekappt hat. Mit persönlichen Verbindungen hatte er es ja nicht besonders. Außer …« Habakuk zögerte.

Anna starrte ihn gespannt an, aufrecht sitzend, als würde sie jede Minute von ihrem Sessel hochschnellen.

»Der Chinese hat mit seinem Bekannten gesprochen, der Thorsten im Sunflower gesehen hat. Der ist anscheinend doch öfter dort …«, schmunzelte Habakuk. »Auf jeden Fall ist der Kumpel seinem Dozenten Steinmüller dort häufiger begegnet, ebenso einem anderen Musiker, von dem Han Ding-Dong aber nichts Genaueres weiß. Sein Bekannter hat einen Kosenamen aufgeschnappt: ›Belsi‹, ›Selfi‹, ›Belfi‹ oder so ähnlich.«

»Das ist aber sehr ungenau. Vielleicht hat sich der Chinese oder sogar schon sein Informant mit der Lautfolge auch komplett vertan.«

»Stimmt!« Habakuk gab Anna resigniert recht. »Es hilft alles nichts …«

Wie gut, dass Habakuk das selbst erkannte. So musste sich Anna nicht ganz schlecht fühlen, wenn Habakuk möglichst heute Abend noch in eine Rolle eintauchte, die ihm gar nicht lag. »Dann sollten wir dich jetzt ein wenig umgestalten!«

Habakuk hob seine schönen natürlichen Augenbrauen.

»Du glaubst doch nicht, dass du im Sunflower so bei jemandem landest!«

Habakuk lächelte verschämt und entgegnete halb scherzhaft, halb trotzig: »Gerade so!«

»Wenn du jene Männer ansprechen willst, die es auf Heteromänner abgesehen haben, um diese umzukrempeln, könntest du recht haben. Aber ich fürchte, um die geht es hier nicht.«

Habakuk schaute ein wenig zerknittert drein. Offenbar war das mit dem Outfit nicht verhandelbar. »Wie also hast du dir das vorgestellt?«

»Jedenfalls nicht so wie jetzt …« Nicht so männlich, meinte sie, sagte es aber nicht. Das wäre Annas Meinung nach äußerst missverständlich gewesen. »Ich kenne den Inhalt deines Kleiderschrankes nicht. Meinst du, da gibt es etwas …«, sie zögerte, »… Figurbetonteres?«

Habakuk starrte sie entgeistert an.

»Vielleicht auch farblich …«

»Rosa oder wie? Damit wir mit dem übelsten Klischee in den blödesten Fettnapf patschen.«

Anna fühlte sich angegriffen. »Das hat doch überhaupt keiner gesagt. Wenn du ein Problem mit der Sache hast, dann sag es lieber gleich. Noch können wir die Aktion abblasen.« Habakuk schwieg.

»Ich habe lediglich ›farblich‹ gesagt. Damit meine ich nicht rosa, sondern, dass es keine Tarnfarben sein sollten.«

Habakuk schaute an sich herunter und begriff allmählich, was sie meinte.

»Und vielleicht findest du auch noch etwas Filigraneres für deine Füße.«

»Krokodilsleder?«, fragte er halb spöttisch, halb versöhnt. »Ich schau mal nach, was mein Kleiderschrank dazu sagt, und komme danach mit ein paar Angeboten zurück.«

Ehe Anna eine Chance hatte, noch mehr Wünsche zu äußern, verschwand er durch die Tür. Anna war nicht böse darüber, sie wollte die Zeit für ein Entspannungsbad nutzen.

28

Als es an der Haustür klingelte, hatte Anna gerade den Bademantel abgeworfen und sich den bequemen Schlabberpulli mit Jeans angezogen – eigentlich eine Provokation in dieser Situation. War Habakuk so schnell fündig geworden? Wer weiß, welches Trash-Outfit er sich hatte einfallen lassen. Anna öffnete von oben die Haustür.

Der Aufstieg ihres neuen engsten Bekannten dauerte dieses Mal ziemlich lange. Als Habakuk schnaufend mit einem Koffer vor ihr stand, der im 19. Jahrhundert gut und gern als Überseekoffer durchgegangen wäre, wusste sie wieso.

»Habakuk? Alles okay? Willst du hier einziehen?«
Anna war sich unsicher, ob sie lachen oder panisch werden sollte. Bisher hatte sie es erfolgreich verhindert, dass irgendwer bei ihr einzog. Das musste nicht ewig so bleiben. Aber trotzdem, auf diese Weise dann doch nicht! Mindestens 1.000 Gründe schossen ihr durch den Kopf, warum das jetzt gar nicht ging.

Habakuk antwortete äußerst vergnügt: »Wenn ich das wollte, hätte ich eine Zahnbürste dabei.«

Anna musste unweigerlich lachen. Habakuk trat ein und breitete den Inhalt seines Koffers in Annas Wohnzimmer aus. Jeweils vier Hosen, Hemden, Sakkos, Pullover, Accessoires. Schuhe hatte er nur zwei Paar zur Auswahl mitgebracht. Beide Paare sahen neu aus. Die schwarzen Lackschuhe, die für den Dienst im Gewandhausorchester gedacht waren, sortierte Anna sofort aus. Da nur das zweite Paar übrigblieb – braunes Kalbsleder mit verwegener Spitze, jeansblauen Nähten und ebensolchen Schnürsenkeln –, schieden leider einige der mitgebrachten Sachen aus. Anna bedauerte das heimlich. Die Modenschau hätte ihr durchaus Vergnügen bereitet.

Sie bauten das Outfit von unten nach oben zusammen und entschieden sich für eine figurbetonte Bluejeans. Ein Hingucker mit Habakuk darin, fand Anna, wobei sie abermals vermied, sich in derartiger Richtung zu äußern. Dafür diskutierten die beiden etwas länger über die mitgebrachten Oberhemden. Anna schwankte zwischen dem in Blautönen gehaltenen, stark taillierten Hemd mit Papageienmuster, dunkelblauen Manschetten und spitzem Kragen und dem blau-beige melierten. Anscheinend gab es Leute, bei denen kein

Bügelnotstand herrschte, dachte sie beim Anblick der faltenfreien Hemden.

Sie entschieden sich jedoch für den engen beigen Kaschmirpullover. Habakuk verschwand kurz im Bad und kam mit einer eleganten Frisur, die dennoch etwas verwegen wirkte, wieder heraus.

»Man erkennt dich kaum wieder.«

»Das ist der Plan. So groß ist die Stadt auch wieder nicht«, murmelte er.

In der Tat konnte dieser Einsatz weit missverständlicher sein als der Kaufversuch einer nicht mehr existenten Bratsche. Dessen war sich Anna bewusst.

»Pass auf dich auf!«, sagte Anna, als Habakuk sich kurz darauf verabschiedete. Sie machte sich Sorgen darüber, was Habakuk in den nächsten Stunden erleben würde. »Du rufst mich an, okay?«

»Okay! Und dann schwebt Superwoman mit Notizblock und Stift im Sunflower ein und verscheucht allein durch ihren kritischen Blick alle Gefahren.«

»Klar! Ich habe noch irgendwo eine spitze Feder in der Schublade, die bringe ich mit«, parierte sie. Doch sie wurde gleich wieder ernst. »Vielleicht kannst du dich nach dem Hoody umsehen.«

Habakuk blickte sie fragend an.

»Die Person, die ich im In-and-Out gesehen habe. Die war klein und schmal. Dein Chinese hat doch von ›Jungs‹ gesprochen …«

Habakuk hätte gern gegen die Formulierung »dein Chinese« rebelliert. Doch er wusste, dass er damit eine Mein-dein-Diskussion heraufbeschworen hätte. Denn Annas Position gegenüber »seinem« Chinesen entsprach in etwa der seinen gegenüber »ihrer« Kommissarin. Eingehüllt in eine atemberaubende Duftwolke verschwand Habakuk im Treppenhaus.

Anna hörte, wie die Haustür ins Schloss fiel, und wunderte sich, dass sie die ganze Situation etwas beklemmend fand.

29

Habakuk war durchaus ein Clubgänger. Allerdings besuchte er nur Clubs, in denen Musik gespielt wurde, die er mochte. Zwar hatte er nichts dagegen, Leute zu treffen, aber irgendwohin zu gehen, um gezielt jemanden kennenzulernen, darin hatte er keine Übung. Wie sollte er das nur anstellen? Anna hatte er kennengelernt, indem er ihr Rotwein übers Kleid gegossen hatte. Doch daraus konnte man keine Strategie machen. Außerdem war das ohne Absicht gewesen. Als Habakuk die Straße hinunterschritt, dachte er angestrengt darüber nach, was er jetzt tun sollte und noch viel mehr wie. Er würde das Sunflower betreten und dann weitersehen. Was blieb ihm anderes übrig?

Während sich Habakuk eingestand, dass er, unabhängig von jedweder sexueller Orientierung, keine nonverbalen Verhaltenscodes bezogen auf das Kennenlernen in Bars kannte, betrat er das Sunflower. Das war am frühen Abend noch recht leer. Er setzte sich an die Bar, bestellte einen Gin Tonic und beschloss, nicht mehr weiter über ein Konzept für den heutigen Abend nachzudenken. Das brachte jetzt ohnehin nichts mehr.

Habakuk kannte den einen oder anderen Club in der Region, auch weil es Phasen gegeben hatte, in denen er an nahezu jedem freien Abend mit der Band gespielt hatte. Aktuell war es ruhiger geworden, weil Ralph, der Frontmann, für ein Jahr in den USA war, um für seine Doktorarbeit zu forschen. Er war Amerikanist. Ein Glück, sonst könnte Habakuk nicht mit Anna Detektiv spielen.

Das Sunflower allerdings kannte er noch nicht; entsprechend ließ er seinen Blick durch den Raum schweifen und suchte nach Merkmalen, die diesen Club von anderen unterschieden. Abgesehen von der Dominanz männlicher Besucher fand er keine. Das hier war Mainstream: Designerbarhocker und ebensolche Sitzgruppen in den Nischen an der Wand, die Bar behängt mit bunten LED-Lämpchen in Sommerpartyfarben. Nichts Spezielles also.

Allmählich füllte sich der Laden. Und weil ihm nichts Besseres einfiel, fing Habakuk ein Gespräch mit dem Barmann an. Das schien ihm das Unverfänglichste. Ein geistvoller Small Talk entspann sich zwischen Habakuk und dem Knaben, der in der tiefgründigen Frage wurzelte, ob Habakuk zum ersten Mal hier sei, und vorläufig mit dem Rat endete, einfach er selbst zu sein und zu sich zu stehen. Okay! Genau das war gerade nicht möglich. Der Barkeeper sah ihm die Unsicherheit an, interpretierte das nur völlig verkehrt. Vielleicht ließe sich dieser Fakt ausnutzen.

Einstweilen sah Habakuk sich um und prüfte, ob jemand auf Annas Beschreibung der ominösen Person mit dem Kapuzenpulli passen könnte. Aber die war sehr vage. Kleiner und schmaler als Frille … Das war hier annähernd jeder, er selbst eingeschlossen.

Habakuk rutschte auf seinem Barhocker hin und her, bis ihm eine Idee kam: Er bestellte noch einen Gin Tonic bei dem Barkeeper und erwähnte nebenbei, dass er hierhergekommen war, weil ihm ein leider jüngst verstorbener Freund den Club empfohlen habe. Thorsten Steinmüller konnte das nicht mehr leugnen. Es sei schon tragisch, wenn jemand so plötzlich von heute auf morgen nicht mehr da war.

Der Barmann biss an. »Du meinst sicher den Musiker. Eine schreckliche Geschichte. Aber hier im Club war der schon ewig nicht mehr. Früher hat man ihn oft gesehen, dann jedoch – mit der neuen Beziehung – immer seltener und irgendwann gar nicht mehr.«

Habakuk wunderte sich zwar über den Inhalt der Botschaft, freute sich aber über die Bereitwilligkeit, mit der sein Gegenüber Auskunft gab, ohne dass er mehr investigativen Einsatz zeigen musste. Jetzt sollte er der Frage nachgehen, was Steinmüller hier früher gemacht und was seine Verhaltensänderung bewirkt hatte. Er wagte einen Schuss ins Blaue. »So ist das eben manchmal. Die sogenannte Midlife-Crisis tritt im Durchschnitt immer früher ein.«

»Ja, direkt vom Coming-out in die Midlife-Crisis«, parierte der Barjunge mit altklug wissendem Gesichtsausdruck. »Wobei das für den Musiker nicht so sehr das Problem war.«

Habakuk geriet ins Schlingern. Was konnte das heißen? Was war dann Steinmüllers Problem gewesen? Direkt nachfragen konnte Habakuk nicht. Dann wäre auf Anhieb klar, dass er Steinmüller gar nicht so gut gekannt hatte. »Na ja … Bei jedem äußert sich das etwas anders …«, hörte er sich sagen und fragte sich, ob die Floskelhaftigkeit dieser Äußerung ihn nicht endgültig aus dem Rennen kicken würde. Aber es funktionierte. Sein Gegenüber hatte ein solches Mitteilungsbedürfnis, dass nur ein Hahn geöffnet werden musste, egal welcher. Der Barmann redete weiter.

Im selben Moment stießen zwei auffallend attraktive Männer hinzu und mischten sich in das Gespräch ein. Sie wirkten auf Habakuk sehr vertraut mit der Geschichte, dem Barmann und Thorsten. Jedenfalls entwickelte die Situation eine Eigendynamik, die Habakuk eine gewisse Passivität ermöglichte.

Die Bar war mittlerweile voll, und Habakuk saß inmitten einer heftig diskutierenden Männergruppe, die ihn weder verführen noch von ihm verführt werden wollte. Er erfuhr Dinge über seinen Kollegen Thorsten Steinmüller, die ihn mit den Ohren hätten schlackern lassen, wenn er dazu fähig gewesen wäre. Dass Thorsten sonderbar gewesen war, hatte er gewusst, auch dass der Kollege eine sehr niedrige Frustrationsschwelle bezogen auf Menschen gehabt hatte. Warum sollte das im Privaten anders sein als im Beruflichen? Aber um jene Seite wahrzunehmen, von der die Männer hier redeten, hatte er ihn deutlich zu wenig gekannt. Thorsten hatte, sobald sein jeweiliger Partner Interesse an anderen Menschen – einfach nur Kumpels – zeigte, ganz schnell die Reißleine gezogen und ihn in die Wüste geschickt. Der Typ neben Habakuk erinnerte sich, wie ein Mann namens Floyd allein deshalb in Ungnade bei Thorsten gefallen war, weil er drei Abende nacheinander nicht im Club erschien, nachdem er gerade das Interesse des Musikers geweckt hatte. Habakuk fragte sich, wie man in Wirklichkeit hieß, wenn man Floyd genannt wurde, erinnerte sich aber, wie sein eigener Name auf andere wirkte. Dieser Floyd jedenfalls sei schon nach wenigen Abenden, an denen er noch nichts mit Thorsten gehabt habe, so mit dessen Ansprüchen konfrontiert worden, dass es ihm Angst wurde. Thorsten habe ihm erklärt, dass man »so etwas« nicht mit ihm mache. Floyd wisse bis heute nicht, worauf sich »so etwas« bezogen habe. Aber weil es ihm nicht ganz geheuer gewesen sei mit diesem merkwürdigen Typen, habe er es nie hinterfragt.

Nicht ohne ein gewisses Amüsement erzählten die Männer von weiteren absurden Beinahe-Affären Thorstens, die immer endeten, bevor sie begonnen hatten. Und während sie kumpelhaft eine Anekdote nach der anderen zum Besten gaben, fragte sich Habakuk, wie er den überwiegenden Teil der Besucher dieses Clubs mit Ding-Dongs Beschreibung der »Jungs« in Einklang bringen sollte. Vielleicht steckte ein Missverständnis dahinter und der Chinese hatte nicht auf das Alter der mutmaßlichen Sexualpartner, sondern auf deren Geschlecht abgehoben?

Während Habakuk weiter dem Gespräch lauschte, das ohne sein Zutun eine interessante Eigendynamik entwickelte, breitete sich ein unangenehm mulmiges Gefühl in ihm aus, das merklich stärker wurde. Mit der Plauderei hatte es nicht viel zu tun, die erinnerte Habakuk an ein harmloses Stammtischgespräch, bei dem jeder mit einem Detail auftrumpfen wollte. Habakuks mulmiges Gefühl kam von unten, von ganz unten: Die neuen Kalbslederschuhe drückten. Vor allem links. Hinten. Und an der großen Zehe auch. Er kam sich vor wie Aschenputtels Schwestern. An den Schuhen würde man ihn am Ende enttarnen …

Er musste das jetzt verdrängen. Aber je angestrengter er es versuchte, desto mehr drang der brennende Schmerz in sein Bewusstsein. Bestimmt eine Blase, die sich geöffnet hatte. Dass er das nicht früher gemerkt hatte! Wahrscheinlich hing das mit der Spannung zusammen, die allmählich von ihm abfiel, weil sich abzeichnete, dass er keinen übermäßigen Körperkontakt mit irgendwem eingehen musste.

Habakuk versuchte seinen Fuß innerhalb des Edelschuhs so zu verlagern, dass es weniger wehtat. Dann könnte er sich auch wieder besser konzentrieren. Bisher hatte er keine wichtigen Infos verpasst.

Inzwischen hatten sich fünf Männer um ihn versammelt, die allesamt Anekdoten zur merkwürdigen Persönlichkeit »des Musikers« auf Lager hatten.

Das Muster war immer gleich. Thorsten traf jemanden, war euphorisch, obsessiv, dann schnell misstrauisch, machte Schluss. Anschließend ging das Ganze von vorn los bis …

An dieser Stelle beschloss Habakuk, den schmerzenden Fuß vorübergehend zu vergessen.

Bis Thorsten hin und wieder und später immer seltener mit diesem anderen Musiker gekommen sei. Dem, der dabei gewesen sei, als er starb.

Habakuk kombinierte, dass es sich um eines der beiden anderen männlichen Quartettmitglieder gehandelt haben musste. Sebastian Mönkeberg oder Christoph Weinmann. Beide kannte Habakuk vom Studium. Weil er sicher war, das Christoph in einer festen und glücklichen Beziehung vier Kinder hatte, tippte er auf Sebastian, ein netter, unscheinbarer Streicher. Darauf, dass das Thorstens Freund gewesen sein könnte, war er nie gekommen. Aber er hatte auch nicht darüber nachgedacht. Also musste das nichts heißen. Er erinnerte sich, dass sein einstiger Mitbewohner Frank eine Zeit lang mit Sebastian Tennis gespielt hatte und von heute auf morgen einen neuen Tennispartner gesucht hatte. Habakuk wollte Frank anrufen und ihn nach dem Grund fragen. Bei Anna würde er sich danach melden, Entwarnung geben und sich für den morgigen Nachmittag mit ihr verabreden.

Während Habakuk versuchte, seinen linken Fuß im Schuh zusammenzuziehen, hörte er, wie sich die Männer über Auswanderungspläne lustig machten, von denen Thorsten bei seinem letzten Besuch erzählt hatte.

Nach einer weiteren halben Stunde, in der Habakuk nichts Neues mehr erfahren hatte, war er zufrieden. Er verließ vorsichtig die Runde und gleich darauf den Club in der Hoffnung, dass kein Imageschaden entstand. Vor der Tür löste er die Schnürsenkel. Dass Anna ausgerechnet diese Schuhe ausgewählt hatte. Er wollte sie bei Gelegenheit vorsichtig einlaufen. Jetzt aber musste er mühselig nach Hause hinken, seine Lieblingstreter standen bei Anna. Vielleicht hatte er irgendwo die Chance, Schuhe und Socken auszuziehen und barfuß die Straße entlangzuhumpeln. Er war verdammt froh, dass er an diesem Abend weder jemanden vor den Kopf stoßen noch dessen Gefühle verletzen musste, um an Informationen zu kommen. Da war ein ramponierter Zeh nichts dagegen, wenn auch sehr unangenehm. Auf dem Nachhauseweg rief er bei Frank und Anna an. Frank hatte am nächsten Morgen Zeit für ein gemeinsames Frühstück in ihrer einstigen Stammkneipe.

30

8 Uhr morgens. Nicht unbedingt der perfekte Moment für ein Telefonat. Wer jetzt anrief, musste schon einen sehr guten Grund haben, um Annas Frühstücksritual zu stören. Sie war gerade dabei, die frische Ananas unters Müsli zu heben und ein paar Blätter frische Minze darüber zu streuen. Dass das für manche eine ungewöhnliche Morgenmischung war, wusste sie selbst. Aber ihr schmeckte es. Und es machte sehr lange in den Tag hinein satt. Blöd, dass sie jetzt nicht den Löffel hineingraben konnte, sondern den Anruf annehmen musste. »Katrin Voitel«, zeigte das Display. Wenn die Mutter zweier Kleinkinder nicht ein abgefahrenes Zeitempfinden hatte – was durchaus im Rahmen des Möglichen lag –, dann konnte der Anruf wichtig sein. Und das war er auch.

Die Kommissarin hatte – leicht genervt über den Ermittlungsstand – noch einmal alle Befragungsprotokolle vom Tatabend durchgesehen und etwas entdeckt, das sie mit der Augenzeugin Anna beraten wollte.

»Dr. Rundel ...«

»Bitte wer?«

»Dr. Wolfgang Rundel, der Arzt, der Steinmüller zu Hilfe eilen wollte. Haben Sie gesehen, was er getan, also, was er angefasst hat?«

»Puh, da muss ich kurz nachdenken ...« Anna kramte in ihrer Erinnerung. Er hatte das Opfer umkreist, den

Puls gefühlt und immer wieder den Kopf geschüttelt, dabei hatte er eher niedergeschlagen als entsetzt gewirkt.

Ob er den Anschein vermittelt habe, Steinmüller persönlich zu kennen?

Eigentlich nicht. Aber mit Gefühlsregungen ging ja jeder anders um. Außerdem hatte Anna nicht viele Vergleiche parat, was Kollegen des Herrn Rundel in ähnlichen Situationen gemacht hätten.

Katrin Voitel erklärte: »Er hat nichts falsch gemacht, bezogen auf die Situation und seine Aufgabe dabei. Da wäre auch nicht mehr viel falsch zu machen gewesen. Aber beim Durchgehen seiner Aussage bin ich auf eine derart kryptische Äußerung gestoßen, dass ich mich unbedingt mit Ihnen darüber austauschen will, vielleicht auch mit Herrn Brausewind. Sie beide kennen die Musikszene besser. Jedenfalls hat Dr. Rundel gesagt: ›So ein Unglück! Und das im letzten Konzert, das er gar nicht mehr spielen wollte … So kurz vor dem Neuanfang … Die ganze Impforgie umsonst!‹ Das ist doch sonderbar, finden Sie nicht auch? Es klingt nicht so, als hätte er das Opfer nicht gekannt. Leider hat der Polizist, der die Befragung durchgeführt hat, nicht viel Berufserfahrung und hat an dieser Stelle nicht nachgehakt. Wenigstens hat er es korrekt protokolliert.« Katrin Voitel war der Unmut anzumerken.

Sie stimmte ihr weiteres Vorgehen mit Anna ab. Katrin würde zu dem Doktor gehen und ihn ordnungsgemäß vernehmen, während Anna diskret ihre Fühler im Musikbetrieb ausstrecken sollte.

»Bitte informieren Sie auch Herrn Brausewind. Er soll sich weiter in Sachen Steinmüllers Beziehung umhören. Diese Spur ist durch die neuen Erkenntnisse weder mehr noch weniger heiß.«

31

Habakuk hatte Frank zuletzt nur am Rande von Konzerten gesehen – mal mit der Band, mal mit dem Gewandhausorchester. Also in Momenten, in denen wenig Zeit zum Reden war. Die klassischen »Wie geht's?«-Antwort-nicht-erwartet-Situationen. Habakuk hasste das und hatte jedes Mal beschlossen, die nächste Gelegenheit zu nutzen, um Frank anzurufen und sich mit ihm zu verabreden. Doch es war beim Vorsatz geblieben. Dabei hatten die beiden zu Studienzeiten drei Jahre zusammen gewohnt und sich gut gekannt. Nur die Leidenschaft fürs Tennisspielen hatte Frank von Habakuk getrennt. Wenn sich Habakuk sportlich betätigte, tat er das auf dem Rücken von Pferden. Er hatte eben andere Marotten.

Auf jeden Fall freuten sich beide sehr auf das Treffen. Habakuk war früher da und bestellte zweimal das »Enjoy the morning«-Angebot, das alles enthielt, was die Morgenkarte ihrer damaligen Stammkneipe beinhaltete. Jetzt konnten sie sich das ohne Reue leisten. Es tat gut, sich das manchmal vor Augen zu führen.

Frank kam und war begeistert. Die beiden Männer hätten sich viel zu erzählen gehabt, aber ein Mörder musste gefasst werden. Außerdem wartete Anna. Also erklärte Habakuk unmissverständlich die Umstände vom Rotwein über den Scheinwerfer bis zu seinem Besuch im Sunflower, ein Bericht, der Frank über alle Maßen amüsierte.

»Auf jeden Fall nicht die alltäglichste Art, Menschen kennenzulernen.« Da Frank spürte, mit welch warmem Leuchten in den Augen Habakuk von Anna sprach, unterließ er jeden weiteren scherzhaften Kommentar. Er wusste, dass Habakuk sich immer schwergetan hatte, was Beziehungen anging. Nicht weil es ihm an Attraktivität gemangelt hätte – im Gegenteil. Habakuk war zu umsichtig, zu sensibel, zu fürsorglich. Das kam bei Frauen in ihrer Generation nicht immer gut an. Und seinen liebenswerten, aber sarkastischen Humor mochte auch nicht jede. Also schwieg Frank und wartete, bis Habakuk zur eigentlichen Frage kam.

»Du hast doch früher mit Sebastian Tennis gespielt. Erinnerst du dich?«

»Sebastian … Ja …« Der promovierte Literaturwissenschaftler, der seit Jahren das Marketing für eine große Immobilienfirma managte, seufzte. »Eine lange Geschichte. Was willst du wissen?«

Da Habakuk es nicht mit diplomatischen Formulierungen hatte, fragte er direkt nach der Beziehung von Thorsten und Sebastian.

»Oh ja … Die ganz große Liebe.« Frank legte eine wirkungsvolle Pause ein. »Aber in der Form könnte ich darauf verzichten.«

Habakuk hob fragend die Brauen.

»Bei aller Liebe, ein Leben jenseits der Zweisamkeit sollte schon noch möglich sein.«

Habakuk hatte den offensiven Frank noch nie so um den heißen Brei reden hören und war verwirrt. Er entschied sich, ihm Zeit zu geben.

»Sebastian und ich haben damals aufgehört, miteinander Tennis zu spielen, weil er sich in mich verliebt hat. Du weißt, ich bin sexuell absolut festgelegt.«

Habakuk nickte. »Hast du ihn seither noch mal gesehen?«

»Vor etwa anderthalb Jahren haben wir uns zufällig wiedergetroffen und uns zu einem Tennismatch verabredet. Wieso nicht, dachte ich, ist ja alles lange her und die Fronten sind geklärt. Nach diesem Spiel trafen wir uns weiterhin einmal die Woche auf dem Tennisplatz. Irgendwann tauchte Thorsten bei unseren Trainings auf, belauerte mich, beleidigte mich. Nachdem ich eine Bemerkung zu seinem Kontrollwahn gemacht habe, ist er nicht mehr erschienen. Sebastian sagte danach immer häufiger ab …« Frank zögerte. »Er begann mir auszuweichen. Wenn ich ihn direkt fragte, kam ein zögerliches ›Mal schauen‹, dem anfänglich eine Absage per Messenger und später gar nichts mehr folgte. Ich hatte das Gefühl, dass er meine Nachrichten nicht selbst beantwortete. Als ich ihn darauf ansprach, war das, glaube ich, die Kriegserklärung an Thorsten. Sebastian redete sich weiterhin heraus, dass er keine Zeit hätte, wurde aber immer feindseliger. Trotzdem tat er mir leid. Irgendwann erzählte er, dass sie eh bald wegziehen würden. Weit weg, in den Süden. Begründet hat er das mit abstrakten Liebesfloskeln. Leidenschaftlich hat sich das nicht angehört.« Frank machte abermals eine lange Pause. »Er hat mir nur noch leidgetan. Doch da kann man einem erwachsenen Menschen kaum helfen. Piet, mein neuer Tennispartner, ist mit Sicherheit nicht so gut wie Sebastian. Aber ich muss nach unseren Treffen nicht über die Frage nachdenken, wie lange es noch dauert, bis ich selbst einen Seelenklempner brauche. Ganz ehrlich: So etwas macht einen allein durchs Zuschauen fertig.«

»Hat er dir gesagt, wohin sie ziehen wollten? Wann war das ungefähr?«

»Vor zwei, drei Monaten. In den Süden, sagte er nur. Ich glaube, er wusste selbst nichts Genaueres.«

Die Stimmung der beiden war gedrückt. So hatten sie sich niemals angeschwiegen. Habakuk wusste nicht, was er dazu sagen sollte. Zum Glück hatte er dergleichen nie erlebt. Er wollte schnell mit Anna reden, aber er konnte den Freund jetzt nicht zurücklassen.

Frank sagte nach einer Weile: »Vielleicht rufe ich Sebastian in ein oder zwei Wochen an und gebe ihm die Chance, da anzusetzen, wo es anfing, schiefzulaufen.«

»Gib ihm Zeit. Es ist sicher nicht leicht für ihn, zu begreifen, dass die große Liebe ein reines Abhängigkeitsverhältnis war. Aber ja, es ist bestimmt gut, ihm den Rückweg zu öffnen.«

So verabschiedeten sich die beiden Freunde mit einem kleinen Funken Zuversicht.

Habakuk brauchte eine tüchtige Portion Luft. Der Großteil der Frühstücksleckereien war unberührt zurück in die Küche gewandert. Er rief Anna an und setzte sie kurz ins Bild. Sie war nicht sonderlich aufnahmebereit, weil sie gleich zur Redaktionssitzung musste und dabei war, einen Rechercheerfolg in geschriebene Worte zu fassen. Sie nuschelte etwas Unverständliches von einem Arzt, den Katrin Voitel hervorgekramt hatte und der ein wichtiger Zeuge sein könnte. Sie verabredeten sich für den Nachmittag.

Genug Zeit, um den eingeatmeten Seelenmüll abzuschütteln und einen klaren Kopf zu bekommen. Weil er gerade in der Innenstadt war, wollte Habakuk auf dem Heimweg das Leinenkleid aus der Reinigung abholen.

Als er nach einem ausgedehnten Spaziergang die Reinigung betrat, freute sich die nette Dame sichtlich über seinen Besuch. Das Kleid lag seit gestern Abend bereit – diese Leute waren schnell.

»Nicht einfach, aber der Fleck ist raus«, verkündete sie stolz. »Trotzdem … Das Kleid …«

Was wollte die Frau ihm sagen?

»Leinen ist eine Wissenschaft für sich.«

Okay, als leidenschaftlicher Bügler wusste Habakuk um die Empfindlichkeit von Leinen, aber es als »Wissenschaft« zu bezeichnen, fand er übertrieben.

»Ihre Frau … Wissen Sie, auf welcher Stufe sie das Kleid bügelt?«

Ihre Frau? Habakuk hatte kein Interesse daran, der Reinigungsmitarbeiterin zu erklären, dass er das Kleid nur mit sich herumtrug, weil er der Verursacher des Rotweinflecks war, die Besitzerin bis dahin jedoch nicht gekannt hatte. Auch nicht, dass er es inzwischen genoss, mit ihr in einem Mordfall zu ermitteln. Das hatte Klapsmühlenpotenzial! Ganz abgesehen davon konnte er sich nicht vorstellen, dass Anna das Bügeleisen überhaupt reflektiert zum Einsatz brachte. Egal, wie weh es ihm tat, er musste wohl oder übel den hauswirtschaftlich unbedarften Gatten mimen. Alles andere wäre zu kompliziert.

Entsprechend trug ihm die freundliche Reinigungsmitarbeiterin auf, der bügelunerfahrenen Ehefrau mitzuteilen, dass es gefährlich sei, besonders Bruchkanten so heiß zu bügeln.

Habakuk bedankte sich umständlich für den Hinweis und ahnte, dass es aussichtslos war, Anna diesen neutral und im Sinne des Kleides zweckorientiert zu überbringen. Egal, sie hatten andere Probleme, und der Rotweinfleck war beseitigt. Er machte sich mit dem ordnungsgemäß in Schutzfolie verpackten Kleid auf dem Bügel auf den Weg zu Anna und hoffte inständig, dass das für heute genug war in Sachen diplomatischer Herausforderungen.

32

Katrin Voitel hatte sich einen Termin beim Allgemeinmediziner Dr. Rundel beschafft. Das war nicht ihr Plan gewesen, aber die überaus korrekte Dame am Empfang hatte Katrins Anliegen am Telefon nicht erfasst. Wohl oder übel musste sie sich als Notfallpatientin ausgeben, was dazu führte, dass sie kein gutes Gefühl bei der Sache hatte. Aber was blieb ihr anderes übrig, wenn der Mann sonst nicht zu sprechen war? Sie erschien pünktlich am Empfangstresen der Praxis »Rundel, Schmidinger und Paul« und ließ sogar ihre Chipkarte einlesen. Sie fragte sich, ob ihre Krankenkasse ihr das übelnehmen könnte. Egal, das würde sich sicher irgendwie einrenken lassen. Immerhin hatte sie es hin und wieder im Rücken – die Zwillinge wurden immer schwerer. Im Ernstfall wäre es weder Missbrauch ihrer Krankenversicherung noch ein ungenehmigter Undercovereinsatz. Katrin Voitel schüttelte den Kopf über sich selbst.

Sie hatte sich ihr Leben als Kriminalhauptkommissarin anders vorgestellt: mit einem coolen Partner wie im Film, notfalls mit einem abgefahrenen Partner, aber auf jeden Fall mit einem Partner. Theoretisch hatte sie den auch. Praktisch erledigte sie jedoch meist Bürokram, und zwar allein. Wenn es doch einmal etwas zum Ermitteln gab, erwies sich das als äußerst zäh. Man war an unendliche Regularien gekettet. Ständig bemüht, auch ein Privatleben zu haben. Die Zwillinge waren drei Jahre alt und ihr Vater bestenfalls auf dem Papier vorhanden. Katrin versuchte unablässig, wenn halbwegs mit dem Ermittlungsziel vereinbar, Überstunden auf ein Minimum zu reduzieren und sich einen geregelten Tagesrhythmus zu erhalten. Sie war durchaus bereit, mehr zu investieren, doch bisher belehrte sie die Erfahrung eines Besseren. Natürlich hätte sie bei passender Herausforderung ihren Alltag darauf eingestellt, aber bis jetzt hatte übermäßiger Einsatz nur erhöhte Frustration zur Folge gehabt. Ihr übersteigerter Gerechtigkeitssinn war dabei kaum auf seine Kosten gekommen. Und ihr Partner? Björn Müller war weder Draufgänger noch Nerd und alles andere als routiniert. Vor allem war er meistens krank. So wie jetzt. Aber in diesem Fall gab es Anna Schneider. Zu der Journalistin hatte sie sofort einen guten Draht gehabt, und dieser ominöse Habakuk schien undercover keine schlechte Figur zu machen. Im Prinzip konnte die Polizeidirektion dankbar sein, dass sie angesichts so bereitwilliger externer Hilfe sparte, ohne es zu merken.

Während Katrin sich ermahnte, ihr Tun nicht zu rechtfertigen, marschierte sie ins Behandlungszimmer von Dr. med. Wolfgang Rundel ein. Ein Blick auf ihn reichte und Katrin war sich sicher, dass sie ihren Rücken nicht von ihm abtasten lassen wollte. Rundel sah aus wie die Arzt-Karikatur aus einem schlechten Science-Fiction-Film, wie eine einer Novelle von E.T.A. Hoffmann entstiegene Forschergestalt. Der kleine, spinnenfingrigdrahtige Mann hatte ein beige-graues, alters- und zeitloses Gesicht, rot unterlaufene Augen und wirkte bemerkenswert abwesend für jemanden, der sich für das Wohl seiner Patienten interessieren sollte. Sch… auf die eingelesene Chipkarte ihrer Krankenkasse. Ihm wollte sie keine Fragen beantworten. Vielmehr würde sie es sein, die Fragen stellte.

Das schaurige Männlein wollte gerade zu der »Was fehlt uns denn«-Frage ansetzen, als Katrin ihren Dienstausweis auf den Schreibtisch im Behandlungszimmer knallte und sich als Kriminalkommissarin zu erkennen gab. Damit war ihr Rücken raus aus der Nummer. Der Arzt schien erleichtert über die Erkenntnis, dass es sich bei Katrin Voitel nicht um eine neue Patientin, sondern um die ermittelnde Kommissarin im Fall Thorsten Steinmüller handelte.

Katrin konnte ihr schulmäßig entwickeltes Fragekonstrukt ad acta legen, denn Rundel redete, als hätte sie ein Schleusentor aufgestoßen. Die Kommissarin erfuhr deutlich mehr, als sie wissen wollte, vor allem Details aus dem grausamen Alltag des Mediziners, der natürlich durch die Krankenkassen erschwert wurde.

»Sie zwingen uns förmlich dazu, immer unpersönlicher zu werden im Umgang mit den Patienten. Früher war das etwas anderes, da konnte ich mir Zeit für die Menschen nehmen, eine Beziehung zu ihnen aufbauen. Nur so kann man der ganzheitlichen Betreuung nachkommen. Das geht heute nicht mehr. So wie bei den Steinmüllers.«

Endlich kam Rundel zum Thema.

»Ich war bereits bei der dritten Generation Hausarzt der Familie Steinmüller. Das ist eine echte Freundschaft mit der Familie. Deshalb war das Erlebnis am Samstagabend auch so fürchterlich für mich. Nicht nur, weil

Thorsten so entsetzlich entstellt war, sondern weil ich ihn sein Leben lang gekannt habe, schon als Baby. Ich habe mich verantwortlich gefühlt, obwohl ich wusste, dass das Blödsinn war.«

Katrin konnte Rundels Worte nachvollziehen, dennoch kam ihr daran etwas komisch vor.

Das Medizinmännlein redete ununterbrochen weiter. »Ich habe mich sehr darüber gefreut, dass die Steinmüller-Kinder mir auch als Erwachsene treu blieben; das ist bei den jungen Leuten nicht mehr selbstverständlich.«

Katrin merkte, dass sie Rundel mit Fragen nicht beikam. Sie hoffte inständig, dass er in seinem Redefluss zügig auf die Punkte kam, die Katrin interessierten, und nicht wieder abschweifte. Sie hatte Glück. Der Arzt erzählte nun von seiner letzten Begegnung mit dem lebenden Thorsten Steinmüller. Die hatte sich in dieser Praxis abgespielt.

»Der Junge war hier wegen eines kompletten Impfpakets für … für … Jetzt ist es mir entfallen. Für ein lateinamerikanisches Land jedenfalls. Das muss ich in seiner Akte nachschauen. Thorsten wollte noch einmal wiederkommen mit seinem … mit einem Bekannten, der die Reise auch antreten wollte. Eine lange Reise. Thorsten wusste nicht, wann sie wiederkommen würden. Ehrlich gesagt machte mich das traurig, denn in wenigen Jahren gehe ich in Rente. Wer weiß, ob ich den attraktiven jungen Mann noch mal als Arzt betreut hätte.«

Katrin hob die Augenbrauen. Was schwang da denn mit?

»Deshalb war ich froh, dass es diesen zusätzlichen Konzerttermin gab. So konnte ich die Kinder noch einmal zusammen spielen sehen. Mir war klar, dass das Konzert im In-and-Out auf sehr lange Zeit das letzte des Kleistenes-Quartetts sein würde. Also habe ich beschlossen, dieses Ereignis keinesfalls zu versäumen. Obwohl ich eher ins Gewandhaus gehe als in solche … solche Clubs. Da geht es geordneter zu. Da fallen mit Sicherheit keine Scheinwerfer von der Decke. Ist der Unfall durch eine Unterlassung des Clubs ausgelöst worden? Ein so wertvoller Mensch – zu Tode gebracht durch die Nachlässigkeit windiger Typen.«

Jetzt sah sich Katrin doch in der Pflicht, etwas klarzustellen. »Der Absturz des Scheinwerfers war kein Unfall, sondern wurde mit Absicht herbeigeführt.«

»Ein Tötungsverbrechen?«, stotterte Rundel verängstigt. Mit seiner Gesprächsbereitschaft war es schlagartig vorbei.

Das wiederum irritierte Katrin, denn wenn er keine Ahnung davon hatte, dass es Mord war, konnte er Thorsten auch nicht umgebracht haben. Als Rundel sie jetzt freundlich, aber bestimmt für weitere Fragen an seinen Anwalt verwies, schrillten zwar ihre professionellen Alarmglocken. Doch einen Reim konnte sie sich nicht darauf machen. Sie ließ ihre Visitenkarte zurück mit dem Hinweis, dass er sich melden solle, wenn ihm noch etwas zu dem Unglücksabend einfiele.

Draußen musste sich Katrin erst einmal schütteln. Sie fand den bizarren Typen gruselig. Außerdem war ihr völlig unklar, was das Problem dieses Mannes war. Vielleicht würden Anna und Habakuk Licht ins Dunkel bringen können. Ob die Sache mit der Auswanderung eine Spur war? Gut möglich.

33

Nach dem Besuch bei dieser Gestalt aus einem historischen Gruselkabinett beschloss Katrin Voitel, in der Musikhochschule vorbeizuschauen und die Sache mit dem Lehrauftrag zu klären. Die Hochschule lag nicht weit entfernt von der Arztpraxis, und frische Luft brauchte sie jetzt dringend. Sofern dort am Mittwochnachmittag noch jemand im Sekretariat war, konnte sie dieses Mal von Beginn an ganz offiziell der Spur nachgehen, die der dubiose chinesische Musikinstrumentenhändler geliefert hatte.

Die Büroangestellte im Sekretariat des Rektors verhehlte ihr Missfallen über den arbeitsträchtigen Besuch am eigentlich geschlossenen Mittwochnachmittag nicht. Sie versuchte, sich auf Vertrauensschutz und auf Rechte Dritter herauszureden, während sie unverhohlen auf ihre Uhr starrte.

Woraufhin Katrin etwas machte, was sie noch nie getan hatte. Sie wollte aber schon lange wissen, wie es sich anfühlte. »Wenn das so ist, komme ich in zwei Stunden mit einem Durchsuchungsbeschluss wieder. Bitte halten Sie sich dann bereit«, bat Katrin die feierabendorientierte Dame mit ihrem charmantesten Lächeln. Es funktionierte!

In nicht einmal zehn Minuten hatte die Sekretärin die Personalakte von Thorsten Steinmüller und sogar den Rektor höchstpersönlich hergebracht.

Dieser entpuppte sich als außerordentlich umgänglich und als ein Mann klarer Worte. Anders als die meisten Menschen, die Katrin bisher in diesem Fall befragt hatte. Er schnappte sich die Akte, nahm Katrin mit in sein ehrwürdig eingerichtetes Büro und trug – zu Katrins Amüsement – der endgültig genervten Büroangestellten auf, Kaffee zu bringen. Katrins Glück: Eberhardt Schubert war ein »Zugereister«, war nicht mit den Ressentiments und Animositäten des lokalen Musik-Filzes aufgewachsen und scherte sich auch nicht darum. Formvollendet drückte er sein Bedauern über Steinmüllers Tod aus, den er für einen guten Bratscher gehalten, aber persönlich kaum gekannt habe.

Katrin kam schnell auf den Punkt und fragte nach dem Lehrauftrag.

»Thorsten Steinmüller hat den Lehrauftrag selbst aufgehoben, aus persönlichen Gründen, sagte er. Er deutete an, nicht nur die Stadt, sondern auch das Land zu verlassen.«

Kein Wort von sexueller Nötigung. Das beruhigte die Kommissarin einerseits. Denn sie wollte nicht zeitgleich wegen sexueller Nötigung ermitteln. Andererseits hätte sie langsam gerne eine kleine Spur gehabt.

»Die kurzfristige Aufhebung des Lehrvertrags mitten im Semester hat mich als Rektor sogar in Schwierigkeiten gebracht«, erläuterte Eberhardt Schubert. »Aber das heißt dennoch nicht, dass man Steinmüllers Lehrauftrag verlängert hätte.«

»Warum das?« Katrin Voitel standen die Fragezeichen auf die Stirn geschrieben.

»Gegen Thorsten Steinmüller lag zwar nichts Justiziables vor, doch seine niedrige Frustrationsschwelle stieß bei Kollegen und Studenten immer häufiger sauer auf. In Kombination mit seiner ausgeprägten Arroganz war die Zusammenarbeit mit ihm nicht einfach.«

»Hatte er deshalb Feinde?«

»Glauben Sie mir, er selbst war sein größter Feind.«

Die Worte des Rektors halfen Katrin nur bedingt. Sie hoffte auf neue Erkenntnisse von Anna und Habakuk.

34

Anna war trotz des Tiefschlags in ihren Ermittlungen nicht frustriert. Das lag weniger an Habakuks bühnenreifem Einsatz beim Aufreißen hübscher Jungs, die es am Ende gar nicht gegeben hatte. Vor allem war es der Tatsache zu verdanken, dass Kramer nicht genervt war angesichts des fehlenden Resultats. Anders als sie es erwartet hatte, war er sogar zufrieden und hatte sie ermutigt weiterzumachen. Der Grund: Sie hatten nach wie vor einen Tag Vorsprung gegenüber allen anderen Medien, die sich ebenfalls mit der Sache beschäftigten. Allerdings hatte Anna noch nicht erwähnt, dass die neue Ermittlungsrichtung die große Enthüllungsstory, auf die Kramer und Schrottheimer hofften, eher ausschloss. Kein Investmentskandal auf dem Instrumentenmarkt, kein Versicherungsbetrug im großen Stil, nicht einmal kriminelle Machenschaften in der hiesigen Schwulenszene. Im Moment roch alles nach einer lapidaren Beziehungskrise mit spektakulärem Ende. Was, wer und wieso mussten sie noch herausfinden.

Höchste Zeit, sich erneut mit Habakuk zu beratschlagen. An dessen Präsenz hatte sie sich bedenklich gewöhnt, wie sie gerade selbst merkte. Sie saß zu Hause und wartete ungeduldig auf ihn. Er wollte nach dem Treffen mit seinem einstigen Mitbewohner bei ihr vorbeischauen, um die Details auszuwerten. Was immer das hieß …

Während sie wartete, beseitigte sie die Spuren ihrer samstäglichen Reinigungsaktion auf der Terrasse, sodass man dort zu zweit sitzen konnte. Theoretisch hätte sie auch das Bügeleisen zwei bis drei Runden lang schwingen können, um den Inhalt des Wäschekorbs zu reduzieren, der sie weiterhin vorwurfsvoll anstarrte. Wahrscheinlich wäre das am vernünftigsten gewesen. Aber vernünftig war seit dem Ableben von Thorsten Steinmüller nichts, was sie tat. Erst recht nicht ihre Ermittlung mit Habakuk. Wollten sie das Ganze zu Ende bringen, musste das auch so bleiben.

Also bewaffnete sie sich mit einem Scheuerlappen und wischte zunächst die längst verkrusteten Tapsen auf der hellen Holztreppe weg. Hätte sie das gleich am Samstag gemacht, wäre es weniger anstrengend gewesen. Aber dann wäre sie zu spät zum Konzert gekommen. Wobei: nicht zu spät zum Mord. Sie hätte sich lediglich die erste unerträgliche Konzerthälfte mit dem tragischen Verspieler des Ermordeten gespart, die jetzt ohnehin unbedeutend war. Moment mal! War sie das wirklich? Vielleicht sollten sie das Ganze noch einmal neu aufrollen, neu bewerten, wenn es um etwas Persönliches, möglicherweise Quartettinternes ging. Sie musste unbedingt Habakuk fragen, an was er sich erinnerte. Denn in Annas Bewusstsein war vor dem Verspieler kaum mehr vorhanden als das Gefühl, sich in einem schmutzigen, stickigen Loch zu befinden. Auch wenn sich seither ihr Verhältnis zum In-and-Out gebessert hatte.

Sie hatte die letzte Treppenstufe gereinigt und war an jener Stelle angelangt, an welcher der Bügelwäscheberg sein Dasein im Korb fristete. Um auch dort den Schmutz wegzuwischen, schob sie den Korb um die Ecke in die Küche. Hier konnte sie ihn ebenfalls nicht übersehen. Als Nächstes ging sie daran, endlich den Hochdruckreiniger zu sichern. Kaum hielt sie das Gerät in den Händen, war die Versuchung groß, es anzuwerfen und sein Beben im ganzen Körper zu spüren. Das Klingeln an der Haustür kam ihr zuvor.

Endlich! Habakuk! Hätte ihr jemand am vergangenen Wochenende vorausgesagt, mit welcher Begeisterung sie dieser Besuch erfüllte, hätte sie denjenigen schlagartig zwangseinweisen lassen. Sie legte das Gerät beiseite, öffnete ihm von oben die Haustür und lehnte die Wohnungstür an. So konnte Habakuk hereinkommen, während sie den Hochdruckreiniger in die Abstellkammer brachte.

Anna holte das Gerät von der Terrasse, stieg die Treppe wieder hinunter und war gerade dabei, mit einer Rückwärtsbewegung durch die Küchentür das Kabel einzurollen, als sie Habakuk an der Wohnungstür hörte. Dabei trat sie genau an die Stelle, an die sie vor etwa zehn Minuten den Wäschekorb platziert hatte. Dieses Mal war sie es, die halb im Korb landete. In dem Moment betrat Habakuk die Bildfläche. Sie rappelte sich hoch und sah in das schmunzelnde Gesicht ihres Besuchers.

Habakuk zog die Augenbrauen nach oben und sagte nur einen einzigen Satz mit Blick auf den Wäschekorb: »Ach, hier steht er jetzt …«

Anna brachte die Hochdruckreiniger-Aufräumaktion zu Ende, während Habakuk eine Cola aus der Tasche zog.

Schon wieder Cola, dachte Anna. Irgendwann musste sie das Missverständnis aufklären. Andererseits: Der Zucker regte bestimmt ihre grauen Zellen an. Das war nötig, wenn sie eine neue Strategie entwickeln wollten.

Habakuk überreichte Anna diskret das Kleid. Er beschloss, den wertvollen Hinweis der Reinigungsdame für sich zu behalten, und begann zu erzählen. Bei dem Bericht über den Club schmückte er angesichts der erwartungsvollen Augen Annas ein bis zwei Details aus, kam dann aber schnell auf Sebastian und Franks Erlebnisse mit ihm zu sprechen. Er dachte laut darüber nach, ob und wann er Sebastian im Studium begegnet war, und kam zu dem Ergebnis, dass dieser immer irgendwo präsent gewesen war.

»Er war nicht übermäßig auffällig, aber offen, freundlich und witzig. Hin und wieder habe ich ihn auch in einem Club beim Jazz gesehen. Auf die Idee, dass er sich ausgerechnet mit dem verbohrten Thorsten Steinmüller behängt, wäre ich im Traum nicht gekommen. Gut, als sich das Quartett gründete, habe ich mich etwas gewundert über die Musikerkonstellation, allerdings nicht Sebastians wegen. Der war oft mit Theresa unterwegs. Ich vermutete, dass sie gute Freunde waren. Mich wunderte eher, dass die Geschwister miteinander im Quartett spielen wollten. Sie machten an der Hochschule den Eindruck, als beschränkten sie ihren Kontakt auf das Nötigste. Daher ging ich von einer sozialen Notwendigkeit oder einer Marketingstrategie aus. Keinesfalls glaubte ich an eine musikantische Herzensentscheidung. Christoph hingegen war auch häufig mit Theresa und Sebastian unterwegs. Bereits im Studium machten sie miteinander Kammermusik. Schon komisch, die Beziehung von Thorsten und Sebastian … Erschreckend fand ich die Geschichte, die Frank erzählt hat. Dass jemand freiwillig aufgibt, was ihm wichtig ist, ist für mich unvorstellbar. Doch so sehr ich es auch drehe und wende – ich kann darin keine neue Spur erkennen. Vielmehr schneidet es alle bisherigen Fährten ab.«

»Was ist mit dem Motiv?«, wollte Anna wissen. In ihr keimte der Verdacht, dass der Täter aus dem Quartett stammen musste.

»Ich sehe keines mehr. Kein Instrument, keine kleinen Jungs …«

Mochte sich Habakuk gegen den Gedanken noch so sträuben, Anna sprach ihn jetzt aus: »Du kannst sagen, was du willst. Für mich ist es eindeutig: Alle Spuren führen ins Quartett!«

»Du hast recht, auch wenn ich es ungern zugebe. Im Moment sieht es so aus. Aber vielleicht haben wir doch etwas nicht bedacht?« Habakuk gab noch nicht auf. Er zeichnete mögliche Motive und Verbindungslinien auf einen großen Bogen Papier, ohne dabei etwas Neues zutage zu fördern. »Wir übersehen irgendetwas!« Er war der Verzweiflung nahe.

Beiden rauchte der Schädel, ein Ausdruck, den Anna als abgedroschen empfand, der aber genau das beschrieb, was sie empfand. Sie erinnerte sich, dass in ihrem Kühlschrank Eis vorrätig war. Habakuk äußerte ebenfalls Interesse. Eine kleine Abkühlung konnte nicht schaden. Also ging Anna Richtung Küche, bog jedoch vorher ins Badezimmer ab. Sie hatte gerade die Tür verriegelt, als ihr Telefon klingelte. Wieder bat Anna Habakuk durch die Tür, den Anruf anzunehmen. Es könnten ja entscheidende Neuigkeiten sein.

Habakuks formvollendeter Meldung folgte der begeisterte Ruf: »Ah, Habakuk, wie geht es Ihnen? Ist Anna wieder im Bad?«

Annas Mutter! Habakuk antwortete so charmant und korrekt, wie er sich zuvor gemeldet hatte.

Und Annas Mutter nutzte ihre Chance. Dabei war es weniger das Verhältnis ihrer Tochter zu Habakuk, das sie interessierte – für sie war hier längst alles klar.

Vielmehr forschte sie nach Neuigkeiten in der Mordermittlung. Habakuk setzte sie besser ins Bild, als ihre Tochter das je getan hätte. Es dauerte keine vier Minuten, bis sie durch geschicktes Fragen ausreichend Bescheid wusste.

Doch Habakuk hatte nichts verraten, was sie nicht auch auf anderem Wege hätte in Erfahrung bringen können.

Höflich verabschiedeten sich die beiden, und Annas Mutter verlieh beiläufig ihrem Wunsch Ausdruck, ihm bald zu begegnen. Sie vergaß sogar, ihm Grüße an Anna aufzutragen.

Als die mit fragendem Blick aus dem Bad kam, erklärte Habakuk, dass er ein äußerst nettes Gespräch mit ihrer Mutter geführt habe.

»Aha!«

»Sie freut sich auf unsere Begegnung.«

»Wie bitte? Was hast du ihr gesagt?«

»Dass du den Mörder so gut wie gefangen hast und deshalb gerade nicht mit ihr telefonieren kannst«, schmunzelte Habakuk.

Anna starrte ihn entsetzt an, musste dann aber doch lachen.

»Wenn du den Mörder wirklich fangen willst, sollten wir jetzt noch einmal durchgehen, was es mit dem Quartett, dem Konzert und vor allem den Steinmüllers auf sich hat. Aber wolltest du nicht vorher ein Eis servieren?«

Anna war erstaunt über Habakuks plötzliche Aufgeräumtheit. Bei ihr war das selten das Ergebnis von Telefonaten mit ihrer Mutter.

Im Kühlschrank fand sie ein paar Reste Himbeer- und Zitronensorbet sowie Stracciatella-Eis – nicht die perfekte Kombination, aber immerhin. Wenigstens war das Mindesthaltbarkeitsdatum noch nicht erreicht. Sie verteilte die Reste in zwei Schälchen und trug sie ins Wohnzimmer.

Habakuk saß vor einem neuen großen Blatt Papier auf dem Boden und malte gedankenversunken Kästchen und Pfeile. Plötzlich sagte er mit entmutigtem Tonfall: »Im Prinzip haben wir nichts – weniger als vorher. Hast du schon mal daran gedacht, aufzugeben?«

»Nein, jetzt bestimmt nicht! Wir haben mehr Informationen als gestern: Wir wissen von Thorstens pathologischer Persönlichkeitsstörung, wir wissen von Thorsten und Sebastian und wir wissen, dass es nicht um das Instrument gegangen ist. Und dass Thorsten Steinmüller nicht auf kleine Jungs stand und …« Anna zog das Wort »und« Erwartung heischend in die Länge, machte anschließend eine Pause und hielt triumphierend ihren Notizblock in die Höhe. »Und wir wissen, dass das Quartett mit sinkender Nachfrage zu kämpfen hatte, dem aber mit einem neuen Großprojekt begegnen wollte.«

Habakuk wusste nicht, was Anna meinte. »Von was sprichst du?«

»Ich habe die Zeit vor der Redaktionssitzung genutzt, um im Redaktionsarchiv und bei meinen üblichen Quellen zu recherchieren.«

»Du hast Quellen?« Habakuk blitzte der Schalk aus den Augen. »Ich dachte, Musikanten kennen so etwas nicht.«

Anna musste lachen und warf mit gespielter Empörung den Bleistift nach ihm, den sie professionell gezückt gehalten hatte. »Dagmar Rinder war mir noch einen kleinen Gefallen schuldig.«

»Dagmar Rinder von ›Stadtmusik‹?«, grinste Habakuk. »Dieser Provinzagentur?«

Der Marktgang von »Stadtmusik« mit einer etwas ländlich angehauchten Imagekampagne hatte in der Stadt für Erheiterung gesorgt. Hätten sie Kühe in dem Werbefilm auftreten lassen, hätte es durch den Familiennamen der Agentin Witz gehabt. Aber Rinder hatte ihre Musiker vor der Kamera die Hand vom Gemüsehändler auf der Szenemeile schütteln, Tickets am Eingang zum Stadtbad kaufen und in diversen Sozialeinrichtungen mit Kaffee anstoßen lassen. Außerhalb hatte das Konzertveranstalter – potenzielle Geschäftspartner – weniger gestört als in der Stadt selbst. Auch das Kleistenes-Quartett hatte einen Trailer-Auftritt gehabt: Mit Instrumentenkoffern in der Straßenbahn, wo sie bedürftigen Mitreisenden artig ihren Platz anboten, obwohl die Bahn leer war. Dagmar Rinder, Betreiberin der Zwei-Personen-Agentur »Stadtmusik«, war Anna jedenfalls einen Gefallen schuldig, weil die sie während eines Empfangs vor einem riesigen Fauxpas bewahrt hatte. Seither begegnete sie Anna mit erstaunlicher Ehrlichkeit.

»Ich habe Dagmar Rinder gefragt, was sie über das Kleistenes-Quartett weiß. Sie hat klar gesagt, dass ihre Agentur eingehen würde, wenn alle Künstler so erfolgreich wären wie das Kleistenes-Quartett. Das habe keine künstlerischen Gründe. Vielmehr seien diese vier schwer unter einen Hut zu bekommen, wenn es um Terminvereinbarungen und Programmvorschläge gehe. Obwohl das Quartett für alle vier die größte Einnahmequelle sei. Außerdem betragen sie sich vor Ort so divenhaft, dass sie sich als Agentin dafür schäme.«

»Und das will in dem Fall etwas heißen«, lachte Habakuk.

»Aber«, fügte Anna hinzu, »sie hatten wohl ein neues Projekt am Start. Ich habe im Archiv ein paar Interviews gefunden. Theresa, anscheinend das Sprachrohr des Quartetts, hat in den letzten vier, fünf Monaten gezielt die Werbetrommel gerührt, ohne dabei konkret zu werden. Es klingt nach Klassik, Frühklassik und Gesamteinspielungen, die eine sichere Bank wie Mozart mit Neuentdeckungen verknüpft. Sie wollte das Projekt demnächst im großen Stil der Öffentlichkeit präsentieren. Auch Dagmar blieb in Bezug auf das Projekt vage, für den Fall, dass das Quartett doch noch eine Zukunft hat. Ehrlich gesagt halte ich es für möglich, dass Dagmar sogar den Todesfall für Werbezwecke nutzt.«

»Da wäre sie nicht die Erste. Davon abgesehen: Könnte das nicht heißen, dass gerade das Mozartstück im Konzert für das Quartett wichtig war, von Bedeutung über den Abend hinaus?«

»Und der Verspieler damit folgenschwer …«

»Wenn du darüber geschrieben hättest, hätte das schlecht ausgehen können, falls mögliche Verträge noch nicht unterzeichnet waren. Selbst wenn sie es waren.«

»Hältst du den Verspieler für Zufall?«

»Das habe ich zumindest bisher. Aber mit Sicherheit kann ich das nicht sagen. Vielleicht das Ergebnis einer spieltechnischen Marotte? Die kann man jedoch auch fingieren. Für mich war Thorsten Steinmüller ein selbstverliebter Fatzke, aber dass er sich so auf Kosten seiner Kollegen profiliert ... Ich weiß nicht ... Vielleicht war das Dauertrillern nur einer Konzentrationsschwäche geschuldet. Die könnte allerdings Gründe haben ...«

»Und die Reaktion der Kollegen darauf?«

»Christoph Weinmann spielte stoisch seine Stimme weiter. Absurd, wenn du mich fragst. Das zeugt für mich von großer Distanziertheit des Cellisten. Theresa, würde ich sagen, war echt angepisst. Und Sebastian aufgeregt, doch das kann ich schwer einordnen.«

»Du hast den Brahms am Anfang konzentrierter gehört als ich ...«

»Ja, ja, deine Clubaversion, der blöde Platz ... Ich weiß. Ich denke schon, dass ich aufmerksam zugehört habe. Wieso?«

»Der war doch in Ordnung, oder? Ich frage mich die ganze Zeit, ob ich etwas überhört habe.«

»Er war in Ordnung. Fehlerfrei. Nicht makellos, aber anständig miteinander musiziert. Vielleicht ein wenig unterkühlt, was bei Brahms nie gut ist. Doch alles in allem aufeinander eingespielt.«

»Hast du dir mal überlegt, was das heißt? Kammermusik zusammen zu machen, ist eine relativ intime Angelegenheit, ein Miteinander, ein Eingespieltsein, wie du selbst sagst. Wenn nun einer weiß, dass einer seiner Partner in Kürze einen Scheinwerfer abkriegt ... Das ist entweder krank oder so eiskalt, dass es mir Angst macht.«

»Wenn wir tatsächlich davon ausgehen, dass einer der anderen Musiker zumindest beteiligt war an dem Plan, dann müssen wir auch in Betracht ziehen, dass sich derjenige für das Ganze dicht an die Gefahrenstelle heranmanövrieren musste«, überlegte Habakuk.

»Vor ein paar Tagen hast du noch geglaubt, dass Thorsten Steinmüller seine Bratsche ermorden wollte und selbst nur ein Kollateralschaden war. Warum bist du jetzt so zögerlich, wo es um seine Kollegen geht?«

»Dass Thorsten ungewöhnlich tickte, ist mittlerweile auch dir klar geworden. Aber das Stuhlgerücke vor dem zweiten Teil fand auch ich ungewöhnlich.«

»Da hast du recht. Die viel zu lange Pause übrigens auch.«

»Ich bin froh darüber, sonst hätte ich dich nicht begießen können«, strahlte Habakuk.

Anna musste schmunzeln, sagte aber: »Lass uns das eins nach dem anderen Revue passieren. Womit willst du beginnen? Pause oder Stühle?«

»Pulte«, lachte Habakuk.

Anna schaute ihn irritiert an.

»Ernsthaft. Ich habe mich schon im Konzert gefragt, wie es in einem erprobten Setting zu einem solchen Pult-Geschiebe kommen kann. Normalerweise rückst du dir den Stuhl zurecht und dann drehst du dir, wenn du sitzt, das Notenpult in den passenden Winkel. Außerdem muss die Bühne abgeklebt gewesen sein, mit einer kleinen Tape-Markierung für jedes Pult und jeden Stuhl. Da gibt es normalerweise keine großen Schwierigkeiten, und der erste Brahms ist in dem Setting ja ordentlich gelaufen. Ich dachte, vielleicht ist das ihre Art und

Weise, mit dem Verspieler umzugehen. Auch kann man das Licht für vieles verantwortlich machen. Frag mal Frille.«

»Das Rücken könnte auch durch denjenigen ausgelöst worden sein, der wusste, dass der Scheinwerfer herunterfällt.«

»Oder derjenige hat hektisch reagiert, weil ein anderer mit Stuhl und Pult etwas von der vorgesehenen Stelle abgerückt ist und dadurch den Plan gefährdet oder die falsche Person in Gefahr gebracht hat.«

»Stimmt. Ist sogar wahrscheinlicher … Können wir denn jemanden ausschließen?«

»Können wir!«, triumphierte Habakuk.

Anna fürchtete, dass Habakuks Sympathien für die Primaria seinen Blick verstellten. Umso überraschter war sie, als Habakuk den Namen »Christoph Weinmann« nannte.

»Christoph hat sich hingesetzt, die Noten zurechtgerückt und abgewartet. Er hat definitiv nicht geruckelt. Deshalb dachte ich, dass sie die Das-vermaledeite-Licht-ist-Schuld-Nummer abziehen. Nach dem Motto: die Pulte der hohen Streicher standen unglücklich.«

»Und die anderen?«

»Die haben geruckelt, als ginge es darum, die beste Position für ›Reise nach Jerusalem‹ zu ergattern.«

Anna starrte ihn verständnislos an.

»Das Spiel – auch ›Stuhltanz‹ genannt.«

»Hmmm … Also alle drei anderen haben geruckelt?«

»Ich bin ziemlich sicher, Thorsten zuerst. Aber er hat dabei nicht unbedingt etwas bewegt, würde ich sagen. Das war eher ein demonstratives ›Seht Ihr? Ich ruckele!‹.

Die beiden Geiger haben dann relativ lange nachjustiert. In welcher Reihenfolge, kann ich nicht sagen. Es war, als wollten sie den Raum vergrößern – weg, nach links außen. Doch das kann, wie gesagt, auch am Licht gelegen haben.«

Gewinnbringend war Habakuks Ausführung im Moment nicht.

»Wir wissen aber sicher, dass die Bühne in der Pause nicht verändert wurde, oder?«, fragte Anna.

»Frille sagte, dass die Markierungen auf das abgestimmt waren, was am Nachmittag geleuchtet worden war. Hätte er die Bühne in der Pause verändert, hätte er die Scheinwerfer in der Pause neu einstellen müssen.«

»Die verlängerte Pause erklärt das also auch nicht«, schlussfolgerte Anna.

»Nach so einem Schnitzer wie dem im Mozart ist es nicht verwunderlich, wenn das Quartett länger diskutiert.«

»Oder es musste jemand an die frische Luft. Wo ich aber niemanden gesehen habe.«

»Vielleicht ist auch ein Quartettmitglied in die Regie abgedriftet?«

Anna dachte an die Kapuzengestalt.

»Oder doch ein Befreiungsschlag im wahrsten Sinne des Wortes.«

Anna konnte Habakuks Gedankensprung nicht folgen. »Ich verstehe nicht …«

»Sebastians seelische Abhängigkeit könnte schon ein Motiv sein. Hast du das nicht bereits angedeutet? Vielleicht wusste er sich nicht anders zu helfen.«

»Das würde voraussetzen, dass er sich dieser Abhängigkeit bewusst war. Und darauf haben wir keinen Hinweis. Es sei denn, er ist einer der besten Schauspieler, die man sich vorstellen kann. Ehrlich gesagt passt beides nicht in das Sebastian-Bild, das du gezeichnet hast.«

»Dann bliebe nur noch Theresa. Ist das dein Ernst?« Habakuk konnte die Empörung, die der Gedanke bei ihm auslöste, nicht unterdrücken.

»Keine Ahnung«, konterte Anna gelassen. »Ausschließen können wir weder den einen noch die andere.«

Habakuk nickte bedächtig. »Ist dir nicht vielleicht doch etwas aufgefallen auf deinem unglücklichen Platz bei der Tür?«

»Nichts, das dem widerspräche, was wir herausgefunden haben. Es dauerte lange, bis es weiterging, im Saal wurde es unruhig. Die vier traten auf die Bühne, das Gerücke ging los. Wobei …« Anna zögerte, versuchte, sich genau zu erinnern. »Als das Quartett nach der Pause auf die Bühne zurückkehrte, stapfte Weinmann mit seinem Cello vor dem Körper souverän voran und die anderen drei trippelten mit etwas Abstand hinterher. Kurz vor den Stühlen erreichten sie ihn, in der Reihenfolge der Plätze, was im engen Club sicher sinnvoll ist. Sie setzten sich geordnet auf ihre Plätze und starteten das Geruckel. Das bestätigt wahrscheinlich deinen Eindruck, dass Weinmann am souveränsten von allen wirkte.«

Habakuk konnte aus Annas Eindruck keine neuen Schlüsse ziehen. Deshalb fragte er: »Und an der Bar? Hast du etwas gehört, was vor der zweiten Hälfte gesprochen wurde?«

Anna schüttelte den Kopf und sagte liebevoll: »Nein, ich war abgelenkt. Mir hatte ein Bratscher Rotwein über mein Lieblingskleid gegossen und sich dann mit dem coolsten Namen vorgestellt, den ich jemals gehört habe. Kein Pseudonym, vermute ich.« Dabei strahlte sie ihn so an, dass es Habakuk kurzzeitig die Sprache verschlug.

»Mir ist noch nicht klar, warum dieses Konzert überhaupt im In-and-Out stattfand. Am Ende hat davon doch vor allem der Mörder profitiert«, sagte Anna in die Stille hinein.

»Der unbestreitbar über Ortskenntnis verfügt«, konstatierte Habakuk nüchtern.

»Wahrscheinlich kennt Frille ihn sogar, hat nur keine Ahnung, dass er der Mörder ist.« Anna wirkte besorgt.

»Wahrscheinlich kennen wir ihn alle und haben keine Ahnung.«

»Die sollten wir aber bald haben, sonst erklären mich Kramer und Schrottheimer endgültig zum journalistischen Embryo, bei dem die Recherchefähigkeiten noch nicht ausgebildet sind. Wir müssen erneut alle Beziehungen zwischen den Musikern, dem Club und –«

»Dem, was wir übersehen«, unterbrach Habakuk sie.

Der Einwurf verwirrte Anna. Er machte innerhalb ihrer Satzkonstruktion keinen Sinn. Statt nachzufragen und am Ende den roten Faden zu verlieren, ignorierte sie die Unterbrechung und fuhr fort: »Auf jeden Fall sollten wir alles im Umfeld des Konzerts noch einmal hinterfragen.« Anna breitete das mittlerweile fünfte riesige, noch weiße Blatt vor ihnen aus.

»Das ergibt alles überhaupt keinen Sinn!« Habakuk schüttelte mit einem verzweifelten Gesichtsausdruck den Kopf.

Anna versuchte abermals, die Bausteine zu ordnen. »Wenn wir ehrlich sind, führt die Spur ausschließlich zum Quartett. Beruf und Privatleben sind im Quartett aufs Engste vermischt. Beides birgt Konfliktpotenzial. Das Private beschränkt sich auf Thorsten, Sebastian und Theresa.«

Dafür fing sie sich einen vorwurfsvollen Blick von Habakuk ein, doch er sagte nichts. Offenbar waren ihm die Argumente ausgegangen, die seine Sympathie für Theresa Steinmüller und nicht zuletzt ihre Unschuld rechtfertigten.

»Habakuk?« Fast liebevoll versuchte Anna, den Missmutigen wieder zu motivieren. »Die Sache mit der Location will mir nicht aus dem Kopf. Vielleicht sollten wir das nochmals vor Ort diskutieren. Und am besten gleich mit Katrin Voitel. Vielleicht bringt uns ihre Begegnung mit dem Arzt weiter.«

Der immer noch schweigsame Habakuk nahm allmählich wieder Fahrt auf. »Das ist eine gute Idee.«

Während Anna die Kommissarin anrief, kündigte Habakuk Frille ihren Besuch an. In einer Stunde im In-and-Out.

35

Anna und Habakuk kletterten routiniert die Hintertreppe vom In-and-Out hinauf. Frille öffnete und lud sie ein, nach unten zur Studiobühne zu kommen, wenn sie zwischendurch den Kopf freibekommen wollten. Dort tobte ein Open-Stage-Abend und das – Frille zufolge – auf gar nicht so üblem Niveau. Anna fragte sich, ob man ihnen die Aufheiterungsbedürftigkeit ansah. Sie dankten und versprachen, gegebenenfalls von dem Angebot Gebrauch zu machen.

Frille war gerade gegangen, als Katrin Voitel die Treppe heraufgekraxelt kam. Auch sie schien sich an den geheimen Zugang zum Tatort gewöhnt zu haben. Habakuk schwang sich mit der Ankündigung, etwas zu trinken holen zu wollen, nach unten Richtung Bar.

Die Kommissarin hockte sich im Schneidersitz auf die oberste Treppenstufe und stöhnte: »Je mehr man erfährt, desto verworrener wird die Geschichte.«

Anna knurrte zustimmend. Alles Weitere wollten sie besprechen, wenn Habakuk zurück war.

Der erschien kurz darauf mit drei Fläschchen eisgekühlter Cola. Anna erinnerte sich, dass sie seit einigen Tagen etwas klarstellen wollte, entschied aber, das nicht vor Katrin Voitel zu tun. Die nahm dankend die Cola und wunderte sich über die Getränkewahl. Vielleicht waren die Getränkevorlieben nur Klischees, die man im Allgemeinen über Künstler hatte. Sie selbst trank bei Weitem auch nicht soviel Kaffee, wie man es von Kriminalkommissaren behauptete. Statt weiter darüber nachzudenken, schilderte sie haarklein – sie hatte in weiser Voraussicht die Babysitterin für die Zwillinge bestellt – ihre Begegnung mit dem schaurig-skurrilen Arzt. Habakuk und Anna lauschten gebannt.

Unten begann hörbar die Open-Stage-Session. Das Dröhnen der Bässe ließ die Hintertreppe leicht beben und vermittelte Anna jenes wunderbare Körpergefühl, wie das sonst nur ihr Hochdruckreiniger konnte. Vielleicht sollte sie öfter in Clubs gehen, wenn das alles vorbei war. Dieses Alles schien sich zudem nicht in die erwünschte spektakuläre Enthüllungsgeschichtenrichtung zu entwickeln. Wenn das so weiterging, könnte es eklig persönlich werden.

Nachdem Katrin ihren Bericht beendet hatte, fassten Anna und Habakuk ihre Nachforschungen zusammen und trugen ihre Erkenntnisse zum Verhältnis zwischen Thorsten und Sebastian vor.

»Was bedeutet eine solche Beziehung zwischen den Pulten für ein Quartett?«, wollte die Kommissarin wissen.

Habakuk mutmaßte nach einer längeren Denkpause und einem bedächtigen Schluck Cola: »Ich habe oft erlebt, dass es beim gemeinsamen Musizieren egal ist, wer mit wem. Aber in diesem Fall kann ich mir nicht vorstellen, dass das keine Auswirkungen auf das Miteinander hatte. Nach allem, was ich von der komplizierten Persönlichkeit Thorsten Steinmüllers und von der merkwürdigen Entwicklung Sebastians gehört habe. Außerdem steht die Ankündigung des neuen Projekts dieser Geschichte über das Ende des gemeinsamen Musizierens völlig entgegen. Das ist doch seltsam …«

»Wie war eigentlich das Verhältnis der Geschwister zueinander?«, fragte Anna dazwischen. »Darüber haben wir noch gar nicht ausführlich nachgedacht. Was hat Theresa zu den Plänen ihres Bruders gesagt?«

Alle drei starrten sich entsetzt an. Weil sie fest an die große Verschwörung geglaubt hatten, an den Instrumentenhandel oder das Drama in der Schwulenszene, an Erpressung oder Versicherungsbetrug, hatten sie vergessen, die persönliche Beziehung der Geschwister in den Blick zu nehmen. Katrin Voitel hätte gern ihren Kopf gegen die Stäbe des Hintertreppengeländers geschlagen. Anna hatte das Augenmerk zwar auf Theresa gelenkt, dann aber auch nicht nachgehakt. Und Habakuk weigerte sich noch immer, sich Theresa als Täterin vorzustellen.

»Theresa«, begann er langsam und gequält. »Theresa kenne ich seit dem Studium. Sie ist die wahrscheinlich liebenswürdigste Kollegin, die man finden kann. Total bescheiden. Sie lebt für die Musik. Nicht nur für die klassische. Da könnt ihr auch hier im Club jeden fragen.« Er erläuterte, dass Theresa – anders als viele klassische Musiker – in vielen Szenen zu Hause war, wie er. Deshalb war er der neugierigen, fröhlichen jungen Frau immer wieder begegnet. Darin waren die Steinmüller-Geschwister sehr verschieden. Habakuk stellte Theresa zwar nicht als Heilige, aber als den sympathischsten Menschen überhaupt dar.

Anna und Katrin fragten, was diese Frau zur Entwicklung ihres Bruders gesagt hatte.

»Das weiß ich leider nicht. Über so private Dinge haben wir uns nicht unterhalten. Was ich aber weiß: Das Quartett war ihr Baby. Ihres und Sebastians. Die beiden waren schon im Studium unzertrennlich.« Habakuk hielt erschrocken inne und schlug sich an den Kopf. Er verfluchte sich selbst und entschuldigte sich bei den beiden.

Anna versuchte Habakuk zu beschwichtigen. Es brachte nichts, wenn er sich verrückt machte. Um weiterzukommen, musste er jetzt einen kühlen Kopf bewahren.

Doch Katrin Voitel gab Habakuk keine Zeit, sich zu beruhigen. Sie fragte: »Wenn Theresa und Sebastian so dicke waren – was hat Theresa dann zu der Beziehung und vor allem zu den Auswanderungsplänen gesagt?«

Habakuk zuckte nur mit den Schultern.

»Merkwürdigerweise«, warf Anna ein, die vor Aufbruch zum Club noch kurz die Aussage von Dagmar Rinder überprüft hatte, »hat Theresa letzte Woche erst in einer ausführlichen Pressemitteilung das neue gigantische Projekt für das Quartett angekündigt, wenn auch vage. Es ging um eine neue Aufnahme. Mozart wäre da, glaube ich, ein entscheidender Teil gewesen. Ich tippe auf Mozart in Bezug zu Zeitgenossen, die sie ausgraben wollten. In dem Stil ›Mozart und …‹ in mehreren Folgen. Damit hätten sie Jahre verbringen können. Zum Zeitpunkt der Pressemitteilung kann sie nichts von den Plänen der beiden gewusst haben. Denn mit einer neuen Besetzung –«

»… ist das kurzfristig so gut wie unmöglich«, brachte Habakuk Annas Satz zu Ende, fügte aber hinzu: »Vorausgesetzt, sie wollte Thorsten und Sebastian mit der Mitteilung nicht ködern oder erpressen.«

»Hätte das denn funktionieren können?«, mischte sich Katrin Voitel wieder ein.

»Ich habe keine Ahnung«, meinte Habakuk achselzuckend. »Bei Thorsten vermutlich nicht, so wie ich ihn erlebt habe und meine Gesprächspartner ihn beschrieben haben. Bei Sebastian? Keine Ahnung. Mit dem hatte keiner mehr Kontakt in letzter Zeit. Möglich wär's.«

»Wenn Thorsten ein solches Geheimnis um seine Pläne gemacht hat, wie sollte ausgerechnet Theresa davon erfahren haben? Gerade vor ihr hat er es sicher geheim gehalten.« Katrin Voitel hatte noch immer Bedenken.

»Hat er bestimmt auch«, antwortete Habakuk.

»Rundel!«, stieß Katrin schlagartig aus. »Rundel, der solchen Wert darauf legt, ein Freund der Familie zu sein. Er hat sogar erwähnt, dass das Konzert an diesem ungewöhnlichen Ort angesetzt wurde, nachdem er von den Auswanderungsplänen Thorstens gehört hat. Könnte Theresa es von Rundel erfahren haben? Der scheint es mit der ärztlichen Schweigepflicht nicht so genau zu nehmen.«

»Das wäre eine Möglichkeit. Vielleicht hat sie dann versucht, Sebastian ins Gewissen zu reden, und der hat zum großen Befreiungsschlag ausgeholt.« Habakuk entwickelte eine neue Theorie.

Katrin schaute auf die Uhr. »Er müsste noch in der Praxis sein. Ich ruf ihn an«, sagte sie, während sie das Mobiltelefon aus der Tasche fingerte. Sie hatte Glück: Die nervige Sprechstundenhilfe hatte offenbar schon

Feierabend gemacht, und der Sonderling nahm den Anruf selbst entgegen. Katrin stellte ihre Frage.

»Ja«, antwortete Dr. Rundel. »Natürlich habe ich mit Theresa über die Auswanderungspläne von Thorsten und …«, hörbares Räuspern, »…seinem Bekannten gesprochen. Sie ist mein Patenkind, und mit meinem Patenkind spreche ich über alles. Nein, sie war nicht begeistert. Aber gefasst, wie immer.«

Katrin war froh, dass er ihre Reaktion auf seine Antwort nicht sehen konnte. Beinahe wäre ihr das Telefon aus der Hand und durch die Gitterstufen der Hintertreppe gerutscht.

Anna und Habakuk hatten gehört, was Rundel gesagt hatte, denn Katrin hatte ihr Mobiltelefon laut gestellt.

»Verdammt!«, sagte Habakuk. Und nach einer längeren Pause: »Das ist unmöglich. Das kann nicht sein!«

Anna wollte den niedergeschmetterten Habakuk trösten, der mit der Fußsohle gegen das eiserne Treppengeländer hämmerte.

Doch Katrin war schneller mit dem Hinweis, dass das Ganze im Moment nicht mehr als eine Feststellung sei. »Theresa Steinmüller hatte Kenntnis von den Plänen ihres Bruders und sah wahrscheinlich das Quartett in Gefahr. Allerdings, das gebe ich zu, ist das ein starkes Indiz zumindest dafür, dass Theresa Steinmüller mehr wissen könnte, als wir bisher vermutet haben. Ein Motiv hätte sie allemal, wenn das Quartett ihr Baby war.«

»Das gibt es jetzt auch nicht mehr«, fügte Habakuk trotzig an.

Da konnten ihm beide Frauen nicht widersprechen. Dennoch waren sie sich einig, dass man diese Spur verfolgen musste.

»Aber bitte mit …« Habakuk suchte nach den richtigen Worten. Die geschätzte Kollegin mit Samthandschuhen anfassen? Nein, das meinte er nicht. »Vielleicht nicht gleich als brutales Verhör.«

Beim Wort »brutal« verdrehte Katrin die Augen, jedoch gab sie Habakuk aus anderen Gründen recht. Sie hatten zwar wieder eine Spur, aber kaum etwas in der Hand.

Da meldete sich Anna zu Wort. Ihr war etwas Verrücktes eingefallen, auch deshalb, weil sie irgendwann eine Geschichte in der Redaktion abliefern musste. »Ich könnte die Steinmüllers für ein Rechercheinterview besuchen – mit Blick auf ein Gedenkporträt.«

Katrin und Habakuk nickten anerkennend.

»Das ist eine gute Idee«, sagte Katrin. »Aber was willst du fragen?« Katrin und Anna hatten bei ihrem letzten Telefonat beschlossen, zum Du überzugehen.

»Bestimmt nicht, ob sie mit einem Scheinwerfer nach ihrem Bruder geworfen hat. In erster Linie soll es um Thorsten gehen. Vielleicht erfahre ich dadurch nebenbei, wie ihr Verhältnis war, welche Kontakte Theresa hat, was genau sie von den Auswanderungsplänen gewusst und gehalten hat.«

Weil Katrin Voitel bei ihrem Besuch im Hause Steinmüller auf sehr wenig Kooperationsbereitschaft gestoßen war, erschien ihr dieser indirekte Weg als der eleganteste und vor allem zielführendste.

»Übrigens«, merkte Habakuk an, »dass niemand

aus der Familie bei dem Konzert war, ist mehr als ungewöhnlich. Wenn du da geschickt nachhaken kannst …«

36

Anna hatte am nächsten Morgen nur geringfügige Skrupel, bei Steinmüllers anzurufen und um ein Interview zu bitten.

Die Hausherrin, Gerhild Steinmüller, Mutter von Thorsten und Theresa, fand ein Gedenkporträt mehr als angemessen und versprach, Anna umgehend gemeinsam mit der Tochter zu empfangen. Mit dem Hausherrn könne man nicht rechnen, er habe sich aus gesundheitlichen Gründen aus der Öffentlichkeit zurückgezogen. Das Ereignis sei seinem Wohlbefinden keineswegs zuträglich gewesen. Zwar habe sie noch einen Termin mit dem Trauerredner, aber notfalls würde sie sich entschuldigen und Theresa das Gespräch überlassen. Wenn das annehmbar sei, könne Anna in zwei Stunden vorbeikommen.

Das war erstaunlich unkompliziert verlaufen.

Pünktlich um 12 Uhr stand Anna vor der Tür der Gründerzeitvilla. Sie hatte im Laufe der Jahre eine Reihe solcher Stadtvillen besucht, die in Musikerkreisen wohl ziemlich gefragt waren – besonders hier im Musikviertel. In diesem Viertel um die Thomasschule und die Hochschule für Musik herum waren viele Straßen nach Komponisten benannt, und in den Villen und Häusern, in denen man sich akustisch intensiver ausleben konnte als in Wohnungen, hatten sich immer mehr Musiker angesiedelt.

In manchem Musikzimmer hatte Anna Tee getrunken und sich von Projekten erzählen lassen, von Konzerten, die sie durch Porträts oder Interviews ankündigte. Für die Befragten war das Werbung. Sie erzählten bereitwillig mehr, als Anna jemals aufschreiben konnte. Da war es nicht nötig, unangenehme Fragen zu stellen. Heute würde das anders werden. Entsprechend war Anna deutlich nervöser als üblich.

Auch bei Steinmüllers empfing man die Journalistin im adretten Musikzimmer. Auf dem Couchtisch hatte man Tee und Kekse angerichtet, so wie Anna das von gefühlt 1.000 Interviews kannte. Daneben hatte Gerhild Steinmüller Berge von Fotoalben und Dokumentenmappen mit Urkunden und Programmheften aufgestapelt, um Anna Einblick in das Leben des Verstorbenen zu geben. Es würde seine Zeit dauern, bis Anna auf das Wesentliche zu sprechen kommen konnte. Anna erstaunte die Höhe des Materialstapels – Thorsten Steinmüller hatte ja kein biblisches Alter erreicht. Auf dem Flügel, den eine gehäkelte Decke zierte, hatte die Hausherrin ein Bild des Sohnes mit Trauerflor aufgestellt. Es war das aktuelle Künstlerporträt, das Steinmüllers Agentur an alle verschickt hatte, die ein Foto benötigten, um im Programmheft die Künstlerbio oder in der Zeitung eine Konzertankündigung zu illustrieren. Ein Hochglanzporträt eben, gestellt und fern von jeglicher Realität. Dennoch: Thorsten Steinmüller hatte nicht übel ausgesehen.

Über dem Biedermeier-Sekretär hing ein Familienfoto aus glücklicheren Zeiten – aufgenommen nach einer Premiere von Frau Steinmüller, die noch in Kostüm und Maske war. Anna tippte auf eine Mozart-Oper, »Figaros Hochzeit« wahrscheinlich. Die Sängerin hatte einen riesigen Blumenstrauß und die beiden noch kleinen Kinder im Arm, während Thorben Steinmüller sich freundlich im Hintergrund hielt.

Gerhild Steinmüller hatte auch mit ihren gut 70 Jahren den Sinn fürs Theatrale, für wirksame Auftritte nicht verloren. Das Öffnen der Tür und die Begleitung des Gastes ins Musikzimmer hatte sie der sympathischen, unscheinbaren Theresa in engem schwarzen Rollkragenpullover und Jeans überlassen. Als Anna vor dem Premierenbild stand, trat Gerhild Steinmüller in Erscheinung – den Moment gut kalkuliert.

»›Cosí fan tutte‹ 1988«, sagte sie.

Also hatte Anna nicht ganz falsch gelegen.

»Ein gigantischer Erfolg. Damals noch mit Maestro Sonatner. Für mich der beste Mozart-Dirigent. Die Inszenierung ...« Die stark geschminkte und akkurat frisierte Dame winkte mit einer großen Geste ab. »Für Theresa und Thorsten war es der erste Premierenbesuch.«

Während Anna versuchte, die passenden Worte zu finden, drehte Gerhild Steinmüller eine Runde durch den Raum. Anna atmete durch und setzte zu einer höflichen Floskel an, aber die Operndiva redete bereits weiter und deutete dabei mit ausgestrecktem Arm und dramatisch zurückgelehntem Oberkörper erneut auf das Bild.

»Thorben, Thorsten und Theresa – ›T H‹. Die Komposition war mir wichtig. Th. Steinmüller. Eine Dynastie. Der Name des Vaters über Generationen fortgeschrieben.«

Nur dass Vater Steinmüller der einzige Thorben mit »h« war, von dem Anna je gehört hatte. Ihm hatte ein ganz großer Geist schon eine Generation zuvor ein »h« untergeschoben.

»Doch nun …«

Anna wagte es nicht, die theatralische Pause zu unterbrechen, mit der Gerhild Steinmüller ihren Eingangsmonolog beschloss.

Diese hob die dramatische Spannung jetzt auf, wie ein Dirigent, der nach dem lang stehengelassenen Schlussakkord einer tragischen Symphonie bereit ist, den Schlussapplaus entgegenzunehmen. Sie streckte Anna freundlich und in einen normalen Tonfall wechselnd die Hand entgegen, um sie willkommen zu heißen. Ganz umgänglich, vielleicht ein wenig herablassend und oberflächlich, widmete sie sich Anna. Gerhild Steinmüller beklagte den großen Verlust, den nicht nur sie, sondern ganz besonders die Musikwelt erlitten habe, denn Thorsten habe in den großen Sälen der Welt gespielt. Ironie des Schicksals, dass er ausgerechnet in diesem unseligen Club zu Tode gekommen sei.

Während Anna durch den Kopf schoss, ob es die Sache besser machen würde, wenn man statt im In- and-Out in der Carnegie Hall von einem Scheinwerfer erschlagen wurde, holte Gerhild Steinmüller zu einem Seitenhieb in Richtung ihrer Tochter aus.

»Dieser halbseidene Club war kein typischer Platz für ihn. Ich hätte ein solches Konzert niemals besucht. Ich verstehe nicht, warum dieser Auftritt nötig war!« Mit einem alles andere als liebevollen Blick schaute sie ihre Tochter an.

Diese sprang sofort darauf an. »Stimmt, Thorsten kannte die ›halbseidenen Clubs‹ *überhaupt* nicht.«

Die einstige Operndiva stutzte kurz, ließ sich jedoch nicht aus der Fassung bringen und gab nun zuckersüße Geschichten vom kleinen Thorsten zum Besten.

Für Anna war dieser kurze Seitenhieb der Mutter und der ironische Kommentar der Tochter das bisher Interessanteste an ihrem Besuch. Ihr war klar: In dieser Familie aufzuwachsen, war mit Sicherheit nicht einfach. Hier aufzuwachsen und schwul zu sein, dürfte einem Spießrutenlauf geglichen haben, allein weil das bedeuten könnte, die über Generationen reichende Traditionslinie nicht mit einem direkten Nachkommen fortzuschreiben. Die Frage, warum Vater und Mutter Steinmüller dem Konzert nicht beigewohnt hatten, war also geklärt. Annas allmählich aufkeimende Sympathie fürs In-and-Out bekam noch einmal einen mächtigen Motivationsschub.

In der folgenden Stunde hörte sich Anna große Heldentaten und putzige Anekdötchen aus dem Leben des Thorsten Steinmüller an. Theresa, die eher zerknirscht als traurig dabei saß, trug kaum mehr etwas bei. Auf jeden Fall musste Anna bald dem Problem ein bisschen näher kommen, sonst war die Chance irgendwann vertan. »Ich hätte noch ein paar Fragen zum Quartett. Immerhin war das eines der Haupttätigkeitsfelder Ihres Sohnes.«

»Ach ja, das Quartett. Da ist Theresa die aussagefähigere Person. Wenn Sie mich einstweilen entschuldigen wollen. Der Redner wird gleich da sein.«

Anna musste an sich halten, um das Aufatmen zu verbergen, als Gerhild Steinmüller den Raum verließ – abermals mit großer Geste und wehendem schwarzen Hauskleid, das auch als Abendkleid durchgegangen wäre. Es unterschied sich höchstens dadurch, dass es geringfügig bequemer war.

»Es ist nicht leicht für sie«, sagte Theresa entschuldigend mit einem Blick zur Tür, die ihre Mutter gerade hinter sich geschlossen hatte.

»Für Sie gewiss auch nicht. Er war Ihr Bruder, Sie haben gemeinsam musiziert. Meinen Sie, wir können noch kurz übers Quartett sprechen?«

»Ja, können wir. Sie recherchieren mit Habakuk Brausewind, richtig? Die Stadt ist ein Dorf. Und die Musikszene sowieso. Ich habe meiner Mutter nichts gesagt … Nutzen Sie Ihre Chance! Schreiben Sie in dem Nachruf, wer mein Bruder wirklich war.«

Das ging Anna jetzt ein bisschen zu schnell. Sie zögerte. Plötzlich hatte sie genau wie Habakuk das

Bedürfnis, die zarte Frau mit den wissenden Augen zu beschützen. Dann fragte sie aber so offen wie nicht einmal in ihren Werbeinterviews, die sie üblicherweise in solche Räume führten: »Wer war er denn? Erzählen Sie mir von Ihrem Bruder.«

37

»Thorsten war Bratscher, ohne dabei ein einziges Bratscher-Klischee zu bedienen. Er war in jeder Hinsicht brillant. Er war geistvoll und ein herausragender Musiker. Er hätte besser sein können als wir alle. Aber schon als Kind hatte er etwas Defätistisches an sich. Er glaubte nie an sein Talent, fühlte sich immer benachteiligt.« Theresa Steinmüller atmete tief durch. »Es war, als hätte er die Bratsche aus Protest gewählt, gegen unsere Eltern, gegen mich, gegen seine Lehrer, gegen alles. Er lief als personifizierter Vorwurf durchs Haus und manipulierte damit alle. Unseren Eltern gab er das Gefühl, dass er litt, weil sie mich bevorzugten. Sie haben das nie getan. Und mir machte er ein schlechtes Gewissen, wenn ich Erfolge auf der Geige feierte, während er seine Bratschenstimme übte. Er kultivierte das über Jahre, und auch im Quartett nutzte er seine Opferrolle reiflich aus.«

»Sie sind die jüngere Schwester. Er hat vor Ihnen begonnen, Geige zu spielen, richtig?«

»Als ich die Geige in die Hand nahm, begeisterte er seine Lehrer bereits mit einem anständigen Repertoire. Vielleicht hat Vati ihn wirklich strenger angepackt als später mich – beim Üben, vor Vorspielen … Ich weiß es nicht. Wenn es so war, dann hatte das sicher nichts mit Sympathiebekundung oder einem Qualitätsurteil zu tun. Eher mit Vatis Einsicht, bei Thorsten zu streng gewesen zu sein.«

Anna war beeindruckt, wie reflektiert Theresa Steinmüller über die Kindheit mit ihrem Bruder redete. All das dachte sie heute bestimmt nicht zum ersten Mal.

»Trotzdem war es oft und lange so, dass Thorsten mich für seine vermeintliche Unzulänglichkeit verantwortlich machte. Auch direkt, aber vor allem zwischen den Zeilen. Ich war nie besser als er. Irgendwann jedoch auch nicht mehr schlechter.« Theresa stockte.

Anna nickte ihr ermutigend zu. Weil Theresa noch immer zögerte, fragte sie nach: »Das war der Moment, in dem er sich für die Bratsche entschied.«

»Ja. Seine Angst vor Aufmerksamkeitsverlust bezog sich aber nicht nur auf die Musik und das Musizieren. Sobald er argwöhnisch wurde, dass jemand seinen Exklusivitätsstatus infrage stellen könnte, machte er alles kaputt. So war das schon im Kindergarten. Über die Jahre steigerte sich das. Die ganze Aufmerksamkeit des Menschen, den er sich jeweils auserkoren hatte, musste ihm gehören. Das hat in der Kindheit unser Verhältnis belastet, weil er unsere Eltern ab meiner Geburt nicht mehr für sich allein hatte. Dann waren es Freunde, dann der jeweilige Freund. Bei Sebastian hat das Ganze ein Ausmaß angenommen wie nie zuvor. Es war eine Obsession ...«

Die Distanz, mit der Theresa die Psyche ihres vor wenigen Tagen durch einen Bero-Scheinwerfer dahingemetzelten Bruders analysierte, jagte Anna einen kalten Schauer über den Rücken, ebenso wie die Geschichten, die sie über Thorstens manipulatives Wesen erzählte. Wie er sie verleumdet hatte, um die Eltern gegen sie aufzubringen, und ihr gleichzeitig eingeredet hatte, wie unzufrieden die Eltern mit ihr wären. Lange habe sie das nicht durchschaut. Erst im Studium, als sie erlebte, wie er mit Kommilitonen das Gleiche machte, meist mit vorübergehendem Erfolg.

»Trotzdem haben Sie mit ihm das Kleistenes-Quartett gegründet«, hakte Anna nach.

»Das war ein Riesenfehler, von vornherein. Hinterher ist man immer schlauer. Es war einem Zufall geschuldet, einem sehr unglücklichen. Eine Lawine, die man nicht mehr aufhalten konnte. Sebastians wegen. Um den habe ich mir am meisten Sorgen gemacht.«

Anna hatte offenbar in ein Wespennest gestochen. Die bisher so reflektierte Erzählung Theresas geriet ins Stocken, wurde emotionaler.

Theresa und Thorsten hatten ihr Studium unabhängig voneinander absolviert. Auch ihre Freundeskreise hatten sich kaum überschnitten – soweit das an ein- und derselben Musikhochschule möglich war. Da waren die drei Jahre Altersunterschied ein echter Vorzug. Ihr Verhältnis hatte sich in dieser Zeit deutlich gebessert, »neutralisiert« nannte es Theresa. Sie hatte es skeptisch gesehen, wenn er sich mit seinen »Freunden« umgab. Denn er hatte andere ausschließlich nach ihrem Nutzen für sich selbst beurteilt, mit wenigen Ausnahmen.

Anna war sprachlos angesichts eines solchen Urteils. Theresa wirkte abwesend, aber bewegt, als sie weitersprach. Anna hatte das Gefühl, dass Theresa sich alles von der Seele reden wollte. Anna machte sich keine Notizen. Nichts von dem, was sie gerade hörte, würde sie so schnell wieder vergessen.

Die Quartettgründung reichte in jene Zeit zurück, als Theresa ihr Diplomstudium abgeschlossen und Thorsten mit Bravour das Aufbaustudium hinter sich gebracht und das Solistendiplom erworben hatte. Thorsten hatte um seine Homosexualität bis dahin kein großes Aufheben gemacht, sie aber auch nicht geheim gehalten. Da Thorsten es mit Menschen weniger hatte, waren auch seine Beziehungen eher zweckorientiert gewesen. Es hatte während des Studiums den einen oder anderen Partner gegeben, bei dem jedoch von Thorstens Seite aus nie das große Gefühl aufkam. Theresa hatte das naturgemäß wenig gewundert. Deshalb hatte sie nicht darüber nachgedacht, eine Begegnung zwischen Thorsten und ihrem besten Freund Sebastian von vornherein zu verhindern. Dieser Tag vor fünf Jahren wäre der einzige Moment gewesen, an dem sie etwas hätte anders machen können. Danach war alles aussichtslos.

Sebastian war jener Typ von schwulem besten Freund, der mit unvergleichlicher Sensibilität 1.000 beste Freundinnen ersetzte. Mit dem man über alles reden konnte, weil das Verhältnis weder eine erotische noch eine konkurrierende Komponente besaß. Theresa und er kannten sich seit Studienbeginn und so gut, dass meist ein Blick genügte, um zu wissen, was der andere dachte und fühlte. Konkurrenz hätte es lediglich an der Geige geben können, aber Theresa war die Fleißigere und Sebastian hatte immer zahllose andere Dinge und Projekte im Kopf. Dass sie – egal, wo es sie nach dem Studium hinverschlug – weiter miteinander Kammermusik machen wollten, stand für die beiden fest. Das stille Einvernehmen, das für kammermusikalische Kommunikation entscheidend war, hatten sie nie trainieren müssen, es war von Anfang an da gewesen.

Anna wollte wissen, ob Theresa damals in Sebastian verliebt war.

Nein, sie sei nie verliebt in ihn gewesen. Das war das Schöne an ihrer Beziehung, dass niemals einer von ihnen etwas anderes gewollt hatte, als das, was sie hatten. Vielleicht hatte sie sich manchmal für Sebastian verantwortlich gefühlt, wie für einen kleinen Bruder, weil er zu wohlmeinend durch die Welt ging und hin und wieder zu freundlich und hilfsbereit war. Sie waren – nur – beste Freunde. Nicht mehr, aber auch nicht weniger.

Anna fragte sich, ob Letzteres möglicherweise ein Problem für Thorsten war. Außerdem konnte sie sich vorstellen, dass diese Form von Freundschaft jede Frau mehr als alles andere suchte. Aber sicher war sie sich nicht. Auf jeden Fall klang alles, was Theresa von der Studienzeit mit Sebastian erzählte, für sie sehr idyllisch.

Noch während Anna ihren Gedanken nachhing, erzählte Theresa weiter.

Seit Beginn ihrer Freundschaft hatte es in Sebastians wie in Theresas Leben immer wieder einen Mann gegeben. Theresa kannte und mochte Sebastians Männer und andersherum. Die wiederum akzeptierten ihre Freundschaft als das, was sie war. Thorsten und Sebastian waren sich in dieser Zeit nie begegnet, da Theresa bewusst Menschen aus ihrem Freundeskreis von Thorsten fernhielt.

So wäre das auch weitergegangen, wenn dieser Tag im Sommer vor fünf Jahren nicht gewesen wäre. Sebastian und Theresa hatten sich zufällig vor der Hochschule getroffen. Weil sie sich unbedingt dies und das erzählen wollten, gingen sie in die Hochschulcafeteria. Theresa hatte einen Termin in der Hochschule und noch ein paar Minuten Zeit. Kaum saßen sie in der Cafeteria, kam im nächsten Augenblick Thorsten hereingeschneit. Er hatte gerade den Vertrag für seinen Lehrauftrag für Kammermusik unterschrieben und war in Feierlaune. In dieser Stimmung war er für gewöhnlich besonders unberechenbar. Schnell entdeckte er in der nachmittäglich leeren Cafeteria seine Schwester und Sebastian.

Theresa erkannte an seinem Blick das Interesse an dem neuen potenziellen »Lieblingsspielzeug«, wie sie das seit jener Zeit nannte, als sie anfing, sein Verhältnis zu Menschen kritisch zu betrachten. Sie war nicht begeistert, als er sich zu ihnen setzte, ließ sich aber nichts anmerken. Ob das ein Fehler war? Vielleicht.

Theresa war davon überzeugt, dass bereits zu diesem Zeitpunkt alles zu spät war. Denn sie sah es Thorsten an, dass er Sebastian haben wollte. Er umgarnte Sebastian mit einem intensiven Gespräch über dessen Befindlichkeiten. Theresa wusste, was daraus resultierte: In ein paar Tagen würde Sebastian ihr versichern, dass zwischen Thorsten und ihm eine Seelenverwandtschaft bestand. Sebastian sprühte bei dieser ersten Begegnung vor Witz und liebenswertem Charme, und Thorsten – davon angetan – zeigte sich von seiner Schokoladenseite.

Hätten Sebastian und Thorsten daraufhin nur ein bisschen Spaß haben wollen, wäre Theresa die Letzte gewesen, die sich darüber beklagt hätte. Aber Thorstens große Liebe zu sein bedeutete, sein Lieblingsspielzeug zu werden. Wie ihr Bruder mit seinen Lieblingsspielsachen umging, wusste Theresa nur zu gut. Von Anfang an sorgte sie sich um Sebastian und hoffte, dass das Ganze eine unerwartete, glückliche Wendung nehmen würde. Zunächst sah es fast danach aus. Thorsten begab sich scheinbar ohne Eigennutz unter Menschen. Man sah ihn in Gesellschaft von Sebastians Freunden beim Bier, im Kino oder bei einem »artfremden« Jazzkonzert. Das hatte er bis dahin noch nie getan. Er ging gelassener mit sich selbst um, hatte ein- oder zweimal in Theresas Gegenwart sogar über sich selbst gelacht. Theresa konnte sich nicht erinnern, dass sie das jemals zuvor erlebt hatte.

Als Sebastian und Theresa neben zahllosen Probespielen um die attraktivsten Geigerstellen ihren Kammermusikplan in die Tat umsetzen und ein Streichquartett gründen wollten, stand es außer Frage, dass

Thorsten mit im Boot war. Christoph Weinmann, mit dem Theresa und Sebastian ebenfalls die gesamte Studienzeit verbracht hatten, sollte seit der vagen Idee während des Studiums, ein Quartett zu gründen, der Cellist sein. Wer die Bratsche spielen könnte, wussten sie damals noch nicht. Und jetzt – angesichts der rosa Brille, mit der Sebastian Thorsten betrachtete – gab es keine Alternative zu Thorsten mehr. Allein die Erwähnung einer anderen Option hätte ihrem Jugendtraum-Projekt vermutlich den Todesstoß verpasst, weil Sebastian dann nicht mitgemacht hätte. Also: Quartett mit Thorsten.

Am Anfang ging es auch gut, obendrein freuten sich ihre Eltern darüber, dass die beiden Kinder gemeinsam Kammermusik machten, nach so langer Zeit, in der gemeinsames Musizieren ausgeschlossen schien. Warum sollte ausgerechnet Theresa der allgemeine Spielverderber sein?

Wenige Wochen nachdem Thorsten und Sebastian in den sozialen Medien mit putzigen Fotos kundtaten, dass sie ein Paar waren, spielte das Kleistenes-Quartett sein Gründungskonzert.

Warum das Ensemble Kleistenes-Quartett hieß, verstand Theresa bis heute nicht. Ob es Christoph begriffen hatte, wusste sie nicht. Thorsten und Sebastian tauchten eines Morgens mit dem Namen zur Probe auf, und ab da führte kein Weg mehr an dem Namen vorbei. Theresa fiel dazu nur der antike Staatstheoretiker Kleistenes ein. Doch was hatten sie mit seinen Reformen zu tun? Damit hielt sie Thorstens Überlegenheitsmiene fürs Erste noch stand. Der meinte, das sei egal, das merke sowieso keiner. Außerdem seien die guten Namen alle vergeben. Jedenfalls klinge es unvergleichlich gelehrt. So etwas konnte nur von ihrem Bruder Thorsten, dem Klugschwätzer kommen. Der Name widerstrebte ihr zwar, aber die Schlacht konnte sie nicht gewinnen. Das Quartett wurde also nach Kleistenes benannt, und tatsächlich fragte niemand wieso. Zum Glück!

Anna bemerkte, dass sie sich diese Frage auch nie gestellt hatte, und war peinlich berührt von der eigenen Blindheit, wenigstens Naivität.

Sebastian und Theresa einigten sich, dass sie die erste Geige im Quartett spielte, weil Sebastian zahlreiche Aufgaben außerhalb des Quartetts hatte. Sebastian war genauso gern Special Guest diverser Jazz-Formationen wie er Salonmusik machte. Genau diese Vielseitigkeit schätzte Theresa an ihm. Thorsten war darüber nicht begeistert, aber akzeptierte das damals noch.

Anna erinnerte sich dunkel, dass sie Sebastian Mönkeberg früher in ganz verschiedenen Kontexten sehr erfrischend erlebt hatte. Das musste ewig her sein. »Warum hat er damit aufgehört? Die Quartettverpflichtungen waren doch überschaubar – gerade in letzter Zeit«, fragte sie.

»Thorsten«, antwortete Theresa lakonisch. »Thorsten hat dafür gesorgt, dass Sebastian bei allem, in das er selbst nicht eingebunden war, irgendein Haar in der Suppe fand. Natürlich eins nach dem anderen. Immer wenn Sebastians Fokus zu sehr von Thorsten abgelenkt wurde.« Beim Salonorchester gab es plötzlich Zoff mit dem Pianisten um die Arrangements. Eigentlich unvorstellbar bei Sebastian. Bei den Muggen mit dem Jazz-Trio fühlte er sich kurz darauf schlecht abgemischt. So ging das weiter. Sebastians Freundeskreis wurde überschaubar. Immer wenn Theresa oder jemand anderer den Vorschlag unterbreitete, etwas zusammen zu unternehmen, oder um Hilfe bei etwas bat, musste sich Sebastian bei Thorsten rückversichern. Meistens mit dem Ergebnis einer Absage. Zeitversetzt. Und Sebastian merkte nicht einmal, dass das »gemeinsame« Entscheiden nichts mit Gleichberechtigung in der Beziehung zu tun hatte. Der früher selbstsichere Sebastian schritt immer mehr wie ein Zombie durch die einst vertraute Welt, in der er jeden gekannt und nahezu jeder ihn gemocht hatte. Allmählich wurde er unsichtbar.

Das Quartettprojekt lief im Gegensatz zu allem anderen in Sebastians Leben noch recht gut. Denn hier war Thorsten dabei und konnte kontrolliert Sebastians Bedürfnissen nach Verwirklichung nachgeben. Sebastian ging voll auf in dem Projekt, da es mittlerweile neben Thorsten seine einzige Aufgabe war. Wobei Thorstens Freund zu sein schon einen Vollzeitjob bedeutete. Thorsten brauchte Aufmerksamkeit beim Kochen, beim Putzen, wenn er das selbst machte, und beim Fitnesstraining. Die Ergebnisse seiner Körperpflege, seines Online-Shoppings und seines musikalischen Wirkens mussten bewundert werden.

Dann kam die Zeit, in der der Lehrauftrag im Sande verlief. Theresa wusste von vornherein, dass Unterrichten bei Thorstens Frustrationsschwelle ein Problem werden würde. Er hatte keine Ahnung davon, wie es sich anfühlte, sich für irgendein Ziel anstrengen zu müssen. Das Einzige, was er nachhaltig mit Passion betrieb, war Zerstörung. Mit dem Lehrauftrag fiel auch sein Publikum an der Hochschule weg. Sebastian musste diese Lücke füllen, auf Kosten seiner wenigen noch vorhandenen Freiheiten. Obendrein hatten sich die beiden inzwischen eine gemeinsame Wohnung gesucht, für Theresas Geschmack zu schnell. So verstärkte sich Thorstens Einfluss, aber auch Sebastians Abhängigkeit.

Wie in einer Sekte, fuhr es Anna durch den Kopf, nur dass das eine Sache zwischen zwei Menschen war, die sich auf eine Liebes-, nicht auf eine Machtbeziehung eingelassen hatten. Oder konnte das unter Umständen ein- und dasselbe sein? Anna fröstelte. Für eine Individualistin wie sie war das unvorstellbar.

Theresas Kontakt zu Sebastian beschränkte sich nun auf die Konzerte und die Proben des Quartetts, deren Anzahl jedoch auch abnahm. Sebastians soziale Kontakte reduzierten sich auf das Quartett. Ansonsten gab es nur noch Thorsten. Sie spürte es in jeder Geste der beiden, in jedem Wort. Sie hatte Angst um Sebastian, weil sie ahnte, dass er sich niemals wehren würde.

Wie das berüchtigte Stockholm-Syndrom, bei dem das Opfer bei einer Entführung Sympathie gegenüber dem Täter entwickelt, dachte Anna. Nur ohne vorherige Geiselnahme. Sie hörte weiterhin gebannt zu, war sich aber nicht sicher, ob sie das Ende der Geschichte wirklich hören wollte.

Theresa kannte Thorstens Gier nach Aufmerksamkeit seit ihrer Kindheit, aber spätestens mit Sebastian hatte diese Obsession pathologische Ausmaße angenommen. Inzwischen reichte ein freundlicher Blick in Sebastians Richtung, um mit Thorstens Bannfluch belegt und systematisch aus Sebastians Sympathieradius entfernt zu werden. Sebastian konnte oder wollte das nicht sehen.

Und dann war Theresa an der Reihe. Es war vor Probenbeginn. Die beiden besprachen eine winzige Passage, die nur sie betraf. Sie saßen, spielten, diskutierten – fast wie in alten Zeiten. Sebastian empfand das auch so, denn er kramte eine Anekdote aus ihrer Studienzeit aus, über die sie lachen mussten. In diesem Moment betrat Thorsten den Raum. Abschätzig und hasserfüllt sog er die Szene in sich auf. Theresa wusste, was das bedeutete. Gerade bei ihr würde Thorsten nicht lange fackeln. Wahrscheinlich waren die Tage des Quartetts gezählt. Und damit auch Sebastians letzter Draht zur Welt gekappt. Sie war sich sicher: Sie konnte die Zerstörung des letzten Rests der großartigen Persönlichkeit von Sebastian nicht verhindern, solange Thorsten da war …

Die anschließende Probe war der Horror. Thorsten gelang es in bemerkenswerter Weise, Sebastian gegen Theresa auszuspielen. Er unterstellte Theresa, sie wolle Sebastian nur kontrollieren.

»Genau das, was er machte«, entfuhr es Anna.

»Es gelang ihm, ganz genau meine spielerischen Schwierigkeiten vorauszusagen. Vielleicht löste er sie damit auch erst aus – jedenfalls kam es an den jeweiligen Stellen genau so, wie er es gesagt hatte. Ich verspielte mich immer häufiger, die Arbeitsergebnisse waren schlagartig katastrophal. Gut waren sie längst nicht mehr gewesen. Ohne Frage machte Thorsten auch zu Hause mich dafür verantwortlich. Sebastian ging mir aus dem Weg. Er wirkte, als hätte ich ihn verletzt. Ich hatte jedoch keine Ahnung, wann und wie.«

Noch bevor Thorsten es auf Theresa abgesehen hatte, hatte Christoph eines Tages ein neues Projekt initiiert. Er war ein passionierter Verfechter historisch informierter Spielweise und schlug vor, Haydn-Quartette auf Originalinstrumenten nach Methoden der historisch informierten Aufführungspraxis zu erarbeiten und auf CD einzuspielen. Die Idee stieß bei Theresa zuerst nicht auf Begeisterung, denn es würde Jahre dauern, alle Haydn-Quartette in ansprechender Qualität hinzubekommen. Außerdem legte sich heute kaum jemand noch CDs zu. Aber sie sah, wie Sebastian aufblühte. Also stürzte sie sich mit in die Arbeit. Irgendwann kam Mozart dazu – und der Gedanke, das Ganze um Ausgrabungen zu erweitern. Ein Lebensprojekt. Es weckte Theresas Hoffnungen. Daher ließ sie sich auch auf die vage Kommunikation Richtung Öffentlichkeit ein, obwohl vieles noch nicht sicher war. Sie wollte Sebastians Begeisterung so lange wie möglich aufrechterhalten.

Ein Satz historischer Instrumente musste beschafft werden. Den beiden jungen Geigern war es gelungen, sehr gute Leihgaben von einer Stiftung zur Verfügung gestellt zu bekommen. Der alte Musik-Freak Christoph verfügte längst über ein Instrument, in das er das gesamte, nicht kleine Erbe seiner Großeltern investiert hatte. Auch Thorsten hatte ein passendes Instrument in petto – die nachgebaute Stradivari. Er hatte sie sich kurz vor Christophs Idee zugelegt, sie sogar verhältnismäßig günstig bekommen. Ein Glücksgriff, wie sich bald zeigte. Nach seinem Kauf erlangte das Original durch diverse Verkäufe Legendenstatus am Markt. Das ließ auch den Wert der Kopie gigantisch in die Höhe schnellen. Obendrein verbesserte die Strad-Kopie das Klangbild des Quartetts und namentlich des Haydn-Projekts, das sie wacker angegangen waren.

Bis zu jener Begebenheit, als Theresa und damit auch das Quartett auf Thorstens Schwarze Liste gerieten. Er plante ab jetzt an einem neuen privaten Projekt und suchte nach einem Häuschen für sich und Sebastian in einem winzigen Nest am Rande der Zivilisation. Dass er das wörtlich meinte und auswandern wollte, erfuhr sie erst vor Kurzem von Dr. Rundel.

Man konnte nicht mehr mit Thorsten reden, und Sebastian war blind für die Tatsache, dass Thorsten offenbar nicht mehr zurechnungsfähig war. Er wäre ihm überallhin gefolgt, weil er sich inzwischen eine Existenz ohne Thorsten nicht mehr vorstellen konnte. Gleichzeitig hatte Sebastian immer öfter diesen zutiefst traurigen Blick, den Theresa nicht ertragen konnte. Sie fragte ihn nicht, wie es ihm gehe. Er hätte immer beteuert, dass er absolut glücklich sei.

Um dieses Häuschen am Rande der Zivilisation in Südamerika oder Südeuropa, wie Dr. Rundel sagte, zu finanzieren, entschied Thorsten, sich von dem Stradivari-Nachbau zu trennen. Allein das hätte als Beweis für seine Unzurechnungsfähigkeit genügt. Selbst Sebastian hatte vorsichtig angemerkt, dass er das nicht für Thorstens besten Einfall halte. Thorsten reagierte darauf wohl mit der Androhung sofortigen Liebesentzugs, das ließ Sebastian für gewöhnlich sofort einknicken. Auf jeden

Fall stellte er Thorstens Entschluss nicht noch einmal infrage.

Der Verkauf der Strad-Kopie, die Hauspläne, das eigene Projekt bedeuteten unter Umständen auch das Ende des Quartetts. Das beschäftigte neben Theresa auch Christoph, der eine Menge Zeit und Energie in die Realisierung der Haydn- und Mozart-Einspielungen gesteckt hatte. Sebastian und Thorsten schwiegen dieses Thema tot. Thorsten machte sich ohnehin rar. Theresa vermisste ihn nicht, aber um Sebastian machte sie sich Sorgen. Das konnte sie nicht mitansehen. Weil die Stimmung und die musikalische Leistung am Boden waren, beschlossen sie, eine »Kreativpause« zu machen. So entstand die Idee dieses vorläufig letzten Konzertes vor der Pause, das auf Thorstens Wunsch im In-and-Out stattfinden musste.

Warum, wurde Theresa erst später klar. Es ging um den Verkauf der Bratsche. Thorsten hatte bereits mit Habakuk einen Interessenten gefunden, der ihm das Eineinhalbfache des Preises anbot, den er selbst bezahlt hatte. Das hatte Thorsten jedoch für die Umsetzung seiner Pläne nicht gereicht, und es war nur die Hälfte von dem, was der Versicherungsgutachter geschätzt hatte. Als dieser Chinese auftauchte, der bereit war, die genannte sechsstellige Summe hinzublättern, hatten bei Theresa sämtliche Alarmglocken geschrillt. Damit hätte Thorsten freie Bahn, mit seinem Lieblingsspielzeug zu verschwinden, das er dann am Rande der Zivilisation endlich als Trophäe in die Vitrine stellen könnte.

Wie es dann kam, dass Thorsten nicht an den Chinesen verkaufte, wusste Theresa nicht, wahrscheinlich ging es Thorsten nicht schnell genug. Der wurde endgültig paranoid. Er meldete sich wieder bei Habakuk und wollte ihm die Bratsche zu dem ursprünglich genannten Preis verkaufen, sie ihm sogar unmittelbar nach dem Konzert übergeben.

Dass er das Konzert auf diesem Instrument spielen musste, war Theresas Idee gewesen. Sie hatte einen Interessenten für eine Mozartquartett-Reihe auf dem historischen Instrumentensatz in einem international renommierten Konzerthaus gefunden. Für diesen Interessenten wollte sie die »Kleine Nachtmusik« an diesem Abend mitschneiden. Mit Thorsten gab es deshalb im Vorfeld ewige Streitereien.

»Mit voller Absicht hat er sich während des Konzerts an einer Stelle verspielt, an der das keinem Profi-Musiker passieren würde. Thorstens einziger Ehrgeiz war, zu intrigieren und zu manipulieren. Musikalische Qualität interessierte ihn an dem Abend längst nicht mehr. Dieser Verspieler beseitigte meine letzten Skrupel …« Theresa hatte während der letzten Sätze leise angefangen zu weinen.

Anna saß wie erstarrt mit ihrem albernen Notizblock in der Hand, auf den sie nichts schrieb.

»Er musste weg. Wenn nicht er, dann diese unselige Bratsche …«

Langes Schweigen.

»Entschuldigen Sie mich …« Theresa deutete an, ihr verweintes Gesicht in Ordnung bringen zu wollen.

Anna steckte im Bann der trostlosen Geschichte fest und war noch nicht in der Lage, zu erwägen, was sie daraus machen sollte.

Sie starrte noch immer vor sich hin, als Frau Steinmüller den Raum betrat.

Diese schien verwundert. »Oh, Sie sind noch da. Ich dachte, Sie sind längst gegangen, weil Theresa gerade weggefahren ist. Brauchen Sie noch etwas?«

Anna schüttelte verneinend den Kopf. Die Situation nahm ihr den Atem.

»Ein paar Fotos vielleicht von früher? Wann erscheint denn das Porträt?«

Anna überlegte ernsthaft. »Am Samstag – vermutlich.« Das war die Wahrheit. Aber wie sie alles, was sie jetzt wusste, in ein paar läppische Worte packen sollte, die dann ein öffentliches Eigenleben führten, konnte sie sich beim besten Willen nicht vorstellen.

38

So musste es sein, wenn Menschen sagten, ihnen fiele die Decke auf den Kopf. Dieser Zustand war Habakuk völlig unbekannt. Er tigerte von der einen Ecke seiner Wohnküche in die andere. Vielleicht war es keine gute Idee gewesen, dass Anna allein mit Theresa Steinmüller redete. Vielleicht war das sogar eine ganz blöde Idee gewesen. Nicht, weil er Theresa gegenüber misstrauisch war. Aber wer wusste, was Anna mit ihren Fragen aufwühlte und was da im Hause Steinmüller lauerte …

Nein, nein, nein! Er konnte nicht länger warten. Doch er hatte Anna versprochen, die Stellung zu halten, falls Katrin Voitel sich mit neuen Informationen meldete. Er hatte hoch und heilig versprochen, erst etwas zu unternehmen, wenn er bis 17 Uhr nichts von Anna gehört hatte.

Jetzt war es 16.50 Uhr und Habakuk konnte sich nur schwer davon abhalten, zum Telefon zu greifen. Er malte sich bereits seit einer halben Stunde die schaurigsten Dinge aus. Immerhin ging es um Mord! Und er, Habakuk C. Brausewind, hatte sie da hineingezogen. Er drehte noch eine Runde mit dem Putzlappen in seiner Küche, die bereits so sauber war, dass sie für eine Putzmittelreklame herhalten könnte.

16.59 Uhr – jetzt hielt Habakuk nichts mehr. Er wählte Annas Nummer.

Sie ging direkt dran. »Habakuk, gut, dass du dich meldest. Ich wollte dich auch gerade anrufen. Können wir uns sofort treffen?«

»Natürlich, davon bin ich ausgegangen.«

»Wir müssen ins In-and-Out. Meinst du, Frille ist noch da?«

»Ich rufe ihn an. Vielleicht haben wir Glück!«

»Sehen wir uns gleich dort?«

Habakuk bejahte.

Nach einer kurzen Pause fragte Anna am anderen Ende zögernd: »Habakuk … Traust du Theresa einen Mord zu?«

Annas Tonfall war im Verhältnis zu all ihren Diskussionen der letzten Tage so zurückhaltend und erschrocken, dass es Habakuk kalt den Rücken hinunterlief. Beiden wurde erst jetzt die volle Konsequenz ihres Detektivspiels klar: Einen Mörder zu jagen, ein Verbrechen aufzuklären, bedeutete, ihn den Strafbehörden zu überantworten, wenn man ihn hatte, und ihn damit sehr wahrscheinlich ins Gefängnis zu bringen. Auch wenn es sich dabei um jemanden handelte, der ihnen sympathisch war.

Jetzt nur nicht sentimental werden, dachte Habakuk, und womöglich auf der Zielgeraden schlappmachen. Dann entspräche er wieder dem lebendigen Bratscher-Witz. Nein, da musste er jetzt durch! Immerhin hatten sie es bis hierhin geschafft. Also schnell ins In-and-Out. Habakuk war schon fast aus der Tür, da fiel es ihm ein. Er kehrte um und stellte eine Waschbär-Cola kalt, die er, seit er Anna kannte, immer im Hause hatte. Für den Fall, dass es etwas zum Anstoßen gab. Frille wollte er von unterwegs anrufen.

39

Anna und Habakuk stürmten fast gleichzeitig die Treppe zum kleinen Regieraum des In-and-Out hinauf – Frilles Refugium. Der saß mit einem Bier – er hatte längst Dienstschluss und sein freier Abend stand bevor – an seinem ausgeschalteten Computer neben dem Mischpult. Über dessen Größe wunderte sich Anna immer, wenn sie es ins Verhältnis zur Größe des Clubs setzte. Habakuk hatte ihr im Laufe der Woche bereits dreimal milde lächelnd gesagt, dass es keinen Zusammenhang zwischen der Größe des Raumes und der des Mischpults geben musste. Er hatte zu längeren Erklärungen ausgeholt, die damit begannen, dass solche Analog-Mischpulte viel Platz brauchten, aber riesige Shows inzwischen digital mit Tablet-Computern gefahren werden konnten. Wegen des verwirrten Blicks seiner klassikexklusiven Kritikerfreundin hatte er seine Ausführungen jedes Mal schnell wieder aufgegeben. Anna wunderte sich deshalb heute nur im Stillen.

Frille mochte Heinz gern. Trotzdem bedeutete das keinesfalls, dass er fortan jeden Abend mit ihm und seiner Miss Marple verbringen wollte. Er hatte immerhin noch so etwas wie ein Privatleben, und mit freien Abenden war sein Alltag ohnehin nicht übersät. Seine Begeisterung hatte sich in Grenzen gehalten, als kurz nach fünf Heinz' Nummer auf seinem Handy-Display erschienen war und der vorbeikommen wollte, um etwas zu »klären«. Okay, Anna und Heinz hatten auch dafür gesorgt, dass das Ganze nicht an der In-and-Out-Technik, an seinen Leuten, letztlich an ihm kleben blieb. Aber irgendwann war es mal gut. Wobei Frille zugeben musste, dass er schon neugierig war, was die beiden herausgefunden hatten. Er bot den beiden ein Bier an, das Habakuk gern annahm.

Anna zeigte keine Reaktion auf das Angebot und fragte außer Atem: »Frille, könnte auch eine Frau den Bero gelockert haben?«

Frille sah sie entgeistert an. »Ja klar! Warum nicht? Das ist weder eine große Kraftsache, noch ist das hier ein reiner Männerjob. Aber bei uns arbeiten keine Frauen. An mir liegt es nicht, das könnt ihr mir glauben. Theoretisch kann es also sein, praktisch eher nicht, denn wir waren uns doch einig, dass derjenige Ortskenntnisse –«

»Ortskenntnis kann auch jemand haben, der hier nicht als Techniker arbeitet, sondern einfach mal mit in der Regie war«, fiel ihm Anna ins Wort.

»Hm, schon möglich, unsere Freundinnen bekommen einiges mit«, lenkte Frille ein. »Aber das ist ja total bescheuert! Verdächtigt ihr etwa meine Freundin? Außerdem: Warum soll das jetzt eine Frau gewesen sein?«

»Anna!«, sagte Habakuk halb mahnend, halb fragend. Einerseits versuchte er aufzuhalten, was jetzt kommen würde. Andererseits wollte auch er wissen, wie Anna auf ihre neueste Hypothese verfallen war.

Anna fasste die wesentlichen Punkte ihres Gesprächs mit Theresa zusammen. Habakuk und Frille saßen nicht weniger betreten vor Anna als die vor nur einer Stunde bei Theresa.

»Motiv und Gelegenheit …« Habakuk fand nach einer langen Stille als Erster die Sprache wieder. »Ein Motiv hätten wir. Aber die Gelegenheit …«

»Die hatte sie auch«, unterbrach ihn Frille.

»Doch das Know-how …« Habakuk hoffte immer noch, Theresa entlasten zu können.

»Leider auch – zumindest theoretisch.«

»Woher willst du das wissen?«, fragte Habakuk feindselig.

»Erinnerst du dich nicht mehr, dass Theresa eine Weile mit Uwe zusammen war? Zu der Zeit, als Sebastian noch regelmäßig Jazz spielte.«

Habakuks Erinnerung kehrte langsam zurück.

Frille ergänzte: »Wenn du mich fragst, war das zu der Zeit, als wir die neuen Beros kriegten. Uwe hat einen solchen Hype um die Dinger gemacht, dass das auch an seiner damaligen Freundin nicht spurlos vorbeigegangen sein kann. Ich könnte ihn fragen. Aber ich bin mir verdammt sicher, was Uwe und die Zeitschiene angeht.«

Frille und Habakuk klärten die verwirrte Anna auf. Der Lichtfanatiker Uwe habe so leidenschaftlich für die neuen Moving Lights geschwärmt, dass das nicht jenseits der Tür des In-and-Out aufgehört haben konnte.

»Gut möglich, dass Theresa ziemlich viele technische Details von Uwe erfahren und diese verinnerlicht hat.« Habakuk gab das nur ungern zu.

»Mit der Kenntnis ist es ein Leichtes, die Verankerung zu lockern. Uwe kann sehr gut erklären, wenn er ins Schwärmen kommt«, stimmte ihm Frille zu.

»Da hast du recht. Auch die Abläufe im In-and-Out sind ihr bekannt. Dennoch sehe ich nicht die Gelegenheit, die konkrete Gelegenheit, um …«, versuchte es Habakuk mit letzter Hoffnung.

Frille schaute ihn resigniert an. »Die Musiker waren schon da, als ich am Samstagnachmittag kam. Sie wollten noch proben, was sie aber nicht groß gemacht haben, wie gesagt. Theresa war schon im Saal, und dort waren die Traversen mit den Scheinwerfern noch unten. In der Zeit hätte sich, wie ich bestimmt schon hundertmal gesagt habe, jeder daran vergreifen können. Auch Theresa!«

»Aber die Programmierung«, triumphierte Habakuk, »die kann sie nicht allein gemacht haben.«

»Doch, theoretisch auch das. Das ist nicht so schwer. Wenn sie jemandem regelmäßig über die Schulter geschaut hat, bekam sie das hin. Es geht ja nicht um die Programmierung einer komplizierten Bühnenshow, sondern darum, ein Moving Light innerhalb der nächsten halben Stunde in Gang zu bringen. Den genauen Zeitpunkt musste sie gar nicht festlegen.«

»Aber Anna hat den mysteriösen Unbekannten gesehen.«

»Eben nicht wirklich«, stöhnte Anna. »Er war sehr klein und sehr schmal. Ich habe mich nie gefragt, ob es auch eine Frau gewesen sein konnte. Mein Fehler! Auf die Hose habe ich nicht geschaut. Ich kann nicht sagen, ob die Person eine Arbeitshose trug.«

Habakuk gab allmählich seinen inneren Widerstand auf. Er sah ein, dass Theresa Motiv und Gelegenheit gehabt haben könnte – was seiner gewohnten Ermittlerleidenschaft einen kräftigen Dämpfer verpasste.

»Da ist noch etwas …« Frille zögerte, vor allem, weil ihm das jetzt erst einfiel. Das war in erster Linie der Tatsache geschuldet, dass er sich eine Frau, die mit einem Scheinwerfer mordet, bis jetzt nicht hatte vorstellen können. »Es gab etwas, das die Pause so in die Länge gezogen hat«, sagte er kleinlaut. »Als ich in die Gemeinschaftsgarderobe kam, um die vier auf die Bühne zu holen, war Theresa noch nicht zurück – von der Toilette, sagten ihre Kollegen.«

Anna und Habakuk starrten Frille entsetzt an.

»Als sie kam, hatte sie eine Tüte mit Klamotten in der Hand, die sie auf einen der Sessel warf. Ich dachte, dass sie verschwitzt war und ihr Oberteil nicht vor den Jungs wechseln wollte. Ist ja ganz schön heiß auf der Bühne.«

Habakuk überlegte, ob er jemals in der Pause Hemd oder T-Shirt gewechselt hatte, konnte sich aber nicht erinnern und musste zugeben, dass der Gedanke abwegig war bei so einem Programm.

»Wir haben noch etwas übersehen.« Anna wirkte zerknirscht. »Oder fehlinterpretiert.«

Die beiden Männer schauten sie erwartungsvoll an.

»Wir haben uns nur gefragt, wer bei dem Stuhl- und Pultverschieben was wohin bewegt hat, nie was wovon weg.«

»Stimmt«, meinte Habakuk.

»Du hast dich zwar gewundert, warum Theresa den Raum scheinbar vergrößern wollte, hast aber genau wie ich in die falsche Richtung gedacht.«

»Richtig, wir haben beim Blick auf die Aktion der Musiker immer den Steinmüller'schen Blackout mitgedacht.«

»Stattdessen wollte sie alles aus der Gefahrenzone bringen außer Thorsten und – verzeih Habakuk – der Bratsche.

»Woher wusste sie, wo die Gefahrenzone ist?« Habakuk wollte nicht wahrhaben, dass die geistvolle, liebenswerte Theresa eine mit so viel Vorsatz handelnde Mörderin sein sollte.

»Wäre es nicht ein Leichtes gewesen, vor dem Hochziehen der Traverse am Nachmittag eine Markierung am Bühnenboden anzubringen?«, fragte Anna in die Runde.

»Wäre es«, stöhnte Frille, den Kopf in die Hände gestützt.

»Hätte die Spurensicherung die dann nicht gefunden?« Dass dieses Argument ausgerechnet von Habakuk kam, fand Anna rührend.

»Nicht unbedingt. Die Bühne ist voller Markierungen, das müsstest du doch wissen!«, sagte Frille. »Wie gesagt war die Kindershow von Sonntag parallel schon abgeklebt.« Frille sprang auf, schaltete das Saallicht an und machte sich auf den Weg nach unten.

Anna und Habakuk stürmten hinter ihm her, schwangen sich die Wendeltreppe hinab und betraten den Saal.

Auf dem Podium, an dem das Unglück nicht spurlos vorbeigegangen war – es brauchte mindestens einen neuen Anstrich –, fanden sich beim Hinsehen die Reste einiger Markierungen. Eine unterschied sich von den anderen, weil sie nicht aufgeklebt, sondern kreuzförmig in den Boden eingeritzt war. Sie hatte einen Durchmesser von etwa 20 Zentimetern.

Frille sagte kopfschüttelnd: »So etwas macht keiner von uns.«

Habakuk konnte sich die Nachfrage nicht verkneifen, ob das keine zufälligen Kratzer sein könnten, entstanden durch den Unfall zum Beispiel.

Frille biss sich, abermals den Kopf schüttelnd, auf die Oberlippe. »Nein, das ist eindeutig eine Markierung. Wie konnten wir die nur übersehen?«

»Es ist immer leichter, wenn man weiß, was man sucht«, konstatierte Anna und ging langsam aus der Saaltür.

Anna und Habakuk saßen auf der Hintertreppe des In-and-Out. Der Ort war fast schon zum Lieblingsplatz der Club-Skeptikerin Anna Schneider geworden in diesen letzten paar Tagen. Beide hingen ihren Gedanken nach. »Gedrückt« war wohl der passende Begriff für ihre Stimmung.

Habakuk war der Erste, der seine Worte wiederfand. »Ich habe mir das anders vorgestellt, das Gefühl, den Fall gelöst zu haben. Euphorischer.«

»Vielleicht, wenn es gerechter wäre. Theresa hat ihr Leben lang unter Thorsten gelitten.«

»Es hilft ja nichts. Zum Scheinwerfer hat trotzdem sie gegriffen und nicht Thorsten, der große Manipulator.«

»Hmmm.«

Sie mussten Kommissarin Voitel sowie Kramer informieren. Beides widerstrebte Anna, und so beschloss sie, noch einmal ganz tief durchzuatmen und die Atmosphäre dieser Hintertreppe auf sich wirken zu lassen, bevor sie zum Telefon griff. In dem Moment vibrierte es in ihrer Tasche. Sie hatte eine Textnachricht erhalten.

Auf den Absender musste sie nicht schauen, schon beim ersten Satz war alles klar.

Liebe Anna, danke fürs Zuhören. Es hat gutgetan, alles zu sagen. Den Rest haben Sie sicher inzwischen selbst herausbekommen. Ich gehe jetzt zur Polizei und stelle mich. Sie sollen das zuerst wissen, Sie haben es verdient! Machen Sie etwas aus dem Text! Sie sind eine Superspürnase. Alles Gute! Und bitte sagen Sie Habakuk, dass es mir leidtut wegen der Bratsche.
Theresa

Anna war erleichtert, dass ihr die Denunziation bei Voitel erspart blieb. Dennoch machte sie Theresas Nachricht noch trauriger. Wie sie den Beitrag im »Täglichen Anzeiger« gestalten würde, wusste sie noch nicht. Immerhin lag dies zumindest etwas in ihrer Hand.

Anna und Habakuk erhoben sich und gingen langsam aus dem Hinterhof. Man sah beiden an, dass diese Woche sie Kraft und Energie gekostet hatte. Aber sie waren zu einem Team geworden. Anna fragte Habakuk, ob er trotzdem mit ihr anstoßen wollte – morgen Nachmittag, wenn sie ihren Text geschrieben hatte, auf ihrer Terrasse. Wenn sie ehrlich war, hatte sie sich an Habakuks Anwesenheit gewöhnt und würde ihn morgen gerne wiedersehen. Vielleicht hatte sie auch ein bisschen Angst, allein zu sein, wenn der Druck abfiel.

40

Das war es also, das Leben des Thorsten Steinmüller, die vielversprechende Enthüllungsgeschichte der Musikjournalistin Anna Schneider. Verpackt in einen Nachruf, der wenig Sympathien wecken würde.

Anna drückte auf den Senden-Button des E-Mail-Programms.

Sie hatte in einem Anflug von Mitleid beinahe »R.I.P.« oder »Run free, Thorsten« unter den Text geschrieben, dem Drang dann aber doch widerstanden. Sie wusste, dass Thorsten nie er selbst gewesen war und sein Kontrollwahn daraus resultierte, dass er sich selbst im Wege gestanden hatte. Doch welcher Leser hätte das verstanden bei gerade mal 70 Druckzeilen – die Länge einer durchschnittlichen Konzertkritik? Durchschnittlich, das war auch Annas Nachruf. Sie hatte ihn sich abgerungen.

Sie hatte die E-Mail an die Redaktion gerade abgeschickt, als sie ein Knarzen auf der Treppe hoch zur Terrasse hörte. Sie saß oben mit ihrem Laptop auf den Knien.

Habakuk ... Anna hatte ihn völlig vergessen. Er war gekommen, als Schrottheimer ihren Reportageplatz gestrichen und die ursprüngliche Textlänge auf ein Viertel zusammengestrichen hatte. Sie hatte ihm die Tür geöffnet und ihn dann vergessen. »Warte mal, ich sende kurz den Text ab«, hatte sie gesagt. Das war vor ... wann eigentlich?

Habakuk hatte bis jetzt unten ausgeharrt und stand nun in der Terrassentür. »Ich dachte, wir haben trotzdem Grund zum Anstoßen.« Er hielt zwei Gläser in der Hand, gefüllt mit … Eis, Zitronenscheibe, Cola.

Egal, wie das mit Habakuk weiterging, ob es überhaupt weiterging, Anna musste es ihm endlich sagen. Besser spät als nie. »Haba… Heinz, danke!« Sie startete einen neuen Versuch. »Heinz, da ist etwas, dass ich dir schon die ganze Zeit sagen wollte.« Pause.

»Anna, du musst nichts sagen, es ist alles gut, wie es ist. Meinetwegen …«

»Ich … ich … Weißt du, eigentlich trinke ich keine Cola.«

Habakuk war verwirrt. »Aber …«

Anna sprang auf und lief die Treppe hinunter in die Küche. Habakuk stand immer noch mit offenem Mund und zwei Colagläsern in der Hand da, als Anna zurückkam, gleichfalls bewaffnet mit zwei Gläsern und einer Flasche AOC Bordeaux.

Sie setzten sich, stießen miteinander an und lauschten schweigend den Geräuschen der sommerlichen Stadt. Die Ermittlungen waren nicht spurlos an ihnen vorbeigegangen.

Annas Gedanken schweiften ab. Sie war froh, sich auf nichts konzentrieren zu müssen.

»Also, war spannend … Man sieht sich …«, holte sie Habakuks Stimme nach einer Weile ins Hier und Jetzt zurück.

»Man sieht sich«, antwortete sie automatisch. Sie hörte durch die beruhigende Abendstille ein Knarzen, das ihr vertraut erschien, und wendete den Blick in die

Richtung, aus der es kam. Habakuk hangelte sich elegant und linkisch zugleich die Wendeltreppe hinunter.
»Mach's gut, Habakuk C. Brausewind.«
Moment mal – er ging. Stopp! Anhalten! Sie wollte ihn doch noch fragen … Die Tür fiel ins Schloss. »Haba…« Anna raste die Treppe nach unten. »Heinz …« Mit einem großen Satz wollte Anna über den Korb mit der Bügelwäsche springen. Wie eine Trickfilmfigur, die über dem Abgrund verlangsamt und dann hektisch versucht, den Fall aufzuhalten, ruderte sie mit allen vier Gliedmaßen wild um sich, denn da war nichts. Leer, der ganze Wäschekorb. Die Wäsche? Gebügelt und säuberlich gefaltet auf Annas Minicouch.
»Haba… Haaaa… Heinz!«
Er hatte sich des Haufens erbarmt, während sie aus einer großen dramatischen Enthüllungsgeschichte einen lapidar freundlichen Nachruf gebastelt hatte. Glatter als sie es je vermocht hätte. Sie stürmte zum Badfenster, das zur Straße zeigte. Da schlenderte er. Langsam, mit weit ausholendem Schritt trottete er in Richtung Straßenbahnhaltestelle. »Haba… Danke!«
»Gern geschehen!«, winkte er nach oben.
»Habakuk C. Brausewind, wofür steht das ›C.‹?«
»Caesar. Wie der römische Kaiser. Antik.«
Anna kämpfte mit dem Lachen. »Man sieht sich, Heinz Caesar.« Sie freute sich auf dieses Wiedersehen.

*Weitere Titel finden Sie auf den
folgenden Seiten und im Internet:*

WWW.GMEINER-VERLAG.DE

Anne Nordby
Eis. Kalt. Tot.
Thriller
505 Seiten
13,5 x 21 cm,
Premium-Klappenbroschur
ISBN 978-3-8392-0024-7
€ 16,00 [D] / € 16,50 [A]

Wenn sich die beschaulichen Gassen von Kopenhagen in einen Ort des Grauens verwandeln und du nicht weißt, ob du das nächste Opfer bist …

Ein bizarrer Fall für die Super-Recognizerin Marit Rauch Iversen und ihre Kollegen von der Mordkommission.

Zwischen Abscheu und Faszination – Anne Nørdby besitzt das einzigartige Talent, das Unaussprechliche in Worte zu fassen. Verbunden mit einer gehörigen Portion Adrenalin.

GMEINER SPANNUNG

WWW.GMEINER-VERLAG.DE
Wir machen's spannend

DIE NEUEN Lieblingsplätze

 ISBN 978-3-8392-2730-5 — AUGSBURG UND BAYERISCH-SCHWABEN

 ISBN 978-3-8392-2929-3 — mit Hund BAYERISCHER WALD

 ISBN 978-3-8392-2614-8 — CHIEMGAU

 ISBN 978-3-8392-2930-9 — ENTLANG DER SIEG

 ISBN 978-3-8392-2927-9 — ERZGEBIRGE

 ISBN 978-3-8392-0043-8 — FEHMARN

 ISBN 978-3-8392-2926-2 — IN UND UM GARMISCH-PARTENKIRCHEN

 ISBN 978-3-8392-2925-5 — MAINFRANKEN

 ISBN 978-3-8392-0044-5 — MARKGRÄFLERLAND

 ISBN 978-3-8392-2932-3 — NORDSCHWARZWALD

 ISBN 978-3-8392-2924-8 — RHÖN

 ISBN 978-3-8392-2624-7 — UND UM DRESDEN

 ISBN 978-3-8392-2628-5 — SCHWARZWALD

 ISBN 978-3-8392-2931-6 — WALLIS

 ISBN 978-3-8392-2634-6 — WESERMARSCH UND MEER

 ISBN 978-3-8392-2928-6 — WIEN NACHHALTIG

GMEINER KULTUR

WWW.GMEINER-VERLAG.DE
Mensch, Kultur, Region